愛蔵版

武揚伝 上

青雲

佐々木 譲

時代小説文庫

JN138520

角川春樹事務所

目次

第一章

1

父親は息子たちに地球儀を与えた。

より強く興味を示したのは、次男のほうだった。次男の名を、釜次郎《かまじろう》という。後の武揚《たけあき》である。満五歳のころだ。

「これが地球だ」と父親は釜次郎に言った。「茶色で描《か》いたところが、陸だ。青いところは海だ。これが世界だ」

釜次郎が地球儀を見て最初に発した質問は、父親の予想どおりだった。

「どこが日の本なの？」

父親は地球儀のある箇所を指して言った。

「ここだ。この大きな海の端にある島々が、日の本だ」

釜次郎は、食い入るように地球儀を見つめている。父親は、次男がどれだけ理解できるかあやぶみながらも続けた。

「ここが清国《しんこく》だ。このあたりがインド。この広い陸の北半分を占めているのがロシア。ここにヨーロッパがあって、さらに海の向こうに、アメリカ大陸がある」

釜次郎が訊《き》いた。

「誰《だれ》か、地球をこんなふうに見たひとがいるの？」

「誰もいない。地球の外に出なければ、見ることはできない」

「じゃあ、どうして地球がこうだってわかるの？」

「学問のおかげだ。世の理《ことわり》を知れば、じっさいには見なくても、わかることがある」

地球儀は、釜次郎の父、榎本円兵衛《えのもとえんべえ》が手作りしたものだ。円兵衛は尺玉花火の紙の球を手に入れ、これに和紙を貼《は》り、表面に地表の全図を書き込んだのだ。地形の輪郭線は多少簡略になっていたにせよ、緯度経度の線も記された正確なものである。国家別の行政の範囲を示すものではなく、いわゆる地勢型の地球儀であった。

地図を書き写すのは、父親円兵衛にとってお手のものである。彼は伊能忠敬《いのうただたか》の内弟子として大日本沿海輿地《よち》全図の作成に関《かか》わった、測地術の一級の専門家なのだ。大日本沿海輿地全図が完成した後は幕府天文方《てんもんかた》に暦学の専門家として採用され、蔵《くら》前《まえ》にある幕府の天文台に勤務した時期もあった。

　ときは天保《てんぽう》十二年である。西暦では一八四一年にあたる。ときの将軍は第十二代徳川家慶《とくがわいえよし》であった。

　それからも、機会あるごとに父親は釜次郎に、宇宙の基本構造と世界の地理とを講義した。地球儀をあいだに、太陽系の成り立ちと、太陽と地球、それに月との関係を教えたのだ。地球の運行と季節の関係の講義がこれに続き、さらに地球の緯度や海洋と気候との関係、また各大陸の地理上の特性の話へと続いた。

　次男が宇宙の原理をいくらか理解したと見ると、父親は釜次郎を星空の下に連れ出し、星座を教えた。最初に教えたのは、北斗七星《ほくとしちせい》の位置であり、ついで北極星《ほっきょくせい》の探しかたを伝えた。

「北斗七星と北辰《ほくしん》・子《ね》ノ星のある場所をよく覚えておくのだ」と父親は釜次郎に言った。「この星さえ見つかれば、見知らぬ土地でも、海の上にあっても、方位がわかる。この星は、不動だ。いつでも空の同じ位置にある」

「北斗七星の柄杓《ひしやく》の柄《え》の部分の星の名も知るといい。一番端の星を、剣先星《けんさきぼし》とも言うし、破軍《はぐん》の星とも呼ぶ。清国の言い伝えでは、この星に向けて軍を進めると必ず敗れるという。つまりこの星は、将軍の星だ」

「その破軍の星の横にある星は、武曲《むごく》とも呼ばれ、開陽《かいよう》ともいう。開陽とは、陽《ひ》が開く、つまり朝がくる、という意味だ。およそ六千年ほど昔、天文学が生まれたころは、この星が北辰・子ノ星であった。天はこの星を中心に回っているように見えたから、光を引っ張り出す力を持った星だと考えられたのだ。また将軍の脇《わき》にあることから、これは忠臣の星ということにもなる」

幼児の釜次郎が、父親の言葉のすべてを理解できたはずはなかった。しかし、父親はたとえば宇宙の成り立ちを子供向きの神秘の話にしてしまうことはなかった。ウサギや妖術《ようじゅつ》使いの出てくる物語に言い換えることはなかった。ただ原理だけを、繰り返し何度も釜次郎に語ったのだった。花火玉の地球儀がしまいには破れ提灯《ちょうちん》同様になってしまった日まで。

幼い次男に地球儀を与えた榎本円兵衛は、もともとは備後《びんご》の国の郷士の出である。箱田《はこだ》真与《しんよ》という名であった。良助《りょうすけ》と名乗るときもある。幼年のころから秀才として聞こえ、これを認めた藩の奉行が、江戸へ出よと強く勧めた。学ぶ意思があるなら学資の心配はいらぬ、とのことだった。勉学好きの真与に、これを断る理由はなかった。真与は参勤交代の供に加わって江戸へと出た。

江戸に着くと、真与は私塾に入って数学を学び、続いて天文学と暦法を修めた。さらに真与は高橋作左衛門《たかはしさくざえもん》や伊能忠敬に師事して測地術を学び、文化の初年に忠敬の内弟子となったのである。

文化《ぶんか》六年（一八〇九年）、伊能忠敬が中山道《なかせんどう》以西の実地測量に出たときは内弟子として彼に従い、足かけ七年、西日本を忠敬と共に歩きまわった。忠敬没後は、忠敬のほかの弟子たちと共に日本地図の作成にあたり、文政《ぶんせい》四年（一八二一年）、大日本沿海輿地全図を完成させている。

日本地図作成中の文政元年（一八一八年）、真与の人柄を見込んだ者が、徒目付《かちめつけ》である榎本武兵衛武由《たけべえたけよし》の婿養子となることを勧めた。真与は忠敬未亡人に婿入りの支度金として五十両を用立ててもらい、榎本家の入り婿となった。このとき名を榎本円兵衛武規《たけのり》とあらためている。備後出身の測地術の技術者が、五人扶持《ぶち》五十五俵の禄《ろく》を受ける徳川家の御家人となったのである。

円兵衛は、大日本沿海輿地全図完成のあと、幕府の天文方出仕となった。天文方とは、暦《こよみ》の作成にあたる機関である。

本来、暦の作成は朝廷の権利であったが、すでに十七世紀なかばには朝廷の暦学はおとろえ、きわめて不正確な暦しか作成できぬ状態であった。延宝《えんぽう》元年（一六七三年)、天文学者の渋川春海《しぶかわはるみ》が朝廷に改暦《かいれき》を上奏したが、用いられなかった。しかし幕府はこの渋川春海を改暦御用掛《ごようがかり》として登用し、新しい暦の作成を命じた。その春海によって貞享《じょうきょう》元年(一六八四年)に完成をみた暦が、貞享暦《じょうきょうれき》である。以降、暦作成の実権は幕府に移った。

渋川春海以降、幕府は暦学を重視し、これのもととなる天文学者の育成に力を注いだ。天文学を修めた者は、民間からも抜擢《ばってき》して、人材を強化した。

このころ、中国の天文学はもはや時代遅れであった。十八世紀から十九世紀にかけての時代、天文学の最先端はヨーロッパにあり、天文学を学ぶためにはオランダ語の習得が欠かせなかった。つまり暦学も蘭学《らんがく》の一部であった。そして測地術も、この天文学の一部として発達してきたのである。海外から開国の要求がひたひたと迫りくる十九世紀前半にあっては、測地術はまた国防上の最重要学問ともなっていた。

円兵衛は婿入りした後、長女をもうけるが、妻のとみは娘の成長を見届けぬままに病死してしまった。円兵衛は後添えとしてことをもらった。こととのあいだには、まず次女のらくが生まれた。天保四年、長男の勇之助《ゆうのすけ》が生まれた年に、円兵衛は幕府天文方から西ノ丸御徒目付《おかちめつけ》となった。次男の釜次郎が生まれたのは天保七年である。翌年の天保八年には、第十一代将軍家斉《いえなり》は将軍職を家慶に譲って西ノ丸御殿に隠居しており、円兵衛は引退した家斉（文恭院《ぶんきょういん》）の御付《おつき》となっている。やがて三女のうたも生まれた。

その榎本円兵衛の住まいは、江戸下谷《したや》御徒町《おかちまち》の組屋敷の中にあった。現在の台東区東上野のあたりである。組屋敷には筑後《ちくご》柳川《やながわ》藩の藩主の邸宅が隣り合っていたから、ここはまた柳川横町とも呼ばれていた。

円兵衛は家斉の御付となってからも、伊能忠敬に従って歩いた西日本のこと、伊能忠敬から教えられたという日本各地の様子を繰り返し息子たちに語った。北は下《しも》北《きた》半島の、冬には潮が氷の泡となって飛び散る海岸の様子から、南は砕けた珊瑚《さんご》の砂の海岸のこと。かつて蒙古《もうこ》軍が押し寄せたという土地のことから、黒い油のわき出る湿地帯のこと。そして本州の北に浮かぶ蝦夷《えぞ》が島《しま》と呼ばれる、日本人にはまだつまびらかではない島のこと。

円兵衛は言った。

「伊能さまは、幕府に登用される以前に、蝦夷地にはすでに渡られていたんだ。正確な地図を残して、幕府に納められている。蝦夷地のことは聞いたことはあるか、釜次郎？」

　このころ六歳になっていた釜次郎は答えた。

「うん。蝦夷という民が住むのでしょう？」

「そうだ。蝦夷ガ島の南端に松前《まつまえ》藩があるが、島の大部分は蝦夷の住む土地だ。蝦夷とわたしたちは呼ぶが、蝦夷自身は自分たちのことをアイヌと呼ぶ」

「アイヌ？」

「彼らの言葉で、ひと、という意味だそうだ。そのアイヌが住む蝦夷ガ島は、広野を大河が滔々《とうとう》と流れ、巨木の生い茂る森はどこまでも深い。山はどれも麗しい山裾《やますそ》を延ばして、まこと美しい土地だそうだ」

「米も穫《と》れぬやせた土地と聞きます」

「やせてはおらぬ、と伊能さまは申していたぞ。ひとの手が入っていないだけだと」

「でも、寒いところなのでしょう？　とてもひとが住むことはできぬほどに」

「冬の寒さは格別なのだろう。しかし夏は、陸奥《みちのく》や津軽《つがる》ととくに変わったところはないそうだ。見ろ」

　円兵衛は地球儀のヨーロッパの部分を指して言った。

「オランダという国があるのは、緯度で言えば北緯五十二、三度あたり。蝦夷地の南端は、北緯四十二度だ。海流の様子もちがうから簡単に較《くら》べることはできぬが、ヨーロッパには蝦夷地よりもずっと北に位置していながら、作物をよく実らせ、大きな街を築いて栄えている国がいくつもある。ロシアの都サンクトペテルブルクなどは北緯六十度だ。冬のあいだは、港も凍りつき、川面《かわも》の氷の上を馬橇《うまぞり》が行き来するほどの酷寒の地だそうだ。それを考えれば、蝦夷地を、不毛でひとの住めぬ土地とみなすのは、浅薄な見方だ」

べつのときは、そのオランダという国家のありようそのものが主題となった。釜次郎のほうから、オランダについて教えてくれとせがんできたのだ。

円兵衛は周囲を見渡してから、いくらか声を落として言った。

「広さで言うなら、小さな国だ。ヨーロッパの中でも、小さいほうだ。本土の広さは関八州《かんはっしゅう》とどっこいどっこいくらいのものだろう。しかしひとは勤勉で、進取の気風がある。かつてはエスパーニャという国の領国だったのだが、三百年の昔に独立し、それから国は大いに富んだ。いっときはまぎれもなく、ヨーロッパ随一の豊かな国であったそうだ。いまでこそ、イギリスやフランスといった国に並んでいるが」

「でも、小さな国では、石高《こくだか》も知れたものでしょう?」

「国の豊かさは、必ずしも米の穫れ高では決まらぬ。オランダには、毛織物や船造りといった工業がある。堺《さかい》の町が鉄砲鍛冶《かじ》で富んだようなものだな」

「それでも、食べ物がとれぬ国が豊かになれるの?」

「すべてをまかなえなくともよい。オランダは、足らぬ食べ物は交易で手に入れた。交易がそもそも、オランダのもっとも大きななりわいじゃ。オランダは多くの商船隊を持ち、世界じゅうとの物資の交易によって栄えたのだ。東インドのあたりの島々を、植民地としている。日の本とは、二百五十年の昔からつながりがある」

「じゃあ、オランダはヨーロッパ一の強い国なんだね」

「いいや。必ずしもそうとは言えぬ。兵の数や強さでは、むしろプロシアやロシアのほうが上だろう。しかし、栄えているのはオランダのほうだ」

　釜次郎は、合点がゆかなくなった。

「大きくもなくて、いちばん強いわけでもないのに、どうしてオランダは栄えているんだろう。どうして?」

「ううむ」と円兵衛は腕を組んだ。「いい問いだ。ひとことで答えるのはむずかしい」

「将軍さまが名君だから？」

円兵衛は声を落とし、少し口ごもって言った。

「まあ、オランダの事情は、お前がもっと大人になってから、おいおい話してやるとしよう。ただし、外でオランダやヨーロッパのことをしゃべるのではないぞ。うちの中だけの話にしなければならぬ。いまのご時世、オランダかぶれと思われたら、あまり愉快ではない」

円兵衛が口ごもった理由は、蛮社《ばんしゃ》の獄《ごく》と呼ばれる、蘭学者、洋学者たちの大弾圧事件に由来するのだった。

蛮社の獄とは、渡辺崋山《わたなべかざん》、高野長英《たかのちようえい》、小関三英《こせきさんえい》ら洋学者のグループが、幕政を批判したとして一斉検挙された事件である。ときは天保十年（一八三九年）のことであり、天保の大飢饉《だいききん》に代表される飢饉の連続や、郡内《ぐんない》騒動をはじめとする百姓一揆《いつき》の続発などにより、幕府への不満が危険な水準に達していた時期だ。その二年前の天保八年には、幕府を揺るがす大塩平八郎《おおしおへいはちろう》の乱《らん》が起こっている。幕府は、彼ら蛮学社中を名乗る一味と大塩平八郎との関係にも疑念を抱いたのだった。

一斉検挙の結果として、小関三英は自殺、町人三人が獄死、崋山は蟄居《ちつきよ》の身となり、長英も無期禁固の判決を受けた。この事態が、蘭学者、洋学者たちをふるえあがらせたのだ。

榎本円兵衛が過敏になる理由は、もうひとつあった。この知識人弾圧事件には、測地術をめぐる対立の側面もあったのである。そして円兵衛は、高野長英、内田弥《うちだや》太郎《たろう》につながる学者、技術者の系列の中にいる。すでに死んでいるが、恩師の伊能忠敬もこのひとりと言ってよいだろう。円兵衛は蛮学社中とは無縁ではあったが、累が及ぶことを恐れないわけにはゆかなかったのだ。

洋学はこの弾圧事件以来、一気に危険思想化した。洋学者、蘭学者たちはこれ以降政治的発言を控え、専門領域に閉じこもるようになる。円兵衛は文恭院御付の身となっていたから、いっそう振る舞いに慎重にならねばならなかった。天保十年末から、円兵衛は太陽暦で正月を祝うこともやめる。

このころ、蘭学者の家庭では太陰暦と共に太陽暦のグレゴリウス暦が用いられていた。日常的な習慣では太陰暦に従うが、季節の節目節目は太陽暦で祝うのである。なかでもいちばんの行事は、正月だった。蘭学者の家庭の元旦《がんたん》の行事を、ひとびとはオランダ正月と呼んだ。

円兵衛は同じ蘭学でもとくに天文学と暦学を学んだ身である。とうぜん正月行事はグレゴリウス暦に従っていた。しかし、蛮社の獄の判決が出たとき以来、オランダ正月を祝うのをやめたのだった。

蛮社の獄の記憶がようやく薄れてきた天保十三年の八月八日である。

下谷御徒町の榎本家の夕餉《ゆうげ》の膳《ぜん》には、鯛《たい》が出た。釜次郎はもちろん、兄の勇之助も、姉のらくも、妹のうたも、目を輝かせた。むろん、鯛は榎本円兵衛の膳に一尾あるだけであったが、子供たちはその魚が取り分けられ、すぐに自分たちにもまわってくることを知っていた。

膳の前で正座して、円兵衛は家族ひとりひとりを見渡した。釜次郎は、父親の顔がひさしぶりに晴れていることに気づいた。かすかに笑顔であるようにも見える。

円兵衛は言った。

「ありがたいことじゃが、わたしはきょうからお城の本丸勤めとなった。将軍さまのすぐ側《そば》にお仕えすることになったのだ」

家斉の推薦によるものである。かいがいしく働き、話題も広い徒士《かち》がいると、引退した家斉が十二代将軍の家慶に伝えたのだ。そばで使えば重宝するであろうと。

円兵衛が蘭学を学んだことは、ここでは問題とされなかった。円兵衛はこれで大御所と現将軍と、二人続けてごく身近で御用を勤めることになったのである。

円兵衛は言った。

「わたしのようなものを取り立ててくれた将軍さまにはまったく恐悦至極じゃ。榎本家のものは、こんごはますます、将軍様のお役に立つよう励まねばならない」

釜次郎が訊いた。

「わたしのようなものって、どういうこと？」

兄の勇之助がたしなめるように言った。

「直参《じきさん》旗本でもないのに、本丸勤めになったからだよ」

母親のことが、子供たちを見渡しながら言った。

「お父上の才とおひと柄ならではのお取り立てです」

父親は首を振った。

「才もひとも、いつでもどこにでもある。肝要なのは、それを見抜くことのできる目と、受け入れることのできる器じゃ。まったく、ご将軍家はやはりご将軍家にふさわしきおかたを出されおる」

円兵衛は、この後も将軍側近の御用をたびたび言いつかり、そのつど金子《きんす》や拝領物をたまわっている。

本丸勤めを仰せつかった翌年の天保十四年四月、円兵衛は将軍の日光参詣《にっこうさんけい》のお供を命じられ、手当てとして十両、さらに七人扶持を下された。

円兵衛は子供たちの前でもしばしば口にしたものだ。

「わしは果報者じゃ。よきお奉行さまに見いだされて江戸で学問を修めることができ、いまは将軍さまに目をかけていただいて、本丸でお勤めさせてもらっている。このご恩、わしの代だけで報いることができるとは思わぬ。勇之助、釜次郎、お前たちも徳川さまにはよく尽くすのだぞ。わしの分までもな」

父親が日焼けした顔をほころばせてそう言うとき、釜次郎も素直にうなずくのだった。


下谷御徒町の組屋敷の向かいに、漢学者の田辺石菴《たなべせきあん》の居宅があった。一室で私塾を開き、子供たちに読み書きと儒学《じゅがく》を教えている。六歳になったころから、釜次郎はこの田辺石菴のもとに通うようになった。

成長するにつれ、釜次郎が利発で賢いことは誰の目にも明らかになってきた。言葉の覚えが早く、理解力にもすぐれていた。そのため円兵衛は、自分が教えるべきことを逆に吟味するようになった。釜次郎がひと前で滅多なことを口にせぬよう、授ける知識の方向をいっそう限定するようになったのだ。歴史や諸外国事情については語ることを控え、自然科学の分野、とくに自分の専門領域である地学の初歩や、本草学《ほんそうがく》(博物学)について教えることが多くなった。

長男の勇之助は、地球儀よりも木馬や撃剣ごっこを喜ぶ、活発で負けん気の強い子だった。円兵衛は長男の将来をこう判断していた。この子は榎本家の家督を継ぎ、軍人として将軍さまに仕えるのがふさわしいと。

では、明らかに学問向きと見える釜次郎には、将来、学問のどの分野を修めさせるべきか。

蘭学、とくに暦学や天文学はいまやけっして出世の手段とはなりえなかった。半世紀前、松平定信《まつだいらさだのぶ》が実施した寛政《かんせい》の改革以降、朱子学《しゅしがく》がすなわち官学であった。科学技術の分野では蘭学が認められていたとはいえ、先般の蛮社の獄の例を考えるなら、測地術さえへたをすると弾圧や排斥の口実とされるかもしれないのだ。

いま少し様子を見ようと、円兵衛は釜次郎の遊ぶ姿、学ぶ様子を見ながら思うのだった。

あるとき、円兵衛は息子たちふたりを連れて、不忍池《しのばずのいけ》の北、藍染川《あいそめがわ》の上流に散策に出た。川ふちの道を歩いてゆくと、途中にひとつ小さな水車小屋があった。藍染川の流れに水車がまわっており、小屋の中からは規則的な槌音《つちおと》のようなものが聞こえてくる。精米がおこなわれているようだった。

釜次郎があれは何かと問うので、円兵衛は答えた。

「水車という。水の流れを使って円を描く動きを取り入れ、これを上下する動きに変える。動きを変えてやることで、人力を使わずにさまざまなことができる」

釜次郎が理解したかどうか心配だったが、もともと技術屋の円兵衛には、これ以外に説明のしようがなかった。釜次郎はしばらくその水車の動きを見つめ、小屋の板壁に額をつけて中をのぞいていた。よっぽど興味を惹《ひ》かれたようだった。

数日後、円兵衛は、釜次郎が組屋敷から遠からぬ三味線堀《しゃみせんぼり》で、その川床に降りて遊んでいるのを見た。木っ端のようなもので、何かおもちゃを作ったらしい。土手の上から、円兵衛は訊いた。

「釜次郎、何を作ったのだ？」

釜次郎は顔をあげて答えた。

「水車です。円の動きを、上下の動きに変えてみました。父上」

「何だ？」

「逆のこともできますね。上下の動きを、円を描く動きに変えることも」

円兵衛は、いささか驚いて釜次郎の顔を見つめた。この子は、先日おれが言ったことを、十全に理解していたのだ。水車のからくりを、正確に把握していたのだ。自分が七歳のときは、どうだったろうか？


田辺石菴や友野《ともの》雄介《ゆうすけ》の私塾で、釜次郎は十一歳まで学んだ。儒学を中心に、読み書き算術の基礎教育課程を終了したということである。このころまでには、父親は釜次郎のつぎの段階の教育について、方針を固めていた。

昌平坂《しょうへいざか》学問所（昌平黌《しょうへいこう》）への進学である。

昌平坂学問所は、幕府のいわば直轄の大学であり、官吏養成所であった。湯島《ゆしま》の昌平坂に校舎があり、修業期間は五年である。

もともとは、儒家である林《はやし》家の私塾であり、旗本の多くの子弟が学んできた。寛政の改革の際、松平定信がこの昌平坂学問所を幕府の直接の管理下に置いた。というのも定信は、徳川武士は文武両面で質が落ちた、と見たからである。このため、文の分野では封建的身分制度を支える学問としての朱子学をたたきこまねばならぬ、と考えた。そのためてっとり早いのは、多くの旗本の子弟が学ぶ昌平坂学問所を幕府の官学とすることであった。

定信は昌平坂学問所に対して幕府が維持費用を出すこととし、その代わりよそからも教授陣を送りこみ、町人出身の生徒を締め出した。また「異学の禁」により、朱子学以外の学問の講義を禁止したのである。それからおよそ五十年、かつては多少なりとも自由な学問の場であった昌平坂学問所は、いまや幕府の保守イデオロギーの砦《とりで》となっていたのだった。

もっとも、幕府の官吏となるのに、昌平坂学問所の卒業は必ずしも条件ではない。別の私塾の卒業でもかまわないのだ。ただ、幕府の実施する「学問吟味」と呼ばれる試験で、よい成績をおさめなければならなかった。

「学問吟味」では、成績は三段階で評価される。甲は成績最優秀で、上吏に登用されることになっていた。乙は、平均程度ということで、相応の役職。丙は成績不良、官吏としては登用されない。つまり幕府の官吏を目指すなら、悪くても乙の成績を取らねばならなかった。でも、と円兵衛は思った。釜次郎ならば、甲を取ることもむずかしくはないだろう。厳しさでは定評のある昌平坂学問所で、徹底的に鍛えられるならばだ。

円兵衛は十二歳になった釜次郎に言った。

った。

「お前を昌平黌にやる」

嘉永《かえい》元年（一八四八年）のことである。

釜次郎は素直に従った。まだこのとき、釜次郎には父親の判断を疑う根拠はなかった。

2

「退屈だ」

釜次郎は思わずつぶやいていた。

湯島・昌平坂にある昌平坂学問所（昌平黌）の内庭である。

「朱子学は退屈だ」

学問所に通いだして二年たっていた。

釜次郎の横に腰をおろしていた同期生の伊沢謹吾《いざわきんご》が、聞きとがめて言った。

「そう言うな。朱子学を修めることは、幕吏の義務だぞ」

彼は同期生中の最優秀の生徒で、釜次郎の最も親しくなった級友だった。上級旗本・伊沢美作守《みまさかのかみ》政義《まさよし》の長男で、振る舞いにはどこか公卿《くぎょう》を想《おも》わせる優雅さがある。

釜次郎は、ちらりと伊沢謹吾の端整な面立ちをみやってから、ひとつ溜《た》め息《いき》をついた。ほんとうに退屈なのだ、朱子学は。この昌平坂学問所での修学は。

釜次郎たちの左手に、壮大な瓦《かわら》屋根をもつ寺院建築が建っている。先聖殿《せんせいでん》、別名湯島聖堂である。さらにべつの言いかたをするなら、孔子廟《こうしびょう》だ。これが昌平坂学問所のシンボルであった。何度か建て直されているが、最初の建物は、学問好きであった第五代将軍・綱吉《つなよし》によって建てられたものだ。

孔子をまつることからもわかるとおり、昌平坂学問所は最初から儒学の教育機関である。官学化するまでは、儒家・林羅山《らざん》からはじまる林家の持つ私塾であった。起源は寛永《かんえい》七年（一六三〇年）にまでさかのぼることができる。

学内には、先聖殿のほか学舎、庁堂、学寮、書庫、教官住宅などがあった。学寮の定員は三十人だが、もちろん通学生も多い。釜次郎が入学したころは、百人ほどの通学生がいた。釜次郎も下谷御徒町の組屋敷からこの湯島まで毎日通った組である。釜次郎の同期生は、二十五人ほどであった。

教科は、経義・史学・詩文の三つに大きく分かれており、さらに博読、皇邦典故《こうほうてんこ》等の学科があった。この学問所に通い出してから、釜次郎はとくに新井白石《あらいはくせき》の『読《とく》史余論《しよろん》』『婦嬰新説《ふえいしんせつ》』をよく読んだ。また中国の本草学の書物を読みふけった。博物学への関心は、やはり科学者だった父親から譲り受けたものだった。

学問所では、たとえば水戸《みと》藩の藤田《ふじた》幽谷《ゆうこく》やその子・東湖《とうこ》が主張する尊皇論《そんのうろん》も繰り返し教えられたのだが、要するに朝廷を尊び、君臣上下の分をはっきりせよと言うばかりだ。尊ぶとはどういうことか、君臣上下の区別とはどこに由来し、分とはなんであるか、まるではっきりしない。天皇が具体的にどのような力を持つべきか、ということについても、彼らは何も言ってはいない。しかし、その具体的な中身を問うことさえ、学問所では許されなかった。無批判に受け入れることだけが求められた。

なるほど、と釜次郎は思うのだった。それは幕府官吏のための精神修養の学問として、あるいは基礎教養として、多少の意味はあるのかもしれない。だが実学ではない。昌平黌をよしんば甲の成績で出たところで、自分に約束されるものは、ひとの管理者としての役職だ。

しかし釜次郎は、幕府の中で優秀な高級官吏となることにさほどの魅力を感じていなかった。昌平黌で学べば学ぶほど、それがはっきりしてきた。自分はむしろ、父親がそうであったように、技能職につきたい。技官となりたいのだ。自分の素質も、けっして官吏向きではない。人格を磨くことでひとの上に立つよりも、知識と技能を鍊磨《れんま》することで、大きな事業の先頭に立ちたかった。

それに時代の風は、まちがいなく朱子学を一気に時代遅れにしかねない方向から吹いてきている。十四歳の釜次郎にも、その風ははっきりと感じ取ることができた。ときは嘉永の三年である。西暦では一八五十年となっていた。

伊沢謹吾が、溜め息をつく釜次郎に訊いた。

「それなら釜次郎、お前はいったいどんな学問をやりたいんだ？」

釜次郎は答えた。

「蘭学」

「医学か？」

「いいや。おれにもはっきり何とは言えんのだが、要するに退屈じゃない学問だ」

「だから、退屈しない学問は何なのかと訊いてる」

「おれの父は暦学と測地術を学んだ。それもよいかなと思っている。あるいは、機械学とか、舎密学《せいみがく》（化学）か」

「実学ということだな」

「物を作ることには興味がある。砲術、それも鋳造術のようなものでもよいな」

「役人にはなりたくないのだな」

「ご公儀には、技術で仕えたいのだ」

「素養はもうあるのか？」

「蘭語は知らぬ。ほかのことは、こんな学問もあると、父から多少教えられたという程度だ」

伊沢謹吾は微笑して言った。

「釜次郎。お前が何を学ぶにせよ、大事なのは学問所でいい成績を取ることだ。ここで席次が一番となれば、あとはほかに何を学ぼうと誰もとがめん。お前が蘭学を学ぶいちばんの近道は、ここでまず一番となることだぞ」

「そうかなあ」

釜次郎は、同意せずに首を振った。

それからひと月ばかりたったころだ。伊沢謹吾が釜次郎に、面白いものがあると言って、一冊の本を見せてくれた。伊沢謹吾の父親、伊沢美作守政義のもとにもたらされた本だという。

伊沢政義は、浦賀《うらが》奉行、長崎《ながさき》奉行を務めた旗本で、もともと保守の人物ながら、海外事情に明るい人物だった。長崎奉行時代、開国を求めるオランダ国王からの親書を受け取ったのも伊沢政義なら、開国拒否の返書を渡したのも彼である。外国艦船との応対にも経験を積んでいた。皮肉なことに長崎奉行のころ、鳥居燿蔵《とりいようぞう》と近かったために高島秋帆《たかしましゅうはん》父子の検挙を担当した。貿易制度の改革にも功があったが、水野忠邦《みずのただくに》が失脚したあと免職され、西ノ丸留守居を命じられている。いまは閑職にある身ではあるが、しかし幕府の実力者のひとりであることはまちがいない。

その伊沢政義のところに、蘭学者箕作阮甫《みつくりげんぽ》の訳した『水蒸船説略《すいじょうせんせつりゃく》』なる書物が持ち込まれたのだ。関係部局から、その中身を評価してほしいと非公式に頼まれたのだという。蒸気船に関する技術書のようで、伊沢政義の知識では判断不能の書物だった。伊沢謹吾はたまたま父親がその書物を開いているところを目にして、一日だけ自分に預けてほしいと父親に頼みこんだ。釜次郎なら技術には関心があるようだし、その書物の内容が理解できるのではないかと思ったのだ。

釜次郎は、学問所の一室でその『水蒸船説略』を広げると、図面に目を落としてすぐに言った。

「これは、蒸気機関についての書物だ。蒸気機関の理と仕掛けについて、懇切に解説してある」

伊沢謹吾がふしぎそうに訊いた。

「図を見ただけで、それがわかるのか」

「何の図であるかはわかる。蒸気機関のことは話には聞いていたが、図を見るのは初めてだ。なるほどな。こういう仕掛けだったのか」

釜次郎は最初のページから丹念にこの本を読んだ。読み終えて、とりあえず原理は理解したと顔を上げたとき、伊沢謹吾の姿はなかった。もうつぎの講義がはじまってしまったようだ。釜次郎はあわてて教場に駆けこんだ。


伊沢謹吾の父親が幕府中枢に近く、しかも海外事情に容易に接する立場にあったおかげで、釜次郎は幕府の対外政策について、多少の情報を得ることができた。断片的ではあるが、伊沢謹吾が父から聞いた話としてときどき教えてくれるのである。「開国への圧力が高まっている」伊沢謹吾は言うのだった。「ヨーロッパの各国が、鎖国をやめよと助言してきている。露骨に圧力をかけてくる国もある。開国される日は近いのかもしれぬな」

伊沢謹吾から情報を聞かされ、彼と熱心に議論をしていれば、釜次郎にもおのずと同じ結論が出る。朱子学が役には立たない時代がすぐそこまできているのではないか、ということだ。

そもそも十一年前の蛮社の獄は、開国の外圧に恐怖する幕府の保守層が、過剰に排外主義的に反応した事件だった。しかし、父親の円兵衛が思うようには、その反動は恒久的なものにはなるまい。いずれ洋学、蘭学への規制はゆるまざるをえない。いや、むしろ奨励される日がくる。朱子学では新しい時代の幕府政治を動かしようのない時代が近づいている、と感じられるのだ。

釜次郎の耳に噂《うわさ》として入ってくるものだけを挙げても、これだけの開国を求める動きがあった。

弘化《こうか》元年（一八四四年）、フランス船が琉球《りゅうきゅう》にきて通商を求める。

同年、オランダ国王、開国を促す勧告書を長崎奉行に託す（伊沢政義がその書状を受け取り、翌年返書をオランダ船に渡す）。

弘化二年（一八四五年）、漂流民輸送のアメリカ船、浦賀に来航。

弘化三年（一八四六年）、イギリス船、フランス軍艦、那覇《なは》に来航。フランスインドシナ艦隊司令官セシュ、那覇で通商を求める。

同年、アメリカ東インド艦隊司令長官ビッドル、浦賀にきて通商を求める。

嘉永二年（一八四九年）、アメリカ軍艦プレブル号、長崎に来航。

同年、イギリス軍艦マリナー号、浦賀・下田《しもだ》にきて江戸湾内を測量する。続いてイギリス船が那覇にも来航して通商を求める。

この年、ほかにも多くの外国船が日本近海に現われた。

こうした事情を伊沢謹吾の話や巷《ちまた》の噂で聞いていれば、開国の圧力が年ごとに高まっていることは、まだ若い学生の釜次郎にも感知できていたのだった。

「開国の日は、遠くないのではないか」

どう考えてみても、釜次郎にはそれが世の流れのように思えた。鎖国を続けること、開国を拒み続けることに、いまや何の意義も見いだせない。それどころか、うまく開国への道筋をつけなければ、清国の二の舞いになってしまう。清国は十年前の一八四〇年、イギリスとの戦争に突入し、屈辱的な開港要求を受け入れざるをえなかったのだ。清国ほどの大国が、イギリスとの戦争ではあっさりと敗れたのだ。欧米の国々をあなどるのは得策ではない。世の事情を冷徹に見つめなければならなかった。そして日本も、清国のような形での開国を望まないならば、むしろ日本が主導権をにぎるかたちで開国しなければならなかった。

たぶん幕府にも、そうするしかないと判断している者がいるはずである。ただ、いまはまだ主流として表面には出ていないだけだ。早く飛び出しすぎてたたかれぬよう、ときをみはからっているだけのはずである。幕府が上から下まで、全員が鎖国思想の持ち主のはずはないのだ。

そういう時期だからこそ、自分が学ぶべきは――。

嘉永三年の三月、蘭学者・佐久間象山《さくましようざん》がオランダ語辞書を出版しようとして、幕府からこれを差し止められた。それからおよそ六カ月後の九月には、出版をめぐって新しい布令《ふれ》が出ている。幕府は、舶載洋書はすべてあらためること、同時に許可のない訳書の売買を禁じたという。

幕府は、蘭学を恐れている。それは、逆に言うなら、蘭学の力を認めているということにほかならなかった。だからこそ、蘭学に対してこうも過敏になっている明らかにおびえと取れる反応を見せている。

　新たな出版制限令の出た直後、釜次郎は、学問所の庭で、身をよじりたくなるほどの焦りと憧《あこが》れを感じつつひとりごちた。

「蘭学をやりたい。蘭語を学びたい」

伊沢謹吾が、聞こえなかったふりで立ち上がりながら言った。

「さあて、史学の講義だ。ゆくぞ」

嘉永四年、釜次郎が満十四歳の正月、いわゆる元服の式が簡単にとりおこなわれた。一人前の男子となったことが認められたのだ。

前髪を落として月代《さかやき》が剃《そ》られた。

鏡をのぞくと、中に見慣れぬ顔が映っている。額と頭が涼しかった。釜次郎は何度も頭をなでて、月代の感触をたしかめた。

同時に実名が定められた。父親と祖父の名から、武という文字を受け継ぎ、榎本釜次郎は榎本釜次郎武揚となったのだ。ちなみに、釜次郎という名にどこか滑稽《こっけい》な響きがあるせいか、兄の勇之助は、いつのころからか友人たちから、鍋太郎《なべたろう》と呼ばれるようになっていた。勇之助本人は、あまりこれを喜んではいない。

元服がすぎたある日、釜次郎は父親の円兵衛の前に正座した。

このころ、円兵衛は本丸御付の職も解かれ、小普請組《こぶしんぐみ》に編入されている。いまで言うなら定年退職扱い、もしくは予備役編入である。

釜次郎は言った。

「父上、蘭語を学びたいのですが、許していただけませんか」

父親は驚いて釜次郎を見つめ返した。

「朱子学はどうする？　学問所のほうは？」

「学問所にはこれまでどおり、通い続けようと思います。それとはべつに、蘭語を学びたいのです」

「蘭語を学んでどうする？」

「蘭語を習得したら、蘭語でなにかべつの学問を学びたく思っています」

「たとえば？」

「暦学とか、測地術とか」

父をくすぐるために言った言葉だったが、円兵衛は乗ってはこなかった。

「だめだ。暦学も測地術も、栄達の学問とはならん」

「では、航海術は？　造船術は？」

「上さまは、祖法にしたがい開国はせぬ、と言い続けておる。そんなものがこれからの世の中で役に立つはずがない」

反論はせずに釜次郎はさらに言った。

「では舎密学は？　機械学は？」

「いいや。いまの世の中、男児たる者は儒学者となるか、朱子学を修めて仕官するか、ふたつにひとつの道しかない」

「わたしは、父上のように技官として仕官しとうございます」

「技官の地位は低い。その術でどんなに秀でていても、出世は望めん」

「学んだ技術を通じて将軍家に貢献できるなら、それで何の不足があろうかと思うのです。父上はそうであられた」

父親は首を振った。

「いいか。わたしが御徒目付となったのも、西ノ丸御付となったのも、べつに測地術のおかげではない。ひとつは榎本家の名代のおかげ。もうひとつは、将軍さまのお側で陰ひなたなく働いたからだ。わたしがお取り立てされることについては、測地術は何の役にも立たなかった」

「でも、立派な働きをされた。大日本沿海輿地全図を作られたではありませんか」

「地図が、家名をあげてくれたわけではない。禄を増やすことには、何の力もなかった」

「そうでしょうか。わたしは父上の仕事は」

「よい」父親は首を振ってきっぱりと言った。「学問所を出るまでは、蘭学のことなど口にするな。あと二年、漢学のことだけ考えておればよい。蘭学を学び直すのは、そのあとのことだ」

父の口調は厳しいものだった。あといくら言葉を尽くしてみても、父の考えを変えることは無理だろう。ここは父の出してきた条件どおり、学問所を出るまでは黙っているしかないようだ。

釜次郎は畳に手をついて言った。

「わかりました」


嘉永五年（一八五二年）の四月、釜次郎は蘭学者・佐久間象山について、新しい噂を聞いた。

彼が木挽町《こびきちよう》で洋式砲術の教授をはじめたというのだ。入門希望者が殺到、佐久間象山は、百二十人の入門を許したという。

府内で砲術の教授となれば、これは幕府が許可しないかぎりありえないことだった。それが許されたということは、幕府の中枢では、学問と教育をめぐって混乱があるということなのではないだろうか。蘭学承認の一党と、断固許さぬという一党が、激しくせめぎあっているように思える。そうでなければ、佐久間象山のすることに、短時日でこれほどちがう対応が取られることはありえまい。

それにしても、百二十人の入門者。

どんな連中が入門したのかは知らぬが、この蘭学敬遠の風潮の中にあって、儒学に飽き足らず、新しい学問を学ぼうとする有為の士がこれだけいるのだ。

釜次郎は自分の修業年限のことを考えた。昌平坂学問所では、あと一年半の修業が必要だった。あと一年半、待っていられるだろうか。

その修業年限もあと一年というところまできて、釜次郎はとうとう決意した。

蘭語を、独習する。

さいわい、家の押し入れには、父が使った蘭語の辞書がある。風呂敷《ふろしき》に包まれて奥に押し込められており、父親は長いこと開いたこともない。あの辞書があるなら、なんとか独習も可能ではないか。

もっとも辞書を引けるようになるまでは、誰かの手ほどきが必要だ。父に教授を請うわけにはゆかない。教授を探さねばならないが、教授の紹介も父に頼むわけにはゆかなかった。独学のことは、秘密なのだ。

昌平坂学問所の級友、伊沢謹吾に相談してみた。彼も学問好きで、釜次郎の影響か、このところ蘭学への関心を口にするようになっている。彼なら、何かよい情報を持っているかもしれない。

「蘭語を学びたいんだ」と釜次郎は伊沢謹吾に明かした。「誰か、いい教授は知らないか」

伊沢謹吾は、不審げに訊いた。

「学問所のほうはどうなる？」

「かけもちでやる」

「学問吟味は一年後だぞ。いまは昌平黌の学業に専念したほうがいいんじゃないか」

「もう待ってはおれん。おれは、すぐにも世の役に立つ学問を学びたい。そのためには、まず蘭語だ。蘭語教授をしてくれる蘭学者を誰か知らぬか」

「佐久間象山のところは、門弟はもういっぱいとか。いま佐久間さんに次ぐ蘭学者というと、勝麟太郎《かつりんたろう》という人物が赤坂《あかさか》にいるそうだが、いろはから教えてくれるかどうかはわからん」伊沢謹吾は、釜次郎の目をのぞきこんできた。「本気なのか？」

「酔狂で言ってるわけじゃない。もう無駄なことに、ときを費やしてる暇はないんだ」

「朱子学は、無駄か？」

「これまで覚えたことで十分だ」

釜次郎の決意の固いのを見てとると、伊沢謹吾は数日後に、父親から聞いたといって、江川太郎左衛門英龍《えがわたろうざえもんひでたつ》という名を教えてくれた。

釜次郎にも覚えのある名だった。

「伊豆《いず》韮山《にらやま》のお代官だな」

「そうだ。あの江川太郎左衛門さまだ」

江川家は、伊豆韮山の世襲代官である。代々、太郎左衛門の名を継ぐ。いまの太郎左衛門英龍は開けた思想の持ち主で、蘭学者の渡辺崋山に師事した。幕府鉄砲方のひとりであり、韮山代官所でみずから高島流《たかしまりゅう》砲術を教えてもいる。浦賀の測地を命じられたときも洋式測地術でことに当たった。もっともそのことで鳥居燿蔵の不興を買い、蛮社の獄の際には、彼も幕政批判の疑いをかけられた。その後、水野忠邦に認められて幕府の軍事改革に当たっていたが、忠邦の失脚以降は、幕政の表舞台から身を引き、もっぱら韮山で支配地経営に力を注いでいる。佐久間象山の砲術の師が、英龍である。

伊沢謹吾は言った。

「ご自身は夏の間は江戸にはおられぬが、本所《ほんじょ》の役所では、いまも江川さまの門弟や食客たちによって、蘭学の講義が続けられているそうだ。英龍塾とも呼ばれている」

「いろはの手ほどきからしてもらえるのか」

「わからぬが、当たってみてもいいだろう」

「ぜひ紹介してくれ」

「父上は、高島秋帆捕縛の件で、江川の御一門にはよく思われていないと思う。直接当たってみろ」

「そうか」

三日後、釜次郎は本所南割下水《みなみわりげすい》にある韮山代官江戸役所を訪ねた。門の中、役所と江川家の私邸は分かれていなかった。

屋敷のどこかから蘭語の素読の声が聞こえてくる。

応対してくれたのは、二十代なかばと見える青年武士だった。素読がおこなわれているひとつの部屋の隣りで、彼は釜次郎に向かい合った。

相手は、釜次郎の話を聞くと、愉快そうに釜次郎に訊いた。

「昌平黌に学んでいながら、どうして蘭語を？」

釜次郎は答えた。

「世に役立つ学問を修めたいのです。洋学の、しかも実学をです。そのためには、まず蘭語を習得するしかないと思うのですが」

「オランダは、二百五十年前の、飛ぶ鳥落とす勢いだったときとはちがう。いまオランダは、必ずしもかつてのようにヨーロッパの学問の中心ではないのだぞ」

「蘭語を学ぶことは、無益だとおっしゃるのですか？」

「いいや。だが知識は栄えている国に集まり、学問も富んでいる国でこそ発達をとげる。十年後、二十年後も、蘭語がおぬしの身すぎ世すぎの役に立つとは保証できぬ」

「そこまで先のことは考えておりません。わたしはただ、いま、世界の先端の学問を学びたいのです」

「わかった。ここの門弟たちが教授するのでよければ、まず蘭語のいろはを教えよう」

「教えていただけるのですか？」

「蘭語は、洋学を学ぶうえでのとっかかりにしかならん。それを承知しているなら」

「もちろんです」釜次郎は膝《ひざ》で相手にすりよって言った。「よろしくお願いします。束脩《そくしゅう》はいかほどにございますか」

相手は笑った。

「砲術教授のほうなら、安くはないぞ。だが蘭語は互いに教え合っているだけ。そのうちに、決める」

釜次郎は、毎月二回、江川太郎左衛門の屋敷に通うようになった。江川家門弟のごく若い男が、指導教授となってくれたのだ。しかし教授は厳しいものだった。教授の日が来るごとに百五十の単語を覚えることを求められた。さらに指定された読本を筆写し、これを全文暗記しなければならなかった。

とうぜん、昌平坂学問所の講義については、手を抜くことになる。成績はみるみるうちに下がっていった。

嘉永五年の末、学問所の五年の修業年限を終えて、釜次郎は学問吟味を受けた。釜次郎は満十六歳である。

成績は丙だった。

成績が発表された日、伊沢謹吾が訊いてきた。

「どうしたんだ？　お前が丙だなんて、信じられん」

釜次郎は答えた。

「熱を失った。おれはこの一年、蘭語だけをやってきたようなものなんだ」

「首尾は？」

「教授は、なかなかの上達ぶりだと言ってくれたが」

「しかし、蘭語では仕官できん。このあと、どうするつもりだ？」

「もっと学ぶ。蘭語のいろはは学んだ。こんどは、蘭語で何か実学を学ぼうと思う」

「どんな？」

「まだ決めてない。広く実学の基礎を学びながら、絞りこんでゆこうと思っているが。お前はどうするんだ？」

「おれは、学問吟味で甲を取った。これで晴れて蘭語を学ぶことができる」

「お前も蘭語？」

伊沢謹吾は、少し恥じらうように言った。

「かまわんじゃないか。おれもおぬしにならって、江川さまの屋敷に通いたいと思っているのだが」

「そりゃあいい。これからも、毎日会えるな。お前がいると、おれの励みにもなるぞ」

釜次郎は、その日、伊沢謹吾と共に上野不忍池のほとりに出て、一緒に汁粉を食べた。卒業の成績は悪かったけれども、解放感があった。もはや朱子学ではぜったいに幕府への仕官はかなわぬということであれば、それはそれでよかった。自分には蘭学しかない、ということになったのだ。すっきりしたし、気持ちの整理もついたというものだった。ただ、父親にどう報告すべきか。父ははっきりと顔に落胆を浮かべ、それからゆっくり首を振るにちがいない。

父の期待を裏切ってしまった。それだけが、いまの自分の気がかりだった。

「そうか」父親は、あまり生気のこもらぬ声で言った。「丙か」

「申し訳ありません」釜次郎は頭をさげた。「こんな成績を取ってしまって」

「仕官はかなわぬということになった。これからどうするつもりだ？」

「あと数年、学ばせてはもらえないでしょうか。三年、いえ、あと二年だけでも」

「何を学ぶというのだ？」

「もう少し蘭語を。そのあとのことはまだ決めていないのですが」

父親は茶をすすってから庭に目をやり、ひとりごちるように言った。

「いいだろう」

もしかすると父親はこのとき後悔していたかもしれない。次男を昌平坂学問所にやったのは、一、二年早すぎたか。あるいは次男に儒学を学ばせたことは、やはりまちがいだったかと。

嘉永六年に入ると、釜次郎は毎日江川太郎左衛門の屋敷へ通うようになった。蘭語の学習は、第二段階へと移っていた。より高度な読本が教科書として指定された。

若い教授役の門弟が言った。

「スピノザ、なる君子の書いた書だ。スピノザはオランダのひとだが、本書はもともとはラテン語で書かれた。君主制と、貴族制と、民主制についての考察が記されたものだ。しごく歯ごたえのある書物だが、いいな」

「はい」

その「国家論」は、たしかに難渋で歯ごたえのある論文であった。しかし釜次郎は、たとえばこのような一節に出会ったとき、幕府が蘭学を恐れ制限しようとする理由も理解したと思ったのだった。

「その臣民が、ただ恐怖から武装しないという国家は、戦乱がないとしても平和状態であるとは言えない。まさしく平和とは、戦争がないことを言うのではなく、精神の力から生まれる徳であるからだ。服従といえども、それは国家の共同の決定には従うべきとする、不断の意思の結果なのである。しこうして、その平和が臣民の無気力の結果にすぎないような国家、そしてその臣民がまるで獣のようにただ隷属するしか知らない国家は、国家というよりは荒野と呼ばれてしかるべきなのである」

いっぽうで釜次郎は、江川太郎左衛門の食客や門弟たちの議論に耳を傾けるようになった。昌平坂学問所とはちがい、江川の屋敷では西洋事情や海防の問題はおおっぴらに語られていた。こういった諸問題を語らずして蘭学を学ぶ意味はない、という空気さえあった。釜次郎が世界の事情について急速に知識をたくわえていったのも、この時期である。

「この百年のあいだに、世界は劇的に変わった」

それが、江川の屋敷で蘭学を学ぶ者たちの基本的な認識であった。西暦一七六〇年ころにまずイギリスで産業革命がはじまり、ヨーロッパの主要国は、農業国から工業国へと変身した。通商や交易の意味合いも、それまでとはまるでちがうものになった。資本主義は、その貪欲《どんよく》な本性から、海外に植民地と市場を激しく求めるようになった。

もちろんそれ以前から、列強による世界分割と植民地化は進められていた。しかし産業革命を経たヨーロッパの資本主義の苛烈《かれつ》さと強欲さは、これまでとはまったく水準がちがうものとなった。イギリスによるインドの植民地化と、阿片《アヘン》戦争は、そのもっとも典型的な例である。鎖国している国とはたとえ戦争をもってしても植民地とするか市場とする、というのが、列強の資本主義の本性であった。

いま、アジアでこの植民地と市場を争っているのは、オランダではなく、イギリスとフランスであった。アメリカは独立以来急速に隆盛を見た国であるが、ここもまたカリブ海諸国やフィリピンへの野心を隠さず、清国の市場化にも強い関心を抱いている。そして北の大国ロシアも着々と南への進出を企てているのだった。

そして日本もまた、二百五十年続いた封建的政治・経済制度では、国がたちゆかぬところまできている。この二百五十年のあいだに日本の商工業は発達し、国全体の生産力も上がって、古い制度と現実とがかみあわなくなってきている。いや、いまある制度はいまや日本全体の商工業にとって手かせ足かせであった。制度と現実とがいたるところで衝突し、摩擦して、激しいきしみ音を立てている。身分制度も揺らぎ出していた。天保の改革の失敗は、それを如実に示すものだった。

いま日本の社会全体が、生まれ変わる寸前の胎動を始めている。旧弊な社会システムと鎖国政策では、早晩危機が訪れる。日本が列強に食い荒らされて植民地となるか、それともうまく近代化をなしとげ、新しい時代に適応してゆけるかどうかは、おそらくあとほんの十年ほどの時間にかかっているはずだった。

こうした議論を聞きながら、釜次郎は少しずつ、だが着実に世界に目を開いていったのだった。釜次郎が十六歳から十七歳にかけての、多感な自己形成期のことであった。

3

その年、嘉永六年(一八五三年)の六月初旬のことである。四隻《せき》の、黒い鉄板張りの船が浦賀に現われ、投錨《とうびょう》した。アメリカ合衆国海軍ペリー艦隊の四隻である。

その報《しら》せはすぐに江戸に達し、たちまち府内に広まった。

四隻のうちの二隻は、船体の外側に巨大な二基の水車を備えつけ、蒸気の力でこれをまわしているという。ヨーロッパにあると噂されていた蒸気機関だが、アメリカの軍艦はこれを搭載しているのだ。しかもこの蒸気船、搭載している砲の数が三、四十門。ほかの二隻もそれぞれ二十門以上積んでいるらしい。

ちなみに、このときのペリーの旗艦サスケハナ号は積載量二千四百五十トン、ミシシッピが約一千七百トン、最も小さい砲艦のサラトガでさえ約八百八十トンであった。これに対して、江戸・松前航路の弁財船《べざいせん》は五十トンから八十トンである。司令官のペリー提督《ていとく》は、アメリカ合衆国のフィルモア大統領からの国書を将軍宛てに持ってきたという。開港と通商を求める親書である。

幕兵には動員がかかり、その第一陣はさっそく浦賀方面へ向けて出発した。御徒、槍、弓矢に火縄銃、そして馬に乗る将校格の武士たち。大坂夏の陣のころと変わらぬ装備と部隊編制の軍勢である。この出動の様子を見て、すわ戦争と判断、江戸から疎開する町民も出た。江戸府内では、馬具、武具、具足の値がいきなり十倍になった。

釜次郎はこの報を聞いて、いても立ってもいられない気分だった。尻《しり》の下に火がついたようでもあり、耳元で半鐘をがんがんと鳴らされているような気分でもある。もしかしたら自分の学問は間に合わなかったのではないかという焦りもあった。この国自体がもしかすると世の動きに完全に遅れてしまったのではないか、という想いもある。頭をよぎったのは、阿片戦争、という言葉だった。十三年前の、清国とイギリスとの戦争。あれがいま、日本とアメリカとのあいだで再現されるのだろうか。

太郎左衛門の屋敷で、伊沢謹吾をつかまえた。

彼の父親、伊沢美作守政義は西ノ丸留守居だが、浦賀と長崎の奉行を歴任してきたことから、幕閣の中では外交面での顧問格である。この騒ぎの中で、アメリカ艦隊についての情報も、重臣たちの反応も幕府の方針も、すべて知っているだろうと考えられた。

伊沢謹吾も、かなり興奮した面持ちだった。

「とうとうきた。オランダ風説書どおりだったな」

釜次郎は驚いて訊いた。

「予告されていたことなのか？」

「ああ。アメリカは近いうちに日の本に通商を求めにゆくと、数年前から宣言していたんだ。昨夜、父が明かしてくれたよ。幕閣のあいだの機密事項だったそうだ」

「アメリカ船は、たいへんな大きさだというが」

「大きいばかりじゃない。二隻は蒸気船だ。櫂《かい》や艪《ろ》を用いずに、たいへんな速さで海を渡るそうだ。江戸湾奥へ進もうとした舟を浦賀奉行所が押し送り船で追いかけようとしたが、とても追いつけるものではなかったというぞ」

ぞ」

「佐久間象山さまの塾では、象山先生はじめ塾生たちもみな浦賀へ向かったという

「ほう」釜次郎はまた驚いた。さすが当代一流の蘭学者の塾のことだけはある。反応が素早い。「おれたちも行くか」

「歩けば、二日がかりだ。それまでいるかどうかもわからん。待っておれば、江戸の真ん前までやってくるかもしれん」

「止められないか」

「くる気なら、とても止めることなどできまい」

伊沢謹吾は、父親から教えられたという情報を伝えてくれた。浦賀奉行所からの報告である。

それによると、ペリー艦隊の軍艦は、臨戦態勢をとって投錨しており、砲窓を開き、いつでも砲撃できる状態だという。投錨地は浦賀沖およそ十八町（約二キロ）の位置である。江戸湾内を奥へと航行する船もあったが、この船も見事に海岸から二十町の距離を保ったという。

「どういうことだ？」と釜次郎。

「見てみたいものだな、蒸気船。おれは、図でしか知らぬ」

伊沢謹吾は答えた。

「幕府が持つ大砲で、十八町も飛ばせるものはない。大半が、せいぜい十町の距離に砲弾を撃ち込めるだけだ。連中は、こちらの砲弾の飛ぶ距離を承知なのではないか。そして連中の大砲は、それ以上撃てるということだ。お前、築地《つきじ》の鉄砲洲《てっぽうず》あたりから江戸城本丸まで、どのくらいの距離があると思う？」

「十八町といったところか？」

「ずばりだ。十八町しかない。つまり、やつらが江戸湾の奥へと進入してきたら、江戸城本丸も危ないのだぞ。まず鉄砲洲の大砲がつぶされ、船が接近してこんどは江戸城に向けてぶっ放す。本丸は崩れ落ちる」

「これはやはり、浦賀へ行ってみるべきかな」

「芝浦《しばうら》では、浦賀への見物船が出ているそうだ。法外な値を取るらしいが」

「法外な値？」

「ひとり銀二分」

釜次郎は、袖《そで》の下に手を入れてみた。入れたところで、自分の手持ちの金の額は承知していた。最初から足りなかった。

待つか。連中が江戸湾の奥深くへ進入してくるのを待つ。連中だって、幕府に開港と通商を求めるのであれば、江戸の真ん前までやってくるのではないだろうか。幕府中枢に艦隊を示威したうえで、交渉するのではないだろうか。そこまでのことはやっておかしくはない。

釜次郎は訊いた。

「お上《かみ》はどうするつもりなんだ。また打ち払いか?」

「まさか。できるはずがない」

「では、開港となるのか?」

「決めかねているそうだ。とりあえず、アメリカ艦隊にはお引き取り願うことになるだろう」

「水戸公は何と言っているのだろう」

「さすが、ただちに打ち払えとは申さなんだらしい」

水戸公・徳川斉昭《なりあき》は、攘夷《じょうい》思想に凝り固まる水戸藩の藩主である。諸外国が開国と通商を強く求めるようになったこの十数年、幕府に対して強硬な攘夷論を吐き続けてきた。本来、水戸藩主は幕政には口をはさむ権利は持たないのだが、この斉昭にかぎっては発言に積極的であった。その攘夷論の中身は、時代錯誤の精神論であるのだが、水戸藩主の発言となれば、幕府も黙殺するわけにはゆかなかったのだ。

六月九日、幕府は久里浜《くりはま》で国書を受け取ることにした。この日、久里浜の海岸には、ペリー以下、水兵、海兵隊、軍楽隊ら三百人が上陸した。日本側で警戒にあたった武士、兵士の数は五千である。

ペリー艦隊が来春の再訪を言い残して江戸湾を去ったのが、六月十二日である。釜次郎はこのとき、ついにペリー艦隊を見ずに終わった。

国書を受け取って、幕府の困惑はいっそう深まった。

アメリカ政府の国書の宛先《あてさき》は、日本国皇帝陛下となっているのだ。しかし、江戸城の奥にいる人物が皇帝陛下と信じている。日本の政治体制の理解に、大きな誤解があるのだ。

逆に言うならば、十分に事前調査をしたはずのアメリカ政府にも、京都にいる天皇の存在は目に映っていなかったということである。少なくともそれが何か政治的権威を持ったものであるとは、理解されていなかったのだ。

幕府は悩むことになる。将軍が皇帝を僭称《せんしょう》してこの国書を受け取るべきか。それとも国書の礼式を重んじ、たとえ儀礼としてだけでも天皇の名で国書を受け取り、返答せねばならないか。

およそ混乱の中にあっては、権威はみずから名乗り出て責任を引き受ける者にこそ付与される。けっきょく徳川幕府は、それまで政治的権威などまったく認めていなかった朝廷に対して、おずおずとペリーの来航と国書の件を伝えたのだった。

混乱の中ではあるが、ペリー来航直後、幕府は興味深い人事をふたつ、発動している。

そのひとつは、江川太郎左衛門英龍を復権させ、韮山から江戸へと呼びもどしたことである。

江川はただちに勘定吟味役格海防掛を任じられ、海防の議に参画している。ペリーとの交渉では、日本側代表となるよう伝えられた。さらに品川沖《しながわおき》の台場（砲台）設置の総監督をまかされた。こんにちに残るお台場《だいば》海浜公園は、このとき江川が築いたもののうちのひとつである。

もうひとつは、目付の堀利煕《ほりとしひろ》が抜擢され、江川のもとで台場築造大砲鋳造御用掛を命じられたのだ。この堀利煕は、さらに半年後、松前蝦夷地御用掛にかわるのである。

釜次郎は、本所の屋敷で太郎左衛門を間近に見た。当主が江戸にもどってくるというので、その日、家臣や門弟たちが屋敷の庭に勢ぞろいして迎えたのだ。彼らの表情には、幕府はまた太郎左衛門の価値を認めた、という誇らしさと喜びがあふれていた。太郎左衛門が学んだこと、教授してきたことの正しさは、あらためていま証明されたのだと。

太郎左衛門は、歓迎のあいさつをする門弟たちのあいだを足早に歩き、屋敷の中に入っていった。太郎左衛門の顔は、釜次郎には晴れがましそうにも誇らしげにも見えなかった。むしろ、苦悩に耐えている男の顔のように見えた。

たしかに黒船が来航したいま、この国のまつりごとに多少なりとも責任を持つ人物なら、悩むのは当然だった。悩まねばならぬだけの一大事だった。

七月に入ると、老中の阿部正弘《あべまさひろ》は、伊沢謹吾の言ったとおり、広く諮問《しもん》政策をとった。アメリカ大統領からの国書の写しを諸大名に見せ、忌憚《きたん》なく存分に意見を出せと求めたのだ。さらに諸藩士や一般町民にも、意見があれば申し出るようにと告知した。

処士《しょし》横議《おうぎ》と呼ばれる、かつてない侃々諤々《かんかんがくがく》の議論が巻き起こった。蛮社の獄から十四年、幕政に意見あれば述べよ、と幕府が告げるところまで、世は変わってしまったのである。このとき諸大名から出された答申書の数は二百五十、幕臣ほか一般の者からの提言書も四百五十通集まった。

諸大名の多くの意見は、回答を引き延ばせ、あるいは、条件つきで通商を受け入れよ、というものであった。何も意見はない、という回答も多かった。断固要求を拒否せよ、という勇ましい意見は、長州《ちょうしゅう》藩主・毛利慶親《もうりよしちか》、越前《えちぜん》藩主・松平慶永《よしなが》らから出た。

この混乱の中、アメリカ帰りのジョン万次郎《まんじろう》という男が、土佐《とさ》から江戸へと呼び出されてきた。

ジョン万次郎は土佐の漁師であるが、十四歳のときに漂流してアメリカ船に助けられ、アメリカで教育を受けた男である。先年、アメリカ船に乗って太平洋をわたり、琉球に上陸したところを捕らえられた。

長崎で取り調べを受けた後、土佐にもどり、土佐藩主や子弟のために海外事情を講じた。幕府はペリーの再来航までにアメリカ事情を把握する必要があると考え、このジョン万次郎に出府を命じたのだ。江川太郎左衛門が、ペリー再来航の際には万次郎を通訳として使いたいと、強く求めたせいでもある。土佐藩はジョン万次郎を士分に取り立て、名字帯刀を許した。これ以降、ジョン万次郎の正式の名は、中浜《なかはま》万次郎となる。万次郎二十六歳である。

出府後、江川太郎左衛門英龍は万次郎を韮山代官所の手付けとした。自分の直接の部下としたのだった。

万次郎は代官所の江戸屋敷に起居し、英龍を含め幕府の要人に対して繰り返しアメリカの事情を語った。彼は日本では無学ではあったが、マサチューセッツでは学校に学んでいる。漢字の読み書きは不得手だが、けっして無知ではなかった。アメリカ滞在中の観察も深いものがあったし、これを語る言葉も持っていた。

老中の阿部正弘、勘定奉行・川路《かわじ》聖謨《としあきら》らが何度も万次郎から話を聞いた。

幕府要人たちへのアメリカ事情報告が一段落したところで、江川英龍は万次郎に言った。

「門弟たちにも同じことを話してやってくれぬか。みなアメリカの事情を知りたくて知りたくてうずうずしておる」

ジョン万次郎という男が、アメリカ事情を語る。江川太郎左衛門の屋敷で。

この情報は、たちまち江戸の蘭学生のあいだに広まった。当日は、江川の本所の屋敷の前に、青年たちのひとだかりができた。ぜひ自分にも聞かせてくれ、というのだった。蘭学生ばかりではなく、昌平坂学問所の学生もいたし、町民もいた。江川太郎左衛門は、なんとか百人ばかりの希望者を屋敷内に入れたが、この人数を入れる部屋はなかった。彼は万次郎と相談し、同じことをあと何度か実施することにした。

「きょうは帰ってくれ」と、年長の門弟が、集まった青年たちに言った。「また何度も同じ場を設ける。きょうはもう無理じゃ」

それでも青年の多くは、屋敷の前から立ち去らなかった。

釜次郎は、門弟のひとりとして、最初に聴講することとなった。

万次郎は、中庭の縁側に座布団を敷き、足を垂らして腰掛けている。椅子《いす》の暮らしが長かったので、正座するのがきついとのことだった。この万次郎の前の石庭に何十もの床几《しょうぎ》が置かれ、これに青年たちが腰をおろしている。

万次郎は話しはじめた。土佐訛《なま》りの残る言葉である。

「アメリカと申す国のこと、かの国の者はむしろ、ユナイテッド・ステイツと呼ぶことがふつうにございます。

大きな国にございますが、いくつものステイトなる国が連合しているものでございます。ステイトとは、日本語で言うならば、共和州でございましょうか。首都は、天領ワシントンと申します。

東から西までほぼ二千八百マイル。マイルというのは、かの国の距離をはかる単位で、一マイルがほぼ十五町にございます。南北はおよそ千七百マイルと申します。

南北にも広がっておりますから、南はいわば琉球のような気候、北となると、寒気厳しく、雪が積もり、冬には川も凍ります。内陸には乾いた砂漠のような土地も広がってございます。わたしが学びましたマサチューセッツというのは、北東の海沿いにある古いステイトでして、もともとイギリス人が開いた土地。いまから百年ほど前の独立戦争のおりには、ここマサチューセッツが戦争の主な舞台となったそうでございます。

そもそもこの合衆国のはじまりは、東部の十三の州が、イギリス国から独立して新しく国を興したことにはじまるのでございます。みずからの州を、ステイトではなく、コモンウェルスと呼ぶところもございます。住民のたがいが持ち合う富、の意味にございます。領土のことを、アメリカ人は、国王や統領のものではなく、その土地のたみびとすべてのものだと考えておるにございます。

またアメリカ人は、アメリカの政治のことを世界一だと申します。国の統領は、世襲ではございません。能力高く、人望ある者が誰でもなることができます。入れ札で選ばれた者が、さらに入れ札にて決めるのでございます。統領の任期は四年にかぎられますが、その者のまつりごとがよいものとされるなら、さらに四年務めることができます。この統領を目指して、国じゅうの能力と見識ある者が、われこそはと名乗りを上げるのでございます。

また、まつりごとの根本を議論する衆議の場も上下ふたつございますが、この衆議の場に出てくる者も、土地ごとに入れ札で選ばれてくるのでございます」

質問が飛んだ。

「入れ札するのは、誰だ。士族であろうか」

万次郎が答えた。

「男衆みなでございます」

「男衆みな？」

「はい。ただ、かの国には奴隷制度があるステイトもございまして、ここでは奴隷身分の者は、入れ札には加わることはできません」

またべつの青年が訊いた。

「奴隷以外の、男衆みなか？」

「さようでございます」

「家柄は、その、問われることはないのか？」

釜次郎は質問した青年の顔を見た。英龍塾の門弟ではなかった。

万次郎が答えた。

「家柄を問う習わしがございません。誰でも、首長にもなれるし、官吏にもなれるのでございます。ただその者が、有能でさえあれば」

「かの国には身分というものはないのか？　士分も町人の区別もないのか」

「ございません。奴隷身分もないステイトのほうが多うございます」

またひとりが訊いた。

「身分がなくて、どうやってひとはなりわいに就くことができるのだ。なりわいは、身分によって与えられるものではないのか？」

どうにも合点がゆかぬ、という口調だった。釜次郎が顔を見ると、これも門弟ではない青年だった。

万次郎は繰り返した。

「ひとは誰でも、好みの職に就くことができるのでございます。武士でも、官吏でも、商人でも」

ここで万次郎は何か思い出したかのように微笑した。全員がつぎの万次郎の言葉に注目した。

「このように聞いたことがございます。イギリスという国は格式ばっており、ひとは自分の家柄の古さを自慢するそうでございます。ところがアメリカでは、自分の出が貧しきこと、いやしきことを、むしろ自慢するのだそうです。自分の家柄はすぐれたものではないが、それでもおのれの才覚と働きで、このように財をなし、あるいは地位を得ているのだと」

釜次郎にとっては、多少は知っていることだった。とはいえ、じっさいに見聞きしてきた者から伝えられる情報はやはり新鮮であり、驚きであった。正直なところ、アメリカ事情については半信半疑という部分もあった。霧の日に遠くを見ているかのようなものであった。しかし、いまはもう鮮明だ。

ジョン万次郎は、いっときほど話したあとで立ち上がり、退席していった。万次郎が消えたところでしわぶきが広がり、それからどっと庭はどよめいたのだった。誰もが、声にならない声を上げ、溜め息をついて、自分の受けた衝撃を中空に逃がしたのだ。

釜次郎も同様だったが、いくぶん不満もないではなかった。きょうの話の中身が、社会制度中心の話題であったことだ。釜次郎にしてみれば、もっと産業技術についての話題を聞きたいところだった。蒸気機関を用いた工場とはどんなものなのか。何が作られているのか。陸蒸気《おかじょうき》の普及の度合いや、これが社会にもたらしているものは何か。電信の原理とはどんなものか。造船所にはどんな機械があり、どのくらいの船が造られているのか。鉄や石を使った建築物は、いったいどんな大きさでどのように建てられるのか。

万次郎の話題もいつかそちら方面に移ってくることだろうが。

その日、江川太郎左衛門の屋敷を出て、釜次郎は驚いた。入りきれなかった青年たちがまだ、門の外に五十人ばかりたむろしていたのだ。

ひとりが、釜次郎たちのそばに駆け寄ってきて言った。

「聞かせてくれませんか。ジョン万次郎という男は、どんな話をしたんです？」

胸ぐらをつかみかねない勢いだった。理知的な目を輝かせた青年である。歳《とし》は釜次郎と同じくらいか。いかにも学問好きと見える。

釜次郎は、同じ塾生たちと連れ立って茶を飲みに行くつもりだった。万次郎の話を話題に、話したいことが山ほどあったのだ。

釜次郎は相手に言った。

「なんなら、おれたちと一緒にきませんか。茶を飲みながら、話しましょう」

「かたじけない。同席お願い申します」

「英龍塾の、榎本と言います」

「沢《さわ》と言います。沢太郎左衛門《たろうざえもん》。荻野塾《おぎのじゆく》の者です」

「荻野塾というと、砲術家の？」

「はい」

沢太郎左衛門と名乗った青年は、歳は十九。幕臣の子で、いま蘭語を学んでいるのだという。釜次郎たちはその沢をまじえて、本所から両国橋《りようごくばし》方面へと向かった。

沢太郎左衛門は、礼儀正しくもの静かな青年だった。釜次郎たちが茶屋で語り合っているあいだ、姿勢を崩すこともなくその話の中身に聞き耳を立てていた。しかし、談論のあいだに何度か質問を出したが、その中身はじつに的確で鋭いものだった。彼の理解力と洞察力の深さを示していた。

その夜、別れ際に沢は言った。

「釜次郎さん、今夜の話、有益でした。英龍塾の塾生たちが日ごろこんなふうに海防や外国事情について話題にしているとは、うらやましい限りでした」

「あんたは、こういう話題をしないのか？」

「わたしの塾では、さほどしません。きょうの話を聞いているうちに、わたしも江川さまの塾で学びたくなりました。ひとり、入れてもらうことはできるでしょうか？」

釜次郎は答えた。

「わたしが、上の者にお引き合わせしましょう。どうなるかはわかりませんが」

「かたじけのうございます」

翌日、すでに蘭語の下地のある沢太郎左衛門は、英龍塾に入門を許可された。釜次郎にとって、伊沢謹吾のほかにもうひとり、気の合う友人が増えたのである。


ペリーの浦賀来航から半年の後である。

江戸沖のお台場築造工事もまだ終わらぬ嘉永七年（一八五四年）の正月十六日、ペリー艦隊はふたたび浦賀沖に姿を見せた。約束よりもふた月も早い再訪である。しかも船の数が増えていた。前年は四隻の艦隊であったが、こんどは七隻である。大艦隊と呼べるだけの規模になっていた。

しかも、浦賀には投錨しない。金沢錨地《かなざわびょうち》を経て、さらに羽田沖《はねだおき》まで、江戸湾の奥深くへと進んできたのだった。

この報せを、釜次郎は本所の江川太郎左衛門の屋敷で聞いた。午後のことである。この報がもたらされると、何人もの生徒たちが屋敷を飛び出した。釜次郎もそのひとりだった。こんどこそは見逃したりはしない。絶対に。

釜次郎は大川《おおかわ》にかかる蔵前橋のたもとまで駆けた。船をつかまえるつもりだった。去年は黒船をこの目で見ることはできなかった。二分という金がなかったためだ。しかし、いまは羽田沖だという。二分という大金を出さなくても、船を手配することはできるだろう。

大川を、何十隻もの川船がくだってゆくところだった。乗客たちの興奮ぶりを見ると、彼らもみな羽田沖へと向かおうとしているのだろう。

川べりで、船頭が叫んでいる。

「黒船だ、黒船だ。見たくないか。三百文。三百文で、羽田まで運ぶぜ」

船にはすでに五、六人の乗客がある。

釜次郎はその伝馬船《てんません》に飛び乗った。飛び乗った瞬間、船はぐらりと傾いた。釜次郎がよろけると、さっと手が出て、支えてくれる者があった。釜次郎より二、三歳年長と見える青年だ。月代を剃っていない。青年医師のようにも見える。

釜次郎は言った。

「失礼した。かたじけない」

相手は快活に言った。

「なあに、おれも船に飛びこんで、そのまま川ん中に落ちるところやった。足が地についてないのは、お上ばかりやないわ」

かすかに上方の訛りがある。釜次郎は訊いた。

「上方のひとか」

「ああ。播磨《はりま》の出よ。先年まで、大坂の緒方洪庵《おがたこうあん》さまの塾にいた。いまは坪井忠益《つぼいただます》さまの塾だ。あんたは？」

「おれは、大鳥圭介《おおとりけいすけ》」

「英龍塾」と釜次郎は答えた。「榎本釜次郎だ」

「医学生か？」

「いいや。蘭語を学んでる」

「どうして黒船を見たいんだ？」

「あんたこそ」

「見たことのないものは、見てみたいさ。途方もないものだっていうし」

「おれもだ。黒船と聞いて、こんどこそこの目で見たくなって、こうして船に飛び乗ったのさ」

「おれもなんだ。去年は、浦賀までは行けなかった」

「きょうは、行ったところで、近づけるのかな。幕府の軍船が取り囲んでいるんじゃないのか？」

「できるだけ近づいてもらおう」

やりとりを聞いていた船頭が言った。

「行けるところまで行ってみせらあ。追い払われるようなら、はずんでくんな。お役人を尻目にしてやるから」

釜次郎と大鳥圭介は、にやりと微笑《ほほえ》み合った。

乗客が七人となったところで、伝馬船は桟橋《さんばし》を離れた。船頭は三人である。

途中、船は江戸の海岸線に連なるお台場の脇を通った。お台場は、深川洲崎《ふかがわすさき》から南品川に至る海岸に、全部で十一基築造される計画であり、このうち五基がすでに完成していた。しかし最南端の第四台場は築造途中である。

第四台場は、石積みがようやく海の上に顔を見せているだけだった。とうぜんまだ砲も置かれてはいない。石垣の周囲に、石を運ぶ和船《わせん》や艀《はしけ》が何十艘《そう》も集まっていた。大勢の人足たちの姿が見える。

お台場の南端、塁壁の上にふたりの武士が立っていた。ふたりとも、視線を羽田沖に向けている。遠目で見るだけでも、ふたりの男の表情に表われているのは、激しい緊張だとわかった。

釜次郎は気づいた。

太郎左衛門さまだ。

ふたりの武士のうち、ひとりは江川太郎左衛門英龍だった。築造工事の総監督である。

江川さまは、お台場の工事も仕上げられぬうちに、ふたたびペリー艦隊を迎えたのだ――。

釜次郎はその胸中を想像した。

早くから海防を論じ、浦賀を測量し、反射炉を設け、大砲を鋳造し、砲術を教えてきたこの先覚者は、この日をいったいどんな想いで迎えたのだろう。

釜次郎たちの乗った船は、築造途中の品川のお台場脇を抜け、江戸湾をさらに南にくだっていった。釜次郎たちの乗った船の脇を、さらに役人を満載した押し送り舟が追い抜いていった。

羽田沖に投錨していたのは、なるほど七隻の黒船だった。二隻の帆船がひときわ大きい。まるで浮かぶ要塞《ようさい》という趣きである。釜次郎には、こんな船が存在するということ自体、驚きであり、衝撃であった。知識として知ってはいたが、じっさいに目にすると、この技術力というのは、想像を絶した水準のものだった。異国船打ち払い令など、この船を相手に通用すると考えるほうがおかしかった。

残り五隻のうち、煙突と大きな外輪を持つ蒸気船が三隻。これらの船は帆柱も三本ある。風のあるところでは、帆も使うということなのだろう。煙突も外輪も持たぬ帆船は二隻だ。蒸気船のほうは外側に鉄の板を貼っているようである。黒く見える。帆船のほうは、すっかり鉄板で覆われているわけではないが、それでも要所要所に鉄板が打ちつけられている。全体に黒っぽいことでは、この帆船もたしかに黒船だった。

一隻を除く六隻の船の舷側《げんそく》には砲窓と砲門が見え、その背後に水兵らしき男たちの姿が見えた。甲板上では、水兵たちとはちがう軍服を着た男たちが、見物船を興味深げに眺めている。釜次郎は、異人の顔をじっさいに見るのは初めてだった。一様に桃色の肌で、彫りが深い。釜次郎にはどの顔もまったく同じに見えた。たぶん、相手かたにも自分たちは同じように見えていることだろう。

黒船を取り囲んで、小舟が五百艘もいるだろうか。いや、もっと多いかもしれない。明らかに役人と見える男たちが、小舟の接近を牽制《けんせい》している。遠ざかれ、離れろと命じているようだが、取り囲む小舟の数はますます増えてくる気配だ。浜辺にもひとが群がっている。大川の花火見物に繰り出すひとの数も、これにはかなうまいと見えるほどだ。

釜次郎は年長の船頭に言った。

「艦隊のまわりを、ぐるりとまわってくれんか。できるだけ近づいて」

船頭も、いささか呆気《あっけ》にとられたような顔で黒船に目を向けながら答えた。

「わかってらあな。あんたらがいやだって言ったって、やってみるさ」

ひとり、町人ふうのみなりの男が釜次郎に言った。

「蒸気機関ってのは、いったいどんなからくりなんです。こんな船を動かすことができるんだ。とんでもない仕掛けなんでしょうな」

釜次郎は、黒船から目を離さないままに答えた。

「蒸気を罐《かま》の中に閉じ込めることで、力がたくわえられる。力を少しゆるめてやると、蒸気は罐の蓋《ふた》を持ち上げる。これを繰り返せば、蒸気の力ではずみ車をまわすことができるんだ」

いる顔だ。

大鳥圭介が、ほうというように顔を向けてきた。そういう原理なのか、と訊いて
「そうだ」釜次郎は言った。「多少こむずかしく言うとな、往復の動きが、回転の動きに変わる。その仕掛けのおかげで、船を動かしたり、木を挽《ひ》いたり、重いものを持ち上げたりすることができる。その働きのいいこと、水車なんぞの比ではないそうだ。ヨーロッパでは、馬の代わりに蒸気機関の曳《ひ》く箱型の車もできているそうだ。二本の鉄の角棒の上を車輪が走る。おっそろしく力があって速いそうな」

江川太郎左衛門の屋敷でいつのまにか覚えたことだった。あの屋敷では、西洋事情はごくごく日常の話題だった。工学や機械学を学ぶ者も少なくなかったし、もともと仕掛け好きの釜次郎には、この程度の知識は自然に頭に入ってきたのだった。

大鳥圭介が訊いた。

「釜次郎さん。あんた、機械学も学んでらっしゃるのか？」

「いいや。これは、学んだことじゃない。知らず知らず覚えた」

「そういうからくりがこいつを動かすのかと思うと」大鳥圭介は、眼前に迫ってくる最大の黒船をあごで示した。「おれは自分がなんたる無知やったのかと思うなあ。何も知らんも同然やった」

釜次郎たちの乗った伝馬船は、役人の乗る船に何度も追い払われながらも、艦隊の外側を一周した。途中から、伝馬船の上では声もなくなった。物見高い江戸っ子たちが、黒船の大きさに気圧《けお》されたか、言葉も失ってしまったのだ。それほどに、黒船の存在感は圧倒的だった。

釜次郎は、自分の将来が少しだけ見えたように思った。蘭語のつぎに何を学び、何者となるか。その希望らしきものが芽生えてきたのを感じたのだ。

船。船に関わる学問と仕事がよいかもしれぬ。

造船技師か、蒸気機関の技師か。あるいは航海士だろうか。いずれにせよ、この蒸気船を見ていると、そちら方面の仕事が魅力的に思える。船に関わる学問と仕事。まだ漠としたものではあったが、希望の道筋のひとつだった。

その日、船が大川の河口へと戻ってから、釜次郎は大鳥圭介と共に茶屋に入った。ようやく言葉がもどってきていた。むしろ、いま自分が見てきたものについて語らないことには、落ち着きを取り戻せないような気分だった。

釜次郎は大鳥圭介と語り合った。新しい発明が世の中をどんなふうに変えるものか、西洋の社会と庶民の暮らしはどんなものなのか、日本は今後どのように国家の針路を取るべきなのか――。

茶屋が看板を言いだすまで、議論は尽きることがなかった。ひとの耳も気にはならなかった。幕府自身が幕政への建白を認めているのだ。いま何をどう話題にしたところで、手鎖や投獄があるはずはなかった。いや、この日ばかりは、それが重罪だと警告されていたとしても、議論をやめることはできなかったろう。それほどに釜次郎たちはたかぶっていた。

もしかするとこの夜は江戸の方々で、同じような議論があったかもしれない。数万の青年たちが、いや、百万の江戸の市民の大半が、黒船とそれが象徴するものについて語り合ったかもしれない。嘉永七年(一八五四年)の一月十六日である。

また会おう、とふたりは約束し合って別れた。

4

ペリー艦隊が羽田沖に姿を見せてわずか六日後の一月二十二日である。

まだ興奮もおさまらぬ釜次郎が、この日も江川太郎左衛門の屋敷で蘭語の教授を受けているとき、とつぜん屋敷の者から呼び出しを受けた。

「榎本さん。江川さまが、お呼びじゃ。ついてきてくれ」

「江川さまが？」

釜次郎はいぶかりながらも立ち上がった。六日前、お台場の工事現場で見た江川太郎左衛門英龍の姿がすぐに思い出された。

案内にしたがって奥の和室に入ると、三人の男が正座している。驚いた。そのうちのひとりは、父だ。榎本円兵衛だった。

「父上。どうなされた？」

円兵衛が言った。

「座れ。重大な用件だ」

上座にいる江川太郎左衛門が言った。

「榎本釜次郎だな」

「はい。榎本釜次郎にございます」

釜次郎は正座して太郎左衛門に頭をさげた。顔を上げると、太郎左衛門はもうひとりの武士を紹介した。

「こちらは、目付の堀利熙殿だ。台場工事掛をおおせつかっている」

釜次郎は堀利熙と紹介された男にも頭を下げた。端整な顔だちの三十男だ。工事掛ということは、あの日、太郎左衛門の横に立っていたのが、この御仁なのだろうか。

堀が言った。

「とつぜんのことなのだが、北地視察の命を受けて、蝦夷地、樺太《からふと》に出立することになった。ついてくる気はないか」

蝦夷地、樺太視察？　おもしろそうな話ではあるが、しかしなぜいま？

その疑問が顔に出たのか、太郎左衛門が言った。

「アメリカ艦隊の再訪で、幕府は北地の海防についても一刻も猶予はならぬと判断したのだ。ロシアの進出ぶりをたしかめ、蝦夷地と樺太の事情をつまびらかにして、海防の策をとらねばならぬ」

「ロシアが進出しているのですか？」

「聞いてはおらぬか。去年アメリカ艦隊が来航した直後、ロシアのプチャーチン提督も軍艦四隻を率いて長崎に現われ、開港を要求した」

噂では聞いていたが、ペリー艦隊の来訪の陰に隠れてしまった話だった。

太郎左衛門は続けた。

「わが日の本をめぐって、列強が綱引きをはじめているということだ。ロシアはアムール川流域の経営に力を入れているが、その先にあるものは樺太と蝦夷地だ。開港要求も、南下への野心の表われとみなければならん」

円兵衛が言った。

「伊能さまも、蝦夷地や千島《ちしま》へのロシアの進出ぶりを懸念されておられた」

太郎左衛門が言った。

「それで、わたしが堀殿を蝦夷地御用掛に推挙した。ついでに、伊能忠敬門下の者に案内を頼みたくて、円兵衛殿にもご足労願い、ご相談つかまつった」

円兵衛が引き取って言った。

「忠敬さま門下の者ども、みな高齢にして、ご案内はむずかしかろうと申し上げた。ただ、わたしが忠敬さまから聞いていた蝦夷地の事情は、いま思い起こせるかぎりお伝え申した」

ふたたび太郎左衛門。

「そうこうしているうちに、釜次郎さん、あなたがうちで蘭語を学んでいることを思い当たった。体軀《たいく》壮健にして、知識旺盛《おうせい》、このような事業にも関心を持っているとか」

円兵衛が太郎左衛門に顔を向けて言った。

「わたしのように洋式測地術を学びたいと、以前から申しておりました。本草学にもかなりの知識がございます。そうだな、釜次郎？」

「はい。さようにございます」と釜次郎は答えた。

堀が言った。

「そのような者がいるなら、重宝する。案内でなくてもよい。従者として視察についてくる気はないか。もちろん蝦夷ガ島も樺太もほとんどが未開の地、かなり長く不自由な旅となるが」

つまりそれは、冒険であるということだ。お伊勢参《いせまい》りや東海道《とうかいどう》の上方行きとはちがう。幼いころ父から聞かされたコロンブスやマゼランにつながる冒険に、自分は加わることになる。いや、中浜万次郎の数奇な航海と旅行にもつながる旅となろう。それはまちがいなくこの自分の蒙《もう》を啓《ひら》き、世界を見つめる視力をきたえてくれる。蘭語を学ぶことと同じ程度に。

もうひとつ。これは幕府の海防政策の一環としての視察旅行だ。黒船到来以来の自分のたかぶりに、ひとつの鎮静薬となってくれることだろう。自分は何になるべきか、何をすべきか、その問いにひとつの道筋を示してはくれぬだろうか。

円兵衛が訊いた。

「お供をしてはどうだ？　光栄であろう？」

まさか拒まれることはあるまいと確信しているかのような問いだった。

釜次郎は、太郎左衛門の前にいざり寄って言った。

「は、榎本釜次郎、つつしんでお供つかまつります」

太郎左衛門は笑った。

「おいおい、そんなにあっさりと決めなくてもよい。蘭学も休まねばならぬ。堀が申したように、不自由な、長い旅となる。よく考えよ。数日の猶予はある」

「考えることはございません。もう心を決めてございます」

堀も苦笑して言った。

「心強い。蝦夷地と聞いて、しり込みを見せた者もいるのだぞ。わたしが声をかけた中には」

「蝦夷地には、いつか行ってみたいと念じておりました。小さいころから伊能さまの足跡について何度も父から聞かされましたゆえ」

太郎左衛門が言った。

「どうやら、決まったようだな」

釜次郎は訊いた。

「出立はいつにございますか」

「蝦夷地はいま厳冬。春を待って江戸を発《た》つ。おそらく三月はじめだ」
ひと月半ほどの時間はあるということだ。

二月十日、ペリーとの第一回の交渉が神奈川《かながわ》の浜でとりおこなわれた。日本側代表は、儒役・林大学頭復斎《だいがくのかみふくさい》、町奉行・井戸覚弘《いどさとひろ》、目付・鵜殿長鋭《うどのながとし》らである。いったん代表に決まっていた江川太郎左衛門ははずされた。中浜万次郎も通訳を申しつけられなかった。水戸藩主・斉昭が、万次郎はアメリカが間者《かんじゃ》として送りこんだ疑いがある、と主張したためであった。このため、交渉は英語をオランダ語に通訳し、それをさらに日本語に訳すというかたちをとった。もちろん発言者が変われば、この順序は逆になる。

嘉永七年三月三日（一八五四年三月三十一日）、日米和親条約十二箇条が調印された。

その内容は、つぎのようなものだ。

・アメリカ船に対して下田・箱館《はこだて》の二港を開港し、薪水《しんすい》、食糧等を供給する。
・アメリカ船の必要品の購入許可・外交官の下田駐在許可・最恵国待遇の承認――等である。

通商条約ではなかったが、ペリーもこれ以上は要求しなかった。ひとつ穴を開けたのだ。いずれどのみち通商まで進まざるをえないという判断である。日本側から見れば、ついに鎖国は破られた。祖法としての鎖国政策は、ここに破《は》綻《たん》をみたのだった。

日米和親条約が調印されたその三日後、堀利熙ら北地巡察の一行は江戸を発った。陸路津軽へと向かい、津軽・三厩《みんまや》から船に乗って蝦夷地、そして樺太へと渡るのだ。

一行は総勢十二人である。堀利熙と、勘定吟味役の村垣範正《むらがきのりまさ》が巡察使。堀は巡察後箱館奉行に任じられる含みである。これにペリーとの応接にあたった蘭語通訳の平山謙二郎《ひらやまけんじろう》が加わっており、さらに小姓たち。釜次郎は雑用掛だった。会津《あいづ》藩の雑賀孫六郎《さいかまごろくろう》という青年も、釜次郎と同じ待遇で同行した。撃剣の名手だという。彼はいわば護衛役である。

「道中、山賊でも出てくれれば」と雑賀孫六郎という青年は言った。「おれが全部相手にしてやるつもりさ。山賊ども、おれたちの一行を襲ったことを、後悔するんだ。胴と離れちまった頭でな」

江戸と津軽・三厩との距離は、おおよそ一千二百五十キロ。この距離を、釜次郎たちは四十日をかけて移動した。ちょうど桜を毎日楽しみながら北上したことになる。三厩に着いたのは、四月十五日のことである。

三厩に着いた翌々日、ペリー艦隊のうち三隻の先遣隊が箱館に入ったとの報がもたらされた。翌年開港と決まった箱館港の下見とのことである。堀は、すぐに通訳の平山謙二郎を箱館に派遣した。何かことが起こったばあい、ペリーとの交渉に当たらせるためである。

箱館に赴いた平山は、この三隻が下田を四月十日に発ってきたと聞いて愕然《がくぜん》とする。わずか五日間で、江戸湾から箱館に至ったのだ。東まわり航路の弁財船の場合、二十日を要する道のりである。さらに四月二十一日、二隻の蒸気船が箱館に入港した。この二隻は、先の三隻よりも一日早く、四日で箱館までの距離を走破したのだった。

いっぽう堀たちは、平山が箱館に向かった翌日、松前藩さしまわしの船で福山《ふくやま》へと向かった。三厩と福山とのあいだは、およそ九里とのことである。

釜次郎は、外海に出るのはもちろんはじめてである。船は高田屋嘉兵衛《たかだやかへえ》が開発したという箱館型と呼ばれる洋船だった。弁財船などとはちがって二本マストの帆船であるが、あのペリー艦隊を見たあとでは、この船はいかにも小さく、みすぼらしかった。もしいま大船建造の禁を解いたところで、日本にこれ以上の船を造る技術があるものかどうか。釜次郎は揺れる船の上で、どうにもならない不安が繰り返しわいてくるのを、抑えることができなかった。

船が津軽海峡に出ると、釜次郎は船の舳先《へさき》近くに腰をおろし、真正面にかすんで見える蝦夷ガ島の山並みに目をこらした。山の頂き付近にはまだ雪が残っているようだった。しかし山麓《さんろく》では、たぶん山桜も咲いていることだろう。

会津藩士の雑賀孫六郎が、釜次郎の横にきた。

雑賀は釜次郎とは同い年だ。この四十日あまりの徒歩旅行のあいだに、釜次郎は彼と親しく口をきくようになっていた。

雑賀が、北に視線を向けて言った。

「ペリーはなぜ、箱館の開港を望んだのかな。下田はともかく、清国との交易のためなら、長崎のほうがよかったのではないかと思うのだが」

釜次郎は、幼いころいつも眺めていた地球儀を思い起こしながら言った。

「箱館は、アメリカ大陸にもっとも近い東洋の良港だ。捕鯨船が補給に立ち寄るにも、交易船が薪水を得るにも、長崎よりは箱館のほうが便利ということだろう」

雑賀は、ほう、と言うように釜次郎に顔を向けた。

「アメリカ大陸にいちばん近い？　そうなのか？」

「もうひとつ、ここはロシアをにらんでおくにも、重要な場所にある」

「どうしてだ？」

「ロシアは、ウラジオストックという港を、南下の拠点にしようとしている。地図をロシアのほうから見るとな、そのとき出口の前に囲むように立ちはだかっているのが日の本の島々だ。ロシアの艦隊がもし外洋へ出てゆこうとすると、対馬《つしま》海峡かこの津軽の海峡を通るしかない。箱館は、その津軽の海峡を押さえる大事な位置にある。アメリカにとっては、箱館はぜひとも開港させておかなければならぬ港だったのだ」

「そうなのか。そのように考えたことはなかったな。蝦夷ガ島も箱館も、はるか日の本の辺地、さして意義のある土地の名には聞いたことがなかった」

たいがいの日本人はそうだ、と思ったが、釜次郎はその言葉を口にはしなかった。自分がこのような認識を持っているのも、父親の特殊な仕事のおかげ、とくべつの教育の成果だった。そのことを、自慢げに語るべきではあるまい。

雑賀が言った。

「聞くと、ロシアも繰り返し開港を求めてきているそうだ。アメリカと和親条約を結んだ以上、ロシアを蹴《け》るわけにはゆかぬ。だが、幕府の中には、恐れるべきはむしろロシアだという声があるそうだ。箱館、下田の開港ぐらいで引き下がるだろうかと。だからこそ、この巡察が決まったようだが」

「ロシアのほかにも、イギリス、フランスが控えてる。ジョン万次郎さんの話じゃ、東洋でいまいちばん野心満々なのは、イギリスじゃないか、ということだったが」

「連中も、開国の要求を」

「まちがいなく、求めてくる。ペリー同様、軍艦を引き連れてな」

船が揺れはじめた。風が北西から吹いてきている。波も高くなってきていた。

釜次郎は甲板の上で身体《からだ》を低くして、風を避《よ》けた。

釜次郎たちは、蝦夷ガ島の渡島《おしま》地方・福山の港に上陸した。町の背後の丘の上に、三層の小さな天守閣を持つ真新しい城が見える。つい最近竣工《しゅんこう》を見たばかりの松前藩福山城だという。

そのさらに背後の山々はまだ緑浅く、やっと新芽どきという様子だった。ところどころに、山桜らしき淡い紅色の花の固まりが見えた。

町並みは、どこか荒々しい。民家は瓦屋根が少なく、かといって茅葺《かやぶ》きが多いわけでもなかった。板を張り、その上に石を置いた屋根が目立つ。

町の外側、山の下の平地にも、水田は見当たらなかった。畑すら拓《ひら》かれていない。いくつかの民家の周囲に、わずかに菜園らしきものがあるだけだ。

気温は三厩とさほど差があるようには感じられなかった。四月なかばにしてはたしかに涼しいが、北緯四十二度であれば、この程度のものだろう。

蝦夷ガ島では、作物はできない。

そういう俗説がある。父はきっぱり否定した。手を入れたなら、穫れるはずだと。松前藩が米を作らないのは、ある意味では、海産物だけで十分藩をまかなえるからだ、ということもできる。もしこの藩が農業で立つことを考えていたなら、この島の様子も多少はちがっていたことだろう。

うしろから、雑賀が声をかけてきた。

「釜次郎、行くぞ」

釜次郎ははっと返事して、船着場へととって返した。

松前藩は、一行が樺太に行くと聞いて、少し日にちを待っては、と助言してきた。この季節、まだ海が荒れているとのことだった。もう半月ばかり待ったほうがよいと。堀たちは、松前藩の助言にしたがった。堀の一行が福山を出発するのは、五月十日のことである。その二日前に、ペリー艦隊が箱館を離れ、ふたたび下田に向かっていた。

蝦夷ガ島は、松前藩や箱館のある和人地《わじんち》と、それ以外の蝦夷地とに分かれている。さらに蝦夷地は、渡島半島熊石《くまいし》から知床岬《しれとこみさき》まで引いた線によって東西に分かれていた。線の北側が西蝦夷地、南側が東蝦夷地だ。

堀一行の乗った船は、福山を出るとつぎに江差《えさし》の港に寄り、ついで西蝦夷地の漁場をひとつひとつ訪ねるように北上した。太田《おおた》、須築《すつき》、寿都《すっつ》、といった漁場である。こうした漁場にはたいがい松前藩の運上屋《うんじょうや》があり、侍が常駐していた。働いているのは、アイヌである。漁場をじっさいに仕切っているのは、日本人の漁場請負人とその配下の者であった。

堀の一行の全員が、アイヌを見るのははじめてだった。最初はその風俗が珍しく、釜次郎も働くアイヌたちのそばに寄って、その様子を無遠慮に眺めたものだった。

漁場で働くアイヌたちの顔は一様に暗く、生気がなかった。みなりひとつとってみても、動作をみても、彼らが漁場の労働で疲弊《ひへい》しきっているのがわかった。集落は見るからに貧しく、建物は荒れ放題で、子供たちは汚れていた。習俗のちがい、と考えることのできぬ水準の話である。人間としての最低限の暮らしすら、アイヌには保障されていないように見えた。伊能さまの見聞だが、と父親が教えてくれたとおりの悲惨だった。

寿都の漁場で、釜次郎は松前藩の侍にそれを言ってみた。

侍は答えた。

「海岸沿いの集落に住むアイヌたちは、漁場の請負人の持ち物みたいになってます。生かすも殺すも、請負人次第。たしかにあまり見た目のいい暮らしぶりじゃありませんが、しかたがないじゃありませんか」

「しかたがない？」

「やつら、野蛮人です。字も知らず、ろくな技術も持たず、国も造らなかった。あたしらに対抗できるだけの兵も持たなかった。となれば、あたしらすぐれて強い者に支配され、好き勝手されても、文句は言えませんやね」

釜次郎は、侍の顔を見つめながら、自分の想いを呑《の》み込んだ。その言いぐさはたぶん列強が日本を見る見かたと同じことなのだが、貴様はそいつを受け入れることができるのか？　そもそも民族なり国家なりの優劣をどう決めるのだ？　黒船を持たぬからといって、わが日本は野蛮国だろうか。大砲を造る技術に劣っているからといって、だから植民地になってもしかたのない国だとは言えまい？

その侍は、さらに愉快そうにつけ加えた。

「アイヌ勘定というものがございましてな。ご存じですか？」

「いいや。なんです、それは？」

「連中、十以上の数を数えることができません。アイヌとの契約は、ふつうたとえば鮭一匹につき米いくらいくらと決まるのですが、漁場の者ども、その十匹をこう数えさせます。はじめ、と言って一匹。つぎから一匹、二匹と数え、十まで数えて、おしまいと言ってもう一匹つけ加える。やつら、十と十二の区別がつきませんので」

松前藩の侍は、歯茎をむきだしにしてけたけたと笑った。

釜次郎は、それはただアイヌが十二匹単位で契約しているということではないかと思った。アイヌも、和人が自分たちをごまかしているのは承知なのだ。ただ、和人たちが十だということに対して、抗弁できないだけだ。勘定ができないわけではない。

岩内《いわない》の漁場で地図を作っているときだ。アイヌの青年が籠《かご》を背負ってやってきて、漁場の和人に籠の中身を示した。商売がはじまったようだった。釜次郎が見ていると、アイヌの青年が籠から取り出したのは、黒い石のようなものだ。表面に光沢がある。

黒曜石《こくようせき》?

だとしたら、ふつうは灰色の丸石の形をしているはずだ。割ったときにはじめて、黒曜石らしい色と光沢になる。でもその石は、もっと角張っていて、全体が黒いのだ。もろそうにも見える。

ともあれ、釜次郎は近づいてみた。

アイヌの青年が見せているのは、石炭だった。

釜次郎は和人に訊いた。

「このあたりで、石炭がとれるのか?」

漁場の和人は言った。

「近くの川の崖《がけ》っぷちに、こいつがむき出しになったところがあるらしい。薪《まき》よりも燃えるし火持ちがいいんで、持ってくれれば買うことにしてる」

釜次郎はアイヌに声をかけた。

「この石炭は、どのあたりでとれるんだ?」

アイヌは、言葉が理解できなかったようだ。首を振って釜次郎に背を向け、立ち去っていった。

一行のもとにもどると、堀が訊いてきた。

「なんだ？」

「石炭でした」釜次郎は答えた。「近所に、鉱脈があるらしい」

本草学の知識が役に立った。釜次郎にとっては得意な学問分野のひとつだ。

堀が言った。

「石炭か。蒸気船は石炭を焚《た》く。アメリカも石炭の補給を求めたそうだが、石炭など薩摩《さつま》で少々取れるぐらいだ。補給の確約はできなんだとか」

村垣範正が言った。

「アメリカは、蝦夷ガ島には石炭があると承知で、箱館を開港させたのかな」

ありうる話だ、と釜次郎は思った。ということは、ロシアも蝦夷地の地下資源については事情をかなり把握しているということか。肝心の幕府が、ろくに蝦夷地を知ってはいないというのに。伊能忠敬の蝦夷地地図も、幕府の命令によって作成されたものではない。忠敬のただ学問的な好奇心から、私財で作られたものなのだ。

岩内を発って、一行はさらに西蝦夷地の海岸沿いに北上を続けた。小樽内《おたるない》までの海岸の風景は、父親から聞いていた越後あたりの風景を思い起こさせるものがあった。しかし、石狩《いしかり》の漁場にきたときは、まったくちがう土地にきた、という思いを強くした。これまで見たことのないほどの大河が海に注いでいたのだ。その背後に広がっているのは、広大な湿地帯である。なるほど手つかずの大地であった。

村垣が、その大湿原を見やりながら言った。

「広い土地だが、ただの湿原ではな。何の役にも立たぬ」

松前藩の役人が言った。

「このイシカリ河のさほど上流でもないところに、乾いた水はけのよい土地があるそうでございますよ。サツ・ホロ・ペツとアイヌたちは呼んでいるそうです。乾いた大きな河、の意味だそうで」

「広いのか？」

「そうなのでございましょう。楡《にれ》の森が、どこまでも続いているそうでございます」

堀が釜次郎の顔を見た。何かつけ加えることがあるか、と問うている。

釜次郎は本草学の知識で言った。

「楡が生えるのは、河が運んだ肥《ひ》沃《よく》な土の平原か、広い谷あいの平地です。乾いた、と言っているところを見ると、おそらく河が作った扇状地のような平原があるのでしょう」

「肥沃とな?」

「やせている土地には、楡は生えません」

堀利熙は言った。

「いずれ、内陸の視察使も送らねばならぬな。石炭をもっと産するのか、作物はとれるのかどうか、わしらは蝦夷ガ島について何も知らん」

一行はさらに、西蝦夷地の沿岸を漁場伝いに北上した。浜益《はまます》、増毛《ましけ》、羽幌《はぼろ》、天塩《てしお》

――


羽幌から北の土地はやせていた。植物の相が貧しい。なるほど、このあたりでは、作物を作ることはむずかしいかもしれない。

そんな印象を胸に刻みつつ、蝦夷地の北の果て、宗谷《そうや》に着いた。六月十日のことである。

北の海峡の向こうに見える陸は、樺太である。樺太は南北に細長い島で、地図で見るなら、口を開けた蛇にもたとえられそうな形をしている。文化四年(一八〇七年)に、幕府はいったん樺太を直轄地としたが、その後、ここは松前藩領となり、

ついで箱館奉行の管轄下に入った。いまはまた松前藩の管理下にある。ただしロシアとのあいだに国境は画定されていないため、日本人、ロシア人、さらにアイヌ、オロッコ、ギリヤークなどの先住諸民族の混住地となっている。近年、ロシア軍と日本人とのあいだに衝突が繰り返されるようになり、漁場を請け負っていた日本人たちもいまはすべて引き揚げていた。

松前藩からの情報では、その樺太島の南部、亜庭《あにわ》湾の奥にある久春古《くしゆんこ》丹《たん》には、ロシア軍のひと部隊がいるという。前年夏に、とつぜん上陸したというのだ。

国境がいまだ画定されていない以上、日本側には、それを非難する権利はなかった。逆に言えば、日本人もまた樺太には足を踏み入れることができるはずである。ロシアが、一方的に樺太の南端までもロシア領と宣言したのでなければ。

堀と村垣は、どうすべきかを話し合った。採りうる途《みち》はふたつあった。とにかくこのまま久春古丹へと向かい、ロシア軍などかまわず樺太事情の調査にかかるか、それとも松前藩に応援を頼み、兵士と共に樺太に渡るか、である。

前者の場合、へたをすると追い払われる。あるいは一行の全員拘束ということになる。後者をとったとすると、最悪の場合は戦闘である。

堀と村垣の協議を聞いている釜次郎にも、この両国対峙《たいじ》の前線の緊張感は伝わってきた。そして日本の国難の実態をも、実感したのだった。

けっきょく、もうしばらく樺太の様子を窺おうということになった。この夏も、樺太に渡っている日本人の猟師などがいるという。樺太に住むアイヌたちも、好天の日には小さな船で海峡を渡って交易にやってくる。そのような連中からロシア軍の様子を訊く。日本人の上陸を拒んでいないようなら、松前藩の応援は待つまでもない。

翌日、猟師ふうの日本人ふたりが、宗谷の海岸に到着した。堀たちはすぐに彼らを囲んだ。

猟師は意外なことを言った。

「ロシア兵はいませんぜ。ふた月ばかり前に久春古丹を引き払ってる」

「まさか」と堀。「砦も築いたとか」

「たしかに建ってます。砦はアニワ・ポストとか言う名前だそうです。だけど、ロシア兵はひとりも残ってません」

堀と村垣は顔を見合わせた。

村垣が言った。

「われわれが行くという話が伝わったか。それであわてて退去かな」

一行のものが笑った。最前線で対峙しているという緊張が消えたのだ。釜次郎もほっとした。どうやら、早急に樺太に渡ることになるだろう。

六月十二日、堀利熙一行は久春古丹に上陸した。海峡の横断には、間宮林蔵《まみやりんぞう》も使ったという、この地の先住民に伝わるかたちの船を使った。イタオマチブと呼ばれる板綴船《いたつづりぶね》である。この地のアイヌやギリヤークなどのたみびとは、この船で独自の交易圏を作り上げている。

久春古丹は、もともとアイヌの小さな集落である。松前藩もいっとき運上屋を設けたことがあった。いまは夏だけ、漁場請け負いの日本人がやってくる。

久春古丹の浜の背後の丘に、丸太造りの簡素な砦が築かれていた。土地のアイヌに訊くと、それはロシア人たちが柵塞《ゴロツド》と呼んだものだという。丘の頂き付近を丸太の列木で囲い、柵《さく》としている。入口はひとつだけで、この門構えはかなり厳重だ。使われている丸太も太いものであった。中に入ると、柵の裏側には武者走りが造られており、そこから柵の外の敵に鉄砲を撃ちかけることができるようになっている。

中には三棟の丸太の小屋があった。丸太をそのまま壁としているのだから、見るからに頑丈そうである。丸石を積み上げた暖炉もついているし、隙間風《すきまかぜ》が入らないから、冬もかなり暖かいのではあるまいか。

一行は、この柵塞を拠点にして、樺太の西海岸と東海岸を調査することになった。

その夜、釜次郎たちは柵塞の中でひさしぶりに陽気な時間を過ごした。心配していたロシア兵がいなかったということで、堀利煕が従者たちに酒樽《さかだる》を開けるよう命じたのだ。夕食後は、それぞれ位に応じてのささやかな饗宴《きょうえん》となった。


亜庭湾一帯を簡単に調査すると、ついで堀は東海岸の調査にかかった。一行が到達した最北端は、北緯およそ四十八度三十分のタライカである。いったん南下して久春古丹にもどり、すぐに西海岸を北上した。こちら側で到達したのは、北緯五十一度のホロコタンであった。この巡察の範囲内には、ロシア軍駐屯の様子は認められなかった。このあたり、かつては日本も漁場を拓いたことがあったが、いまはすべて放棄されていた。

漁場は放棄されていたが、河口にはたいがいアイヌの小さな集落があった。これまで見てきた西蝦夷地のアイヌの集落とはちがって、こちらではさほど疲弊や困窮は感じられなかった。むしろ樺太のアイヌたちは、自分たちの習俗を守りつつ、誇り高く生きているように見えた。逆に言えば、蝦夷地のアイヌたちは松前藩によっていかに過酷に取り扱われているか、ということだった。

いくつかのアイヌの集落では、素性のよくわからぬ日本人の姿も見た。ロシア人と混血したらしい顔だちの者もあった。内陸には、流刑地を逃れてきたロシア人の囚人も隠れ住んでいるという。日本の北の辺境は、ロシアにとっても辺境であった。どちらの政府も、この土地を支配しきれずにいるのだった。近代国家の統治の及ばぬ土地であった。

ふたたび久春古丹にもどると、村垣範正はひと足先に江戸にもどることになった。とり急ぎ、樺太の様子を幕府に報告するためである。堀たちは、こんどは蝦夷ガ島のオホーツク海側へとまわり、知床岬から択捉《えとろふ》、国後《くなしり》を巡察、東蝦夷地の海岸をまわって箱館、という経路をとることになった。

蝦夷ガ島のオホーツク海側は、ひとの気配の少ない海岸線が続いていた。日本人がいたのは、紋別《もんべつ》と斜里《しゃり》のふたつの漁場だけだった。斜里はかつて、津軽藩が北方警備のために駐屯した土地だが、ひと冬で百人のうちの七割の兵士が死亡するという悲劇が起こっている。斜里警備の計画は一年で撤回された。それほどに冬が過酷だという土地である。

一行はさらに知床岬をめぐり、択捉島の北側の海岸を東端から西へと移動した。

かつて何度もロシア軍と小さな衝突が繰り返された島だが、このときはロシア軍の姿を見ることはなかった。

択捉島から国後島へと移り、やはり北側の海岸をつたって泊《とまり》という漁場に行った。ここからは蝦夷ガ島の本島は指呼《しこ》のあいだである。泊のつぎに上陸したのは、根室《ねむろ》だった。根室は蝦夷ガ島本島の東端にある漁場で、運上屋も大きく、日本人の数も多かった。

根室の運上屋に、堀利熙宛ての幕府からの書状が届いていた。

読み終えると、堀は従者たちに言った。

「ご公儀は、箱館にふたたび奉行所を置くことを決められた。蝦夷ガ島南部の和人地を管轄する。わたしが、箱館奉行を命じられた」

ひと足先に帰った村垣が、箱館の重要性を進言したのだろうか。いったん廃止されていた箱館奉行所が復活したのだ。

堀は続けた。

「箱館に着いたところで、わたしはすぐ奉行職に就くことになる」

釜次郎は想像した。堀の箱館奉行拝命には、たぶん江川太郎左衛門の強い推挙があったのだろう。

根室を発ったあとは、厚岸《あつけし》、釧路《くしろ》、広尾《ひろお》と、東蝦夷地の海岸線をたどった。襟裳《えりも》の岬を遠巻きに通過し、ついで様似《さまに》、浦河《うらかわ》、新冠《にいかっぷ》である。どれもひとの数の多い漁場であった。アイヌたちの様子は、ふたたび困窮ぶりが目立つようになってきた。

沙流《さる》の漁場でのことである。

釜次郎たち一行が、沙流川河口の背後にある地形を調べていたとき、近くのコタン（集落）に、漁場の和人たちが六、七人、ただごとならぬ雰囲気で入っていった。脇差《わきざし》のようなものを持った者もいたし、棍棒《こんぼう》や鎌《かま》を手にした者もいる。その和人たちの様子を見て、コタンの子供たちは一斉に消えてしまった。

釜次郎たちは異様な空気にとまどい、測地の手を休めてコタンの様子を見守った。釜次郎たちのいる場所からコタンのこちら端まで、距離にすればわずか二町といったところである。

和人たちは、コタンの一軒の家の裏手へとまわった。見ると、そこにはささやかな畑が拓かれているらしい。和人たちはその畑に入り込むと、繁《しげ》っていた丈の長い作物を乱暴になぎ倒しはじめた。アイヌの男女が数人、家の中から飛び出してきて、和人たちに土下座する。何ごとか哀願しているようだ。和人のひとりの脚にとりすがる者もいた。老婆のようだ。その和人は、とりすがってきたアイヌの老婆を足蹴《あしげ》にすると、餅《もち》をつくように棍棒でこづいた。老婆は背をまるめてうずくまった。

ひとりのアイヌの男が飛び出してきた。男は和人にどんと体当たりすると、棍棒を奪いとった。体当たりされた和人は、よろめいて尻餅をついた。

すぐにほかの和人たちが反撃した。棍棒をふるってアイヌの男に殺到した。アイヌの男はたちまち棍棒をたたき落とされた。あらためて容赦のない殴打が、アイヌの男を襲った。アイヌの男はその場にくずれ落ちた。

雑賀孫六郎が、その場から駆けだした。

堀も言った。

「ついてこい」

釜次郎は堀のすぐあとを駆けた。

「何ごとだ」と堀が駆けながら訊いた。

和人の男たちは手をとめて釜次郎たちに目を向けてきた。男たちの中心で、アイヌの男が身体を丸めている。声にならないようなうめき声をあげていた。

和人たちの前で、堀の一行は立ち止まった。和人たちの目は険悪だ。漁場の請負人とその配下の者たちと見えた。漁師と言うよりは、まったくのやくざ者という様子である。立ちはだかるように、若い男がふたり、堀の前に立った。ひとりは、長脇差を抜いている。

釜次郎は、その畑には麻《あさ》が植えられているのを見た。麻は、織物の原料となるばかりではなく、漁網の素材にもなる植物だ。

堀が和人たちの中の頭目らしき男に訊いた。

「何があった？　そのアイヌたちがどうした」

頭目と見えた男は言った。

「お江戸からきたお侍さんでしたっけ？」

「箱館奉行、堀利熙だ」

「箱館奉行なんて、なくなったと思ってましたが」

「再置された。何ごとかと訊いている」

「ご覧のとおりでさ」頭目は、そのささやかな畑を顎《あご》で示して言った。「アイヌは作物をなすものじゃありませんや。欲しいものがあったら、漁場で働けばいい。それにだいいち、この地面だって請負人のものでさあ」

「何を植えたってかまわんではないか」

「冗談じゃない。麻だの煙草《たばこ》だのを勝手に植えられたら、運上屋で木綿も煙草も売れなくなる。網でもこさえられて密猟でもされたらたまりやせんや。作物まかりならぬと言い渡してあったんですがね。ちょっと目を離すとこれだ」

「このぐらい、見逃してやれ。大仰すぎやしないか？」

「大仰かどうかは、あたしらが決めまさあ。漁場のことは請負人にまかせてもらってます。松前藩からね。箱館奉行か何か知りませんが、口出しはしねえでもらいたい」

釜次郎は、西蝦夷地で聞いた松前藩の役人の言葉を思い出した。

アイヌを生かすも殺すも請負人次第。連中は、請負人の持ち物なんです――。

倒れたアイヌの男のうしろに、何人かの年配のアイヌたちが立っている。老婆ももう立ち上がり、ほかのアイヌたちに支えられていた。彼らの深い眼窩《がんか》の奥の目にあるものは、困惑や怒りではなかった。悲しみですらないと見えた。ただ、深い諦《てい》念《ねん》だ。あるいは絶望と呼ぶべきもの。思わず目をそむけたくなるほどの、深い虚無のようでもあった。

頭目は、周囲の男たちを見まわして言った。

「かまうことはない。続けろ」

男たちはふたたび畑の麻をなぎ倒しにかかった。鎌をふりまわし、添え木を棍棒でなぎ払う。柔らかな土を蹴散らす。

と、それまでうずくまっていたアイヌの男がふいに跳ね起きると、すぐそばの和人に飛びかかった。和人ははがい締めにされてもがいた。

「この野郎！」

ほかの男たちが、アイヌの男の腹に棍棒をたたきこんだ。アイヌの男は和人から離れて身体を折った。もうひとつ棍棒。アイヌの男は膝からその場にくずれ落ちた。

釜次郎は飛び出してアイヌと和人の男たちのあいだに入った。棍棒はとまらない。釜次郎の頬に痛みが走った。釜次郎は無我夢中で和人の男たちを突き飛ばし、腕で払った。

そこに鋭い声が飛んだ。

「下がれ」

雑賀孫六郎だった。雑賀は刀の柄《つか》に手をやって、釜次郎の前に出てきた。

漁場の男たちは、気圧されたように一歩しりぞいた。それでもひとり、長脇差を抜いたままの男がいる。凶悪な目を雑賀とアイヌとに向けていた。

雑賀が言った。

「何度も言わん。消えろ」

釜次郎はちらりと堀に目をやった。堀は、雑賀をとめる気配はない。まかせるつもりでいるようだった。

頭目が堀に訊いた。

「アイヌの肩を持つんで？」

「非道はよせ」と堀。

雑賀がもう一歩前に出た。手は刀の柄にあって、いまにも鯉口《こいぐち》を切る様子である。

雑賀は、もう一度言った。

「消えろ。武士が刀を抜くときは、使うときだぞ」

その場に緊張が満ちた。頭目は雑賀の目を凝視し、ちらりと堀にも目を向けた。この場の空気をはかっている。雑賀の態度が単なるおどしかどうか、それを見きわめようとしている。

釜次郎たちも、漁場の男たちも、そしてアイヌたちも、みじろぎもしない。

しばらくの緊張のあとに、頭目が言った。

「きょうのところは見逃してやらあ」頭目は配下の者たちに言った。「こんなことをしてる暇はねえ。帰るぞ」

男たちは肩を怒らせ、まるで勝ったのは自分たちだとでも言っているような様子でその場から立ちさっていった。

釜次郎は、倒れているアイヌの男の脇に膝をついた。男は遠慮のない殴打を受けていた。両方の鼻の穴から血を流している。額も裂けていた。骨は折れてはいないと思うが、しばらくのあいだ痛みと内出血は続くことだろう。

そのアイヌは、まだ若い男だった。地面の上で身をよじったとき、かすかに目を開けた。釜次郎と目が合った。その青年の目にあるものは、たぎるような怒りと憎悪だった。釜次郎は、その目から視線をそらさなかった。怒りも憎悪も、この場合はなんとも人間らしくまっとうな反応だと感じられた。

釜次郎は、青年に訊いた。

「言葉はわかるか?」

青年は、釜次郎を少しのあいだ凝視していたが、やがて小さくうなずいた。

「名前は?」

青年は、問われたことが意外だったようだ。大きく目をむいてから、答えた。

「シルンケ」

言ってからむせた。赤い飛沫《ひまつ》が、その口から飛び出してきた。

堀が、シルンケと名乗った青年を見おろして言った。

「松前藩の役人には、言い聞かせておく。こんな取り扱いはやめさせるようにとな」

青年はふんと鼻を鳴らして堀を見上げ、それから顔を横に向けて唾《つば》を吐いた。唾も真っ赤だった。


その夜、運上屋の囲炉裏《いろり》の前で、雑賀孫六郎が炎を見つめながらぽつりと言った。

「きょうというきょうは、我慢がならなかった。この旅のあいだ、だんだんおれは、自分が和人であることが恥ずかしくなっていたんだ」

釜次郎は、胸のうちで言葉をまとめてから、やはり炎を見たまま言った。

「このままでは、アイヌのたみびと、そのうちにロシアのほうがましだと思うようになるのではないか」

「おれは、漁場のあの手合いが軍艦を持ったところを想像した。そうなったら、この世はすさまじいものになるな」

「列強が、そうでないことを祈りたい」

囲炉裏の中で、ぱちりと薪がはぜた。

釜次郎は手にしていた小枝を一本、囲炉裏の中央に放《ほう》った。

沙流を出たあと、一行の船は勇払《ゆうふつ》、白老《しらおい》と漁場をめぐり、内浦湾《うちうら》に入った。この東側に、モロランというよい地形の土地があるという。着いてみると、そこは外洋から完全に隔離された、奥の深い入り江だった。波が静かで、水深も深い。かなり大きな外洋船も十分停泊可能と見えた。入り江の周囲は山がちで、平地が少ない。

釜次郎は、蝦夷ガ島の地図を思い起こしてみた。アイヌの青年が石炭を持ってきたあの岩内の漁場にもわりあい近い。乾いた平原、サツ・ホロ・ペツにも近かった。このモロランの地は、将来幕府が本格的な蝦夷地経営に乗り出したときは、むしろ箱館よりも便のよい拠点となるのではあるまいか。釜次郎の脳裏に、モロランの地形と位置が刻み込まれた。

モロランを発つと、内浦湾の奥へと入り、虻田《あぶた》、長万部《おしゃまんべ》、鷲ノ木《わしのき》の漁場をまわった。

鷲ノ木は、駒ガ岳《こまたけ》をあいだにはさんで、箱館のちょうど裏手にあたる漁場である。波が静かだった。

雑賀が、小休止のときに額の汗をぬぐいながら言った。

「それにしても暑いな。蝦夷ガ島がこんなにも暑いとは知らなんだ」

「まったくだ」と、釜次郎も蚊を払いながら言った。

この十日ばかり、釜次郎も同じことを感じていたのだ。江戸の暑さには及ばないが、それでもかなりの気温である。一行は温度計を持ってはこなかったが、摂氏《せっし》で測るなら、三十度を超えているのではないか。真夏にこの暑さなら、蝦夷ガ島ではあんがい作物が実るかもしれない。

沙流のあの事件のとき知ったことがひとつある。アイヌたちが農業をしていないのは、ここが作物ができぬ土地だからではない。松前藩や漁場の日本人が禁止していたからだ。本気で作る気があれば、陸奥や津軽で穫れる程度の作物は、この地でも穫れてふしぎはない。

釜次郎は、鷲ノ木の海岸から、内浦湾の一帯を眺めわたした。真夏の濃い緑が、湾曲する海岸線に沿ってどこまでも延びている。内陸にはたぶん乾いた肥沃な土地も広がっており、太古以来の森に覆われて眠っていることだろう。蝦夷ガ島は、存外に豊かな可能性を秘めた土地かもしれない。昆布やニシンや鮭《さけ》だけの島と思い込むのは、まちがいだ。

釜次郎は、背後を振り返った。

奇怪な爆裂火口をさらす活火山・駒ガ岳がそびえている。この山の南側に、箱館の町があるのだ。この鷲ノ木からは、直線でせいぜい十里という距離のはずである。いよいよ旅も終わりだった。津軽・三厩を出発して以来およそ四カ月あまりの大旅行が、ようやく終わろうとしていた。


釜次郎たちが箱館に入ったのは、八月二十日のことである。

雑賀孫六郎が目を細めて箱館の町並みを眺めやりながら言った。

「まぶしいなあ。女子衆《おなご》の姿を見て、やっと日の本に帰ってきたのか、という気がするわ」

釜次郎にも、この港町のにぎわいと活気は魅惑的に映った。漁場や辺境の異民族の住む集落とはちがう。まぎれもなく日本だった。和人地だった。家並みにも、行き交うひとびとの顔にも、聞こえてくる声にも、それを実感した。やっと気を抜くことのできる土地だ、という気がした。自分はやはりこの長く不自由な旅のあいだ、そうとうに気を張りつめていたのだろう。

このころの箱館の戸数はおよそ二千、現住の人口はおよそ一万人であった。江差、福山とほぼ同規模の港町である。

箱館に着いた堀利煕は、ただちに二人制の箱館奉行のひとりとなった。同時に堀は、織部正《おりべのしょう》を任じられた。

巡察使は解散することになった。堀の小姓以外の者は江戸へもどることになったのだ。

堀は釜次郎に言った。

「報告書をまとめねばならん。そのほうはもう少し残ってくれぬか」

「かしこまりました」と釜次郎は答えた。釜次郎自身も、まわってきたばかりのこの土地に、もう少しとどまってみたかった。蘭語の習いのほうが、多少遅れることになるとしてもだ。

八月二十五日、釜次郎は満で十八歳となった。


その直後の八月三十日である。箱館港にロシア艦隊が入港してきた。プチャーチン提督率いる艦隊である。臨時旗艦ディアナ号以下四隻、どれも蒸気船ではなかったが、それでも千石船の十倍から二十倍もの大きさの外洋型の巨大帆船群であった。

釜次郎は、ここ箱館でも、近代的な外国海軍の雄姿を眼前に見ることになったのだった。羽田沖のペリー艦隊のときとちがい、こんどは伝馬船を雇う必要もなかった。艦隊は、箱館の町の真ん前に錨《いかり》をおろしたのだ。船着場に出るなら、ほんの二町から三町という距離に、四隻のロシア艦隊があった。

プチャーチン率いるロシア艦隊は、前年、ペリー艦隊の下田来航の直後に、アメリカと同様の要求をもって長崎に入港している。このころ、ロシアとトルコのあいだにはクリミア戦争が勃発《ぼっぱつ》しており、英仏がロシアに対して宣戦を布告していた。英仏極東艦隊の目を避けながらの長崎入港であり、開国要求であった。

そしていったん長崎を出たプチャーチンの艦隊は、日米和親条約が締結されたのをみて、あらためて日本に開港を要求してきたのだった。着任早々の箱館奉行・堀利煕が、プチャーチンから開港要求の国書を受け取った。

堀の御付として国書受領に立ち会いながら、釜次郎はいやおうなく国際間の緊張と、日本の置かれた状況を強く意識せざるをえなかった。日本人が望むと望まざるとにかかわらず、日本もいまは、列強間の競争の一要素となっている。その当事者のひとりとして引っ張り出されようとしているのだ。

会見が終わり、プチャーチンの副官ポシェットたちが短艇《たんてい》で船へと帰ってゆくのを見送りながら、堀が釜次郎に言った。

「正直なところを言うと、わたしはご老中の阿部さまの諮問《しもん》に、開港拒絶で応《こた》えよ、と進言したひとりだ。だが、羽田沖でペリー艦隊を目のあたりにし、いまここでロシア艦隊を迎えてみると、自分はなんと浅慮だったかと恥ずかしくなるな」

釜次郎は驚いて訊いた。

「お奉行さまは、開港拒絶を進言されたのですか」

「ああ。それができると思うておった」

そう感じている幕閣や識者は少なくあるまい、と釜次郎は思った。いまもし老中の阿部正弘が諮問したら、返ってくる意見はそうとうちがったものになっているのではないだろうか。

釜次郎にとって、開港と日米和親条約はいまや当然の世の流れとして受け入れることができた。いずれ結ばれることになるだろう通商条約もだ。

いまの釜次郎の思いはこうだ。

おれはよいものを見てきた。羽田沖でペリー艦隊。そして蝦夷ガ島と樺太の事情。いままたロシアのプチャーチン艦隊。このささやかな経験と認識が、またひとつ自分の未来に方向を与えてくれたような気がしている。海か、船か、未開の土地か、海外か。よくはわからないが、何かそちらの方に自分を生かすことのできる途があるように感じられる――。

しかしまだ定まってはいない。鮮明に見えるまでには至っていない。蘭語を学びはじめて、まだ二年しかたっていないのだ。

5

九月、二人制奉行の相方、竹内保徳《たけのうちやすのり》が箱館に着任した。堀織部正利煕は、ただちに江戸へと帰ることになった。幕府にみずから報告しなければならぬことがいくつもあるのだ。釜次郎も堀と共に江戸への帰路に着いた。

ちょうど台風の季節である。陸路の半分の日数ですむとはいえ、船旅はむずかしかった。帰路も奥羽路《おううじ》を使った。堀一行が江戸に帰り着いたのは、十月も初旬のことである。

これが黒船なら、と釜次郎は三厩から江戸へ向かう道の途上、何度も思ったものだ。わずか四日で移動し、報告を届けることができるのに。自分たちはこの一刻を争う状況下、四十日をかけて三厩から江戸までの距離を歩き通さねばならないのだ。

このころ、榎本の一家は、御徒町から牛込《うしごめ》に移っていた。釜次郎が牛込の自宅の門をくぐると、真っ先に円兵衛が飛び出してきた。

「ただいま帰りました」と釜次郎は言った。

家族に会うのは、七カ月ぶりのことである。

円兵衛は、釜次郎の両肩に手をのせ、相好をくずして言った。

「よく帰ってきた。ご苦労だった。さぞ疲れたことだろう。すぐに風呂の支度をするから」

すぐに母も姉も兄も出てきて、釜次郎を歓迎した。

兄の勇之助は、釜次郎の顔を見つめて、愉快そうに言った。

「おもしろかったようだな」

母親は釜次郎の顔と姿をしげしげと見つめてから言った。

「まっことと立派になられて。見ちがえるようです。これがあの釜次郎なの？」

円兵衛が得意そうに言った。

「言ったろう。この年ごろの男児は、旅を通じていきなり大人になる。旅は男を鍛え、鋼にするのだ。それも釜次郎の旅は、なみの旅とちがうぞ。津軽まで歩いて、それから蝦夷ガ島に樺太だ。伊能さまの測地の旅にはかなわぬが、しかしけっして馬鹿にしたものじゃない旅だ」

姉のらくが言った。

「お帰りなさいまし。いますぐ、お風呂をわかします」

釜次郎は姉を呼びとめ、母親に向かって言った。

「箱館の土産があります。蝦夷ガ島の産物ですが。風呂より先に、こっちを見てください」

釜次郎は座敷に座り、荷を解いて、土産の品をひとつひとつ渡した。

「母上には、べっこうのかんざしを。姉上には、アイヌ刺繍《ししゅう》の帯《おび》〆《じ》めを」

母親が言った。

「べっこうのかんざしなんて、蝦夷ガ島の名物なの？」

「アイヌは、清国とも交易をしているのです。樺太、アムール川を通じて、遠く清国のものが、アイヌのたみびとのもとに渡ってきます。それが箱館にももたらされております」

勇之助が言った。

「おれには何かないのか？」

「兄上には、鹿革《しかがわ》の手甲《てっこう》と脚絆《きゃはん》を。父上には、熊《くま》の胆《い》を買ってまいりました。うたには巾着《きんちゃく》を」

父が言った。

「気をつかわんでもよかったに。重かったろう」

「いいえ。なんのことはありません」

母親が言った。

「ゆっくり土産話を。でもまずは着物を取り替えたらいかが？」

釜次郎は浴衣《ゆかた》に着替えて、縁側に足を投げ出した。長旅の疲れと緊張がどっと出てきたような気がした。でも、きょうはもう眠るだけでよいのだ。家族の匂《にお》いのしみこんだ家で、使い慣れた枕《まくら》を使って、ひたすら熟睡すればよいのだ。ここはそれができる場所だ。おれの父母兄姉妹がおれを待ちわびてくれていた場所だ。

翌々日、江川太郎左衛門の屋敷に出向いた。太郎左衛門に帰着の報告をするためと、蘭語教授の続きの件で、兄弟子に相談するためである。

ところが太郎左衛門は、江戸を離れて韮山に帰っていた。いま最新型の反射炉築造の指揮を執っているという。

さらに太郎左衛門は、中浜万次郎の記憶をもとに、洋式小型船の建造にも力を注いでいるとのことだった。これはニューイングランドの捕鯨船で使われているクルシェルと呼ばれるタイプのボートである。捕鯨船で使われているくらいだから、荒波や風にも強かった。試作船が完成してみると、日本の板底船とは較べものにならない使い易さである。江川は韮山で、同じ型のボートを大量に建造することにしたという。

その中浜万次郎のほうは、太郎左衛門の屋敷で、英語を講じるようになっていた。

そのことを聞いた釜次郎は、ただちに万次郎に会った。

釜次郎は言った。

「榎本釜次郎と申します。こちらのお屋敷で蘭語を学んでおりますが、ぜひとも中浜先生のもとで英語も学びたく、よろしくご教授をお願いする次第です」

万次郎は、いかにも漁師らしいざっくばらんな調子で言った。

「蘭語はすでに学ばれておるんですな」

「アルファベットは読めます」

「明日から、午前《ひるまえ》の講義に入られてはどうです。文法をやっちょりますきに」

「では、明日から早速」

釜次郎は、蘭語と英語のふたつの言語を同時に学ぶことになったのだった。ただし、そのあと蘭語や英語で何を学ぶか、という点については、まだ釜次郎は結論を出していない。

その日、江川太郎左衛門の屋敷の中で、なつかしい顔に出会った。

一緒に黒船を見た大鳥圭介という青年である。

「釜次郎さん！」大鳥圭介は、顔に歓喜をあふれさせて駆け寄ってきた。「なつかしいのう」

釜次郎は立ち止まって大鳥圭介を待った。

「どうしたんです、大鳥さんは？」

大鳥圭介は言った。

「おれも、この塾に移ってきたのよ。迷惑か？」

「とんでもない。大鳥さんも塾生になるなんて、わたしにも励みになりますよ」

「箱館奉行の供として、樺太まで行ってきたと聞いたが」

「二日前に帰ってきたばかりなんです」

「どうやった、あっちは？」

「巡察の狙《ねら》いのひとつは、ロシアの南下の具合を調べることでしたが、ロシア兵はなぜか樺太南部の砦を放棄していましたね。少なくとも南半分には、ロシアの姿はなかったな」

「クリミア戦争がはじまって、樺太に軍を置いておく余裕はなくなったということだろう。だけど、いつまたもどってくるかわからんさ。そうだろう？」

「わたしにはそこまで判断できませんが」

「箱館では、プチャーチン艦隊も見たとか」

「見ました。八月末に港に入ってきた」

「あんたは、ペリー艦隊もプチャーチン艦隊も見たことになるなあ」

「プチャーチン艦隊を見たのは、偶然でしたが」

「戦争だな」と大鳥圭介は言った。「列強は、開港要求のつぎに何を言いだしてくるかわからん。阿片戦争の例もある。日の本は、戦争に備えなければならんぞ。そう思わんか？」

「たしかに」釜次郎は同意した。「覚悟はすべきでしょう。しかし、いま外国船を打ち払うべきとは思いません」

「おれも、そうは言ってない。ただ、世の中を知れば知るほど、おびえが募るな。

おれたちは、目隠しをして崖っぷちを歩いていたのだと気づいて」

「これまでは、それで通用しました」

「間に合うかな」

「何がです？」

「おれたちの学問が追いつくのが。いや、ご公儀がこれではいかんと気づくのがだ」

「ご公儀もとうに承知でしょう」

「そうであることを切に願うよ。とにかく、これからは同じ塾生として、よろしく頼む」

年長の大鳥圭介は、ていねいに釜次郎に頭をさげた。釜次郎もあわててお辞儀を返した。

これ以降、大鳥圭介は釜次郎にとって、江川太郎左衛門の塾でもっとも親しいひとりとなる。伊沢謹吾とのつきあいは長いし、秀才の沢太郎左衛門とももうおれお前で話す仲だが、これにもうひとり、気の合う友人が増えたのだった。

6

中浜万次郎による英語の講義は、途中にはさまる雑談もまた興味深いものだった。中浜万次郎は、基本文法と語彙《ごい》を教えながら、同時にアメリカのさまざまな事情を塾生たちに語ってくれるのだった。

「陸の運送は馬を用います。車を曳かせるのですな。しかし、レイロウと申す蒸気の車もございまして、これには数十人が乗って、力を労せず旅行できます。蒸気船と同じからくりです」

「レイロウは、荷物を運ぶにその蒸気車のあとに家形の箱をいくつもつなげて曳きます。箱は長さ五間ばかりです。蒸気車の通る道筋には、鉄の角棒が敷かれておりまして、車輪がこの鉄の角棒の上を回ります。レイロウとは、そもそもこの鉄が敷かれた道のことを言います。鉄棒がレイル。ロウが道の意味となります」

とくに若い塾生が興味を示したのは、このようなテーマの場合だった。

「婚姻の儀は、メアリッジと申します。メアリッジには、仲人というものはございません。男女たがいに文《ふみ》を交わしたりいたし、相狎《あいな》れ親しんだときは、親々の申し合わせをもって近親にも示談となります。寺院のようなところへ参りますと、夫婦に相成った者が呼び出され、誓わねばなりません。一生夫婦の義を守り、不義の心得などあるべからざるむね、盟を致すのです。このあと新郎の家になどゆきまして、揃《そろ》って膳を取るのでございます。この祝言のことを、ウェディングと申します」

このときは、質問が出た。

「夫婦が不義をせぬと？　妻が、ではなくか？」

中浜万次郎は答えた。

「夫婦共にです。ちなみにかの国では、長者なれども一妻にて、妾《めかけ》を持つことはござりません」

「統領殿も、側室は持たぬというのか」

「聞いたことがございません」

ほんとうなのか、と言うように顔を見合わせる塾生が何人かいた。

あるとき、英龍塾の庭で釜次郎が、沢太郎左衛門と一緒に昼食の握り飯を食べているときだ。大鳥圭介が、何かうれしいことを報告にきた、という顔で近づいてきた。

「釜次郎さん、ちょっと見てくれぬか」

大鳥圭介は釜次郎の横に腰をおろすと、風呂敷包みから一冊の書物を取り出した。蘭書だった。

「読本を選ぼうと、英龍さまの書庫に入っていて、この書物を見つけた」

大鳥圭介の口調からは、もうあまり播磨の訛りは感じ取れない。だいぶ江戸の暮らしになじんでいるようだ。

釜次郎は、口の中の飯を呑みこんでから訊いた。

「何の書物です？」

「築城術だ。見ろ」

釜次郎はその書物を手にとって、表紙をたしかめてみた。

『下級士官のための築城教範』とある。オランダ陸軍が使っているもののようだが、もともとはフランスかプロシアのものかもしれない。

釜次郎がその洋書を大鳥圭介に返すと、彼は城の平面図が印刷されたページを開いた。図面は、幾何学をそのままかたちにしたようにも見える。稜角《りょうかく》が五つある城である。続いて大鳥圭介が開いたページは、四稜の城の平面図だった。釜次郎の隣から、沢太郎左衛門ものぞきこんできた。

大鳥圭介は、うれしそうに言った。

「これは、いまのヨーロッパの城の主流なのだ。バスチオン・スタイルという様式の城砦《じょうさい》じゃ」

「バスチオン。角に砦があるのですか」

「おれは、稜堡《りょうほ》、と訳してみた。稜角上の堡塁《ほうるい》、つまり稜堡は、必ず左右のふたつの堡塁から守られておる。攻めるに死角がないのだ。まこと巧みな縄張りよ」

「堡塁の左右に、砲と銃眼が並ぶのですね」

「そうだ。砲の威力が高まってきたので、これまでの城砦では砦の役目を果たせん。それでヨーロッパではこの型式の砦が考案され、普及しているのだと。美しいとは思わんか、釜次郎。理にかなったものは、美しいのう」

大鳥圭介は、ほんとうに美人画か茶の名器でも見つめるように目を細め、頬をゆるめている。

「美しいかたちをしているのう。こういう城を、日の本もいずれ造らねばならぬぞ」

「英龍さまが造ったお台場の砲台も、この型式のように見えます」

「英龍さまは、たぶんこの書物を参考にしたのだろう。おれは、こいつを自分で翻訳してみようと思うのだ。広く世に出すべき本だ。どうせなら、活字も鋳《い》って、活版の書物として刊行しようかと思ってる」

大鳥圭介は、頬をゆるめたままの表情で、釜次郎たちの前から立ち去っていった。

釜次郎は、なんとなく頬をゆるめて沢太郎左衛門に目をやった。沢太郎左衛門も、妙に愉快そうに釜次郎を見つめ返してくる。

「どうした？」と釜次郎は訊いた。「おれの顔に何か？」

沢太郎左衛門は言った。

「お前たちは、ふたりとも珍妙なものが好きだな」

「おれも？ おれは大鳥さんほどの好事家《こうずか》のつもりはないぞ」

「昨日、うれしそうに読んでいた本は何だ？」

「あれは、ホイヘンスの時計という仕掛けを説いた図面だ」

「おもしろいものか？」

「そりゃあもう、からくりの理の面白いことと言ったら」

「ほらみろ。そいつを読んでいるとき、釜次郎はいまの大鳥さんみたいな顔をしていたぞ」

そうか。自分も大鳥圭介と似たようなものであったか。しかし、そういう沢太郎左衛門自身、蘭語の新しい読本を手にするたびに、同じような顔になるではないか。

その年、安政《あんせい》元年（一八五四年）の暮れである。幕府がアメリカについでロシアとも和親条約を結んだ直後、江川太郎左衛門英龍が出府してきた。海防の議にふたたび参加を命じられたのである。太郎左衛門はこのころ、韮山で大砲の鋳造と、伊豆で難破したロシア軍艦の代船の建造に不眠不休であたっていた。体力を消耗していたのだろう。はたの者がみても衰弱をはっきりと感じ取れるほどであった。

釜次郎も、太郎左衛門を迎える塾生にまじって、太郎左衛門の様子を見た。頬がこけ、肌には生気がなく、どす黒い。

「いかんな」と伊沢謹吾が言った。「あの顔色で、無理をしちゃいかん」

釜次郎は言った。

「お身体の具合がよくないのだな」

「身体を休めて滋養をとったほうがいい。おれなら、湯治《とうじ》を勧めるな。伊豆なら、いくらでも温泉はあるだろうに」

「こういう時期だ。お上の命とあらば、病を押してでも出てくるのがあのかただ」

「立派だ。しかし、生命を縮める」

伊沢謹吾の予言どおりとなった。

明けて安政二年の正月十六日、江川太郎左衛門英龍は本所の屋敷で息を引き取ったのだ。ときに太郎左衛門五十三歳。この時代、どの日本人よりも早く目覚め、誰よりも遠くを見つめていた者の、早すぎる死であった。

太郎左衛門の名は、息子の江川英敏《ひでとし》が受け継いだ。英敏はこのとき、幕府鉄砲方である。塾のほうも、英敏がそのまま維持することとなった。中浜万次郎も、やはり太郎左衛門の屋敷にそのまま起居を続ける。

英龍塾、と呼ばれたこともある太郎左衛門の私塾は、英敏塾《えいびんじゆく》と呼ばれることになる。幕府は、この英敏塾での砲術教育を充実させるため、この年五月、英敏に芝新《しばしん》銭座《せんざ》の八千二百坪余りの土地を与える。以降、英敏塾は、本所から芝新銭座に移るのである。

江川太郎左衛門の死と引き換えられたかたちであるが、洋学も解禁へと向けて動きだした。幕府は、天文方蕃所和解《ばんしよわげ》御用掛《ごようがかり》（洋書翻訳機関）を独立させ、洋学所を設立するのである。中浜万次郎も洋学所の所属になるらしい、との噂が流れた。アメリカの書物の翻訳を命じられるらしい。

急がねばならない、と釜次郎は焦った。中浜万次郎が引っ張られてしまわないうちに、英語を完全に習得しなければならない。万次郎に代わる英語教授は、いまのところ江戸にはいないのだ。釜次郎は、蘭語に加えて英語の勉学にもいっそう励んだ。

四月のある日の授業のあと、釜次郎は大鳥圭介と共に両国方面に歩いた。

両国橋の近辺では、また窮民や浮浪者が目につくようになっている。諸国から府内に出てくる者が増えているようだ。この数年、国内の各地で大きな地震がたて続けに発生しており、復興ままならず疲弊している藩も多い。風水害の風評もよく耳にする。年寄りの中には、何か悪いことが起きるのではないか、と声をひそめて言う者もいた。末世だ、と説く僧侶《そうりよ》も少なくないという。幕府は内憂外患といったところか。

両国橋の近くの茶屋に入って、ふたりして盃《さかずき》を傾けた。このころには、釜次郎も少しずつ酒を呑むようになっていたのだ。

大鳥圭介は言った。

「知っているか。お上は、旗本を洋式に調練しようと考えだしている。編制から武装まで西洋にならい、列強と互角に闘える軍を作ろうというのだ。来年にも、築地に講武所なる学校ができるそうだ。どう思う?」

釜次郎はもちろんその話を知っていた。兄の勇之助は、この講武所に志願するつもりでいる。兄は、陸軍軍人の道を選びとるつもりなのだ。

釜次郎は兄のことを思い起こしながら、大鳥圭介に言った。

「陸軍だけでは足りません。海軍はどうする気なんでしょう」

「お上だっていずれ洋式の海軍も作るだろう。だが、船から何から、一から揃えなければならん。陸軍を強化することのほうが手っとり早い」

「大鳥さんは、その講武所に入るのですか？」

「おれは旗本じゃない」

「行きたそうな顔をしてますよ」

大鳥圭介は苦笑した。

「正直なところ、行きたい。だが、入ることはできん」

「どうするつもりです？」

「韮山に行こうかと思う。太郎左衛門さまの砲術指南の塾がある。太郎左衛門さまがなくなっても、塾は続いているそうだから」

「いずれ、播磨にもどって、藩兵に砲術の手引きですか」

「そうじゃない。おれは砲術そのもので身を立てたい。それに、釜次郎さんもとうに承知だろう。いまどき、藩に何の意味がある？　身分すら、無意味になりつつある。中浜万次郎さんは漁師だが、士分に取り立てられ、代官所手付となった。漁師が、幕府出仕となったのだぞ。万次郎さんがアメリカの事情だと教えてくれたことが、この日の本でも万次郎さんの身に起こっているではないか。となれば、おれの身に起きたって悪くはないわけだ」

「では、いずれは幕府陸軍の軍人となるとか？　徳川家のではなく」

「そう。それを望むところだ」大鳥圭介は言った。「おれは幼いころから父親に、ひとのため世のためになれと言われて育った。父親の頭にあったのは医師のことだが、いまひとのため世のためになるなりわいと言ったら、軍人ではないかと思う。おれは、軍人になりたい。わが日の本に、近代的な国軍ができた暁にはだ」

「海軍はいつできるのでしょうね。どちらが急ぎかと問うなら、わたしは海軍だと思います。資金が限られているなら、海軍創設に振り向けるべきです」

「どうしてだ？」

「あのペリー艦隊を見た者なら、当然の反応です」

そのとき釜次郎が思い浮かべたのは、必ずしも羽田沖のペリー艦隊の姿だけではなかった。プチャーチンの艦隊が脳裏をよぎったし、蝦夷地で見たアイヌのひとびとの悲惨も、久春古丹のロシア軍の柵塞の様子もよみがえった。

大鳥圭介は言った。

「ペリー艦隊は見たが、戦争の基本は、陸戦だろう。列強ともし戦争となった場合、港など封鎖されてもいいのだ。どっちみち鎖国していた国なのだからな。やってゆける。だけど、陸戦では勝たねばならぬ。列強も、日の本全土を制圧できるだけの兵力は、いくらなんでも上陸させられるものじゃない」

「阿片戦争を忘れないでください」

「イギリスは、清国を乗っ取ったわけじゃない」

「わずかな戦闘に勝っただけで、イギリスは無体な要求も全部呑ませることができるようになった」

「清国の採った策の誤りだ。陸軍がもしもう少しよく訓練され、装備も近代的であったなら、戦争の結末はちがっていたろう」

「わたしは」と釜次郎は言った。「やはり海軍だと思います。海軍を作るということは、その及ぼすところの大きさが、陸軍を作ることの比ではないと思うのです」

「どうしてだ?」

「海軍を作るということは、最先端の工業技術をものにする、ということです。蒸気機関から造船、製鉄、冶金、砲の製造、金属の精密加工といったところがすぐ思い浮かびます。海軍を作れば、これらの技術がわが国に蓄積され、新しい産業を興すもとになります」

「陸軍ではだめか？」

「海軍が必要とする技術ほどには、及ぼすところが大きくはありません。また海軍を持つことは、わが国も交易に乗り出すことと表裏のことですが、そいつは世界の事情に通じるようになる、ということです。いまの世の中、世界の事情に通じることがどれほどの強みとなるか、大鳥さんもご承知と思います。清国もわが国同様に鎖国していましたが、おかげで世界事情にうとかった。阿片戦争に負けた原因のひとつがそれです」

「その答は単純すぎるぞ」

「ものごとには、大事の順をつけねばなりません。日の本がこのたいへんな時代を生き延びる道は、一刻も早く近代的な海軍を持つことです。海軍を持ち、技術を入れ、新しい産業を興し、交易に乗り出すことです」

釜次郎は、もう一度ペリー艦隊とプチャーチン艦隊のことを思い起こした。いつか日の本も、あのような海軍を持つ日がくるのだろうか。海軍軍人のための伝習所を設けるようなことがあるのだろうか。もしその日が近いのであれば、自分はそのときためらうことなく伝習所に志願するような気がする。だが、あまり長い時間待つことはできない。自分はもう二十歳（満十九歳）になるのだ。父親から学費をもらって学んでいるのもつらくなってきた。そろそろ、決めねばならない。つぎは何を学ぶのかを。

釜次郎は、小さく嘆息して思った。

お上には、海軍を作る構想はないだろうか。

もちろんあった。

幕府も近代海軍創設の構想を少しずつ煮詰めているところだった。

この前の年の七月、オランダ軍艦スームビング号の艦長ファビウス中佐が、幕府に対して意見書を提出した。

ファビウスは、日本は早急に近代海軍を創設すべきだとして、こう献策した。

・近代海軍の艦船建造については、造船技術の先進国であるオランダが引き受ける。

造船技術者の養成にも協力する。

・海軍艦船の乗組員の養成には、学校が必要である。オランダは、幕府が海軍学校を設立するのであれば、必要な艦船の提供、教官の派遣等、全面的な協力を惜しまない。

二百五十年間、西洋で唯一交易を認められていた国家として、オランダは日本に友邦意識さえ持っていた。ナポレオン戦争のあと、オランダがいっときフランスに併合され滅びたときも、徳川幕府はオランダを亡国扱いとはせずに、引き続き交易を独占的にオランダの商船隊に許した。その幕府の好意を、オランダの国民は忘れていなかった。列強が植民地争奪競争に入ったこの時代にあっても、オランダは日本に対してはまったく野心を見せていない。もちろん海軍創設に手を貸すことで、日本で引き続き既得権益を保持したいという期待はあったにせよ、それ以上の打算のない意見書であった。

老中の阿部正弘は、このファビウスの提言を受けて、オランダ士官の招聘と、海軍伝習所の設置を長崎奉行・水野忠徳《ただのり》に交渉させた。オランダは快諾し、この安政二年六月、スームビング号をオランダ国王の名で献納したのである。スームビング号は、ただちに観光丸《かんこうまる》と命名された。

長崎奉行所は、スームビング号の艦長のペルス・ライケン以下、士官、機関士、水夫、火夫《かふ》ら、三十七名を教官として採用した。伝習所は、長崎奉行所西役所の敷地内に設置された。海軍伝習所が発足したのである。伝習所の総督は、長崎目付で海防掛の永井尚志《ながいなおゆき》である。

伝習生の人選もはじまった。

六月下旬、釜次郎は目を丸くして相手に訊いた。

「海軍伝習所ができた？　伝習生の人選がはじまった？」

「そうだ」と釜次郎と同い年の塾生が言った。「伝習生四十人を採るそうだ」

釜次郎は相手に詰め寄って訊いた。

「人選は、誰がおこなっているんだ？　どうしたら伝習生になれるんだ？」

「誰がやっているかは知らん。優秀な若い書生とか、海防に携わってきた者たちのようだが」

「もう何人か、伝習生になる者の名はわかっているのか？」

「蘭学者の勝さんという御仁は、入ったようだ」

「まだ、空きはあるのだろうか。おれが自薦して、入る余地はあるのだろうか」

「知らんが、自薦の余地はないのかもしれん。お上は、昌平黌の秀才組のほか、浦賀奉行組や江川代官組、長崎地役人などからめぼしい者を引っ張っているとも聞いた。江戸から行く者は、来月には長崎に向けて出立だそうだ」

「伝習所を仕切るのは誰だ。誰が、伝習生を選んでいる？」

「総督は、長崎目付の永井さまだそうだ。人選のほうも、されているのかもしれん」

長崎目付が総督か。

江川太郎左衛門の死んでいることが悔やまれた。太郎左衛門がもし存命なら、釜次郎は土下座してでも伝習生への推薦を頼んだことだろう。しかし。

箱館奉行の堀さまはどうだろう。箱館奉行は、外国奉行を兼務している。長崎目付に対しては、多少重みのある推薦状を書きうる立場にないだろうか。

釜次郎は立ち上がった。

その塾生が訊いた。

「どうするつもりだ？」

返事はしなかった。伊沢謹吾に会わなければ。

伊沢謹吾をつかまえると、釜次郎は咳《せ》き込むようにして海軍伝習所の件を話した。

話を聞き終えると、伊沢謹吾はふしぎそうに言った。

「お前が海軍に行きたがっていたことなど、知らなかったぞ」

釜次郎は言った。

「海軍なんて、どこにあった？　希望の持ちようもなかった」

伊沢謹吾は、頭をかきながら言った。

「とにかく、父上に話してみる。二、三日待て」

伊沢謹吾の父親、伊沢美作守政義は長崎奉行も務めたことがある男であるから、いまも長崎目付に多少の影響力を持っている。伊沢政義は、かつては鳥居燿蔵の意を受けて、長崎の西洋砲術家・高島秋帆を検挙したことがあるが、さすがにあの蛮社の獄の時代とは世の中も変わった。伊沢政義でさえ、息子に蘭語を学ばせる時代となっているのだ。海軍伝習所の意義についても、十分理解していることだろう。

釜次郎は、その日から伊沢謹吾が返事を持ってくるまで、気も狂わんばかりの焦りのもとで過ごした。この機会を失ったら、自分の未来はないようにさえ思えた。

四日後、釜次郎が英敏塾でまた沢太郎左衛門と話しているときに、伊沢謹吾が近づいてきた。

伊沢謹吾は、釜次郎と沢太郎左衛門のふたりの前に立って首を振った。

「だめだ。伝習所の第一期生は、四十人すべて人選が終わった。火夫や水夫、船大工らはこれからのようだが」

　釜次郎は訊いた。

「だめか。やっぱり」

「どうしてもというなら、来年がある。伝習所は、毎年生徒を入れる」

「伝習生の資格は何だ？」

「学問吟味で、甲の成績」

「勝さんは、学問吟味は受けていないと思うがな」

「あのひとの海軍創設の献策が、ご老中の目にとまっていた。もうひとつ、伝習所は蘭語で教授がある。勝さんは蘭語ができる」

「蘭語は、おれも得意だぞ」

「わかってる。学問吟味の成績がよくなくても、お前なら不自由なく蘭語で学べる。それは父上にも話した」

「頼む」と、釜次郎は頭を下げた。「お父上のお力添えで、なんとか来年の伝習生となることはできまいか。伝習所で海と船と機関のことを学びたい。おれは、伝習生の資格を持っていると思う」

　伊沢謹吾は言った。

「もっと蘭語に精を出せ、と父上は言ってる。英敏さまと、箱館奉行の堀さまの推薦状をもらうことができるなら、父上は第二期伝習生として長崎目付にお前を推薦するそうだ」

「来年か」

「焦るな」

ふと思いついて、釜次郎は言った。

「ちょっと待て。決まったというのは、士官と下士官要員のことだな」

「そうだ。士分の者たちだ」

「火夫、水夫の選抜はこれからなんだな？」

「まだだ。たぶん、士分の内侍や若党が付いてゆくことになるのだろうが」

「おれは、まず火夫とか鍛冶職候補で伝習所に入るのでもよい。第二期が始まったところで、正規伝習生となる」

「二期、同じことを学ぶのか？」

「いや、士官下士官が学ぶことと、火夫が学ぶことは別物だ。おれは、両方学んでみたいのだ。どうだ。第一期、誰かの若党として付いてゆくことはできぬだろうか」

伊沢謹吾は、呆《あき》れたという顔になって言った。

「その件も、父上に相談してみる」


それから四日目のことだ。

英敏塾で伊沢謹吾が釜次郎に近寄ってきて言った。

「釜次郎、喜べ、おれたち、内定したぞ」

釜次郎は首をかしげた。

「おれたちが内定？」

「ああ。海軍伝習所二期生に、釜次郎とおれの内定が決まった」

「お前も、海軍伝習所に行くのか？」

「ああ。おれも行くことにした。お前に感化されたよ」

「けしかけたつもりはないぞ」

「お前があまり熱っぽく海軍のことを説くからだ。いつのまにか、おれまで海軍志願となってしまった」

「内定はほんとうのことか？」

「父上も、こういうことで息子に嘘《うそ》は言うまい。二期生、確実だ」

「一期から行く件はどうなった？　おれは、来年まで待てぬのだ」

「わかっている。その件も頼んだ。矢田堀景蔵《やだぼりけいぞう》殿を知っているか？」

「昌平坂の先輩だな。秀才だったと聞いている」

「その矢田堀殿は、艦長候補三人のひとりとして一期生に選抜されている。父が頼んだところ、矢田堀殿は、自分の内侍として連れてゆくと言ってくれたそうだ。お前が英敏塾にいると伝えると、すぐに快諾してくれたそうだ。きょうにも、あいさつに行け」

「もちろんだ。すぐに行く」

「長崎出発は八月だぞ」

「八月か。すぐだな」

「二期生の出発は来年十二月。向こうで会える」

「待ってる」釜次郎は、ひとつだけ確かめようと訊いた。「艦長候補三人とのことだが、あとのおふたかたは？」

伊沢謹吾は答えた。

「蘭学者の勝麟太郎殿、勘定格徒目付の旗本、永持亨次郎《ながもちこうじろう》殿」

矢田堀景蔵は、もともと旗本荒井《あらい》家の生まれで、矢田堀家の養子となった男だ。釜次郎よりも七歳年長である。

昌平坂学問所で学び、学問吟味では甲の成績を取った。昌平坂学問所では、自然科学も選択して学ぶことができるが、矢田堀は和算と和式測地術も修めたという。いわば理系、技術系の秀才である。この時期、小十人組に編入されていた。

釜次郎が入学したころ、すでに学問所を出ていたから、直接の面識はなかった。

本郷《ほんごう》の矢田堀の屋敷を訪ねると、すぐに奥の間へと通された。

和書に囲まれた部屋だった。釜次郎が入ってゆくと、矢田堀は文机《ふづくえ》を脇によけて、釜次郎を見上げてきた。細面で思慮深げな目の、みるからに学問好きという顔だちの男だった。

「榎本釜次郎と申します」釜次郎は矢田堀の前で正座し、ていねいに挨拶《あいさつ》した。

「このたびは、伊沢美作守さまより、ご無理をお願いいたしました」

「あ、楽にしてください」矢田堀は言った。「お父上は、伊能さまのお弟子さまでしたね」

格式張らない物言いだった。

「はい。内弟子として、おもに西国の測地に従いました」

「釜次郎さんは、測地学は？」

「いいえ。学びませんでした。父は、わたしにはとにかく儒学を修めろと言うばかりで」

「海には、ご関心はあられるのでしょう？」

「はい。昌平坂を出た後、英龍塾、英敏塾で蘭語を学んで参りましたが、造船学とか、蒸気機関学、機械学などを学びたいとずっと願っておりました。それで厚かましく、伊沢さまを通じて海軍伝習所への入学、とりはからっていただいた次第でした」

「わたしのところから、九人行くことになっていたのですが、ひとりがどうしても行けぬと言ってきた。家族もある身で、いまさら船乗りにはなれぬというのです。榎本さまの件、ちょうどよいお話でした」

「恐れいります」

「でも、資格は聴講生。座学を学べるわけではございませぬ。水夫、火夫の見習いをすることになりますが」

「蒸気船に触れることができるのであれば、どんな資格でもかまいませぬ」

「二期生にも内定されたと伺いました。そのご身分ですし、来期まで待たれたら、わたしの内侍として行くよりも、ずっとよい待遇が待っておるでしょうに」

「今期は今期で、精一杯学びとうございます」

矢田堀はかすかに微笑して言った。

「建前はわたしの内侍ですが、ひとりの伝習生として、存分に学んでください。わたしに遠慮することはございませぬ」

「かたじけのうございます」

釜次郎はもう一度矢田堀に深々と頭を下げた。


釜次郎は、両親に手をついてその旨を報告した。

「父上、母上。というわけで、この八月より、長崎に参ります」

円兵衛は目を細めてうなずいた。

「そうか。海軍伝習所か。その伝習生に選ばれたのか」

「今期は、聴講生です。来期から、正規の伝習生となります」

父は、釜次郎の言葉など聞こえていなかったかのようにまた言った。

「そうか。釜次郎は、海軍に行くか。選ばれたのか。そうか、選抜されたのか」

父の喜びようは、釜次郎の想像以上だった。釜次郎はあらためて、学問吟味で丙の成績を取ったことを思い出した。あのときの父の失望と落胆も、釜次郎の想像を超えたものがあったのだろう。口には出さなかったけれども、父は息子の不出来を嘆き悲しんだのだ。釜次郎は、申し訳ない思いでいっそう低く頭《こうべ》を垂れた。

母親は言った。

「長崎と聞くと、遠くとはいえ、なんとなく安心しますね。蝦夷地、樺太へ行くというときは、正直な話、お前さまのことが心配でなりませんでした」

釜次郎は顔を上げ、母の顔を見つめて言った。

「ご安心ください。しっかり学んで、帰ってまいります」

母は、柔和に微笑んだ。

第二章

1

船は、ゆっくりと湾の最深部を進んでいた。湾のもっとも奥まったあたりに、しだいに街並みが見てとれるようになっている。長崎であった。

釜次郎は舷側《げんそく》に立ったままで、長崎の港が近づいてくるのを見つめていた。長崎湾の一帯は、山並みが狭い湾の海岸線のすぐそばにまで迫り、平坦地は少なかった。しかし湾が深いぶん、たしかに長崎は良港である。自然の条件としては、箱館以上だろう。いや、なによりここは清国に近く、マラッカやジャワ方面からやってくる西洋の交易船にとっても、きわめて都合のいい位置にある。列国が競って開港を求めたくなるのも、わかるというものだった。

安政二年（一八五五年）の十月である。

榎本釜次郎は、矢田堀景蔵の内侍のひとりとして、いま長崎に入るところだった。

釜次郎は、満で十九歳ちょうどになっていた。

大坂を経由しての船旅が、いよいよ終わるのである。いま長崎に入港しようとしている船は三隻《せき》。この三隻に、江戸や浦賀からの伝習生一行およそ五十人あまりが分乗しているのだ。ほかの二隻には、勝麟太郎ほかの一行、それに永持亨次郎らの一行が乗っている。

さすが長崎は南国だった。十月も半ばすぎだというのに日差しはまだまだ強く、空は光に満ちあふれている。海の色も明るい。光に厚みがあるようにさえ感じられる。箱館や樺太の、夏でさえ薄く頼りなげな光とは対照的だった。

長崎の市街地が近づいてきた。町も、箱館と較《くら》べはるかに大きく見える。このころ、長崎の人口はほぼ六万である。かなりの都市と言っていい。ひとの気配、行き交うひとの数、町の建物の大きさ。どれをとってみても、ここが二百五十年の昔から交易で栄えてきたということがよくわかった。たぶん、開港が決まってからは、賑《にぎ》わいは倍旧のものとなったにちがいない。

長崎港の外、大波止《おおはと》の沖に一隻の機帆船が停泊していた。オランダから贈られたという観光丸（スームビング号）である。三本マストで、全長百七十フィート、四百トンの、帆走も可能な外輪蒸気船であり、同時にこれが釜次郎たちの実習船であった。釜次郎たちの乗る船は、その観光丸の脇《わき》を通過した。

伝習生たちは、その観光丸の姿にまず目を奪われた。

釜次郎と同じ矢田堀景蔵の内侍で、同年配の中沢見作《なかざわけんさく》が言った。

「おれたちが、こいつを操ることになるのか。こんな大きなからくり、ほんとに動かせるものかな」

釜次郎も、観光丸の外輪と黒く塗られた鉄の煙突に目をやって言った。

「西洋人にできて、おれたちにできないことはあるまい」

「ずいぶんうれしそうだな」

「そうか」

釜次郎は中沢見作を見た。見作は笑っている。そのとなりで、やはり矢田堀組の堀貞次郎《ほりていじろう》も。同じ組の聴講生とあって、船の中で親しくなった面々だ。

釜次郎は素直に言った。

「正直言えば、胸が高鳴ってる。夢にまで見た蒸気船だ。海軍の実習船だ」

堀貞次郎が言った。

「おれは、ぶるぶる震えがきてるよ。長崎で、いよいよ本物の蒸気船だ」

船は、出島《でじま》に隣り合う桟橋に着いた。長崎海軍伝習所は、大波止の船着場の正面、広い石段を昇りきったところにある。石段の上には広場があって、右手の門の内側が長崎奉行所の西役所である。伝習所はその敷地の北側に置かれているのだった。ちょうど出島を睥睨《へいげい》する丘の上ということになる。

釜次郎たちは、広い石段を昇りきってから西役所の門を抜けて、伝習所の構内へと入った。

伝習所の役人が、一期生たちに言った。

「部屋割りを教える。士官待遇の者は、右手へ。下士官待遇の者たちは、そのままここに残れ。聴講生らは、隅で固まっておれ」

宿舎は、士官待遇の幕臣と下士官待遇の者、そして兵待遇の者とに分けられているのだった。オランダ式軍制が、幕府の身分制度に合わせるかたちで取り入れられたのである。与力クラス以上の伝習生が士官待遇、同心以下の伝習生は下士官待遇である。宿舎と食事が、はっきり区別された。

御家人の釜次郎は、第二期正規伝習生となれば下士官待遇だが、いまは員外。兵ですらないという扱いである。

伝習所には、正規伝習生のほか、諸藩が推薦してきた聴講生や職人などが百五十人入ってくるという。諸藩の中では、佐賀藩からの派遣が多いとのことだった。また職人たちの一部は、羽織袴《はかま》と帯刀を許され、兵待遇である。伝習所には、さらに瀬戸内《せとうち》の塩飽《しわく》諸島の水主《かこ》たち二十人ばかりが集められていた。

聴講生や職人たちは、実技のみの伝習である。座学は受けない。内侍の聴講生たちは、伝習所の中の宿舎で起居するが、職人や諸藩の聴講生たちの宿舎は、伝習所の中ではなかった。

火夫《かふ》見習の釜次郎は、観光丸の中で起居する。それは釜次郎のむしろ望むところだった。蒸気機関のそばで二十四時間過ごせるなら、これほどの幸福はない。正規伝習生となるころには、自分は罐《かま》を隅々まで熟知してしまっているだろう。

伝習生はすぐに教室に集まるよう指示があった。

釜次郎は、自分が員外であることを承知で教室まで行ってみた。もちろん中には入らない。外から、教室の中の様子をうかがったのだ。矢田堀組の同輩が数人、あとからついてきた。

そこは板敷きの広間で、腰掛けと立ち机が並んでいる。隅には、西洋式の茶道具らしきものと果物籠《かご》が置かれていた。オランダ人教官団に合わせ、西洋式の部屋としたらしい。正面中央の一段高くなった台の上に、教官が使うらしい机がある。その背後にあるのは、話に聞く黒板というものだろう。教官は、この板に白墨で文字や図を記して、教授の手助けとするのだという。

正規伝習生たち四十人ばかりが机に着くと、そこに四人の男が現われた。ひとりは矢田堀景蔵である。四人の男たちは、黒板の前に並んだ。

ひとり、恰幅《かっぷく》のいい中年男が一歩前に出て名乗った。

「伝習所総督、永井玄蕃頭《げんばのかみ》である。長旅、ご苦労にござった」

永井玄蕃頭尚志である。

伝習生たちが一礼した。

永井は続けた。

「二日後より、ここで十六カ月の伝習が始まる。諸君らは、伝習所の名誉ある第一期生である。いまこの激動のとき、日の本の未来の安寧《あんねい》も独立も、諸君らの双肩にかかっていると言って言い過ぎではない。責務を自覚し、ひとときも気をゆるめることなく、オランダ人教官団より、学ぶべきものを学びきって欲しい。諸君らの学生長を紹介する」

永井が横に顔を向けた。

ひとりが前に進み出て言った。

「永持亨次郎。艦長候補としてここで学ぶと同時に、諸君らを監督する。くれぐれもオランダ人の前で恥じるようなことはしてくれるな」

ついで矢田堀景蔵が進み出てあいさつした。

「矢田堀景蔵。ここで学ぶことを楽しみにしてきた。互いに手助けし合って、世界の最高水準の科学技術を習得しよう」

三番目にあいさつしたのは、小柄な男前だ。歳《とし》のころは三十三、四だろうか。月代をそらず、蘭学者ふうの様子ではある。

「勝だ」と、男は名乗った。「勝麟太郎」

これが勝麟太郎か。

初めて見るのだ。釜次郎は勝麟太郎を見つめた。赤坂の蘭学者にして、老中・阿部正弘の諮問《しもん》に印象的な献策で応《こた》えたという人物。たちまちにして、海防問題の第一人者と目されるようになった識者。伊沢謹吾から聞いている話では、無役の勝を重用するため、幕府は勝に小十人格の役を与えたという。

勝は、伝習生たちの顔をひとりひとり見渡してから言った。

「学生長のひとりとして、お前さんたちを監督する。お前さんたちの中には、蘭語をまったく解さない者もまじっているそうで、そういう諸生にはおれが蘭語を教える」

自信たっぷりの口調だった。いささか尊大にも聞こえたが、天下に鳴り響いた蘭学者であれば、この口調も当然なのだろうか。

勝は言った。

「蘭語をまったく習ったことのない者、ちいっと手を上げてくれ」

釜次郎が教室の中を見渡すと、手を上げた者はおよそ三分の二だ。

ひとりが、手を上げたまま勝に言った。

「通辞がつくので、蘭語の素養は必要ないと聞きましたが」

「たしかに。だが、不自由だろう。覚えたほうがいい」

総督の永井があとを引き取った。

「ここでは、暦《こよみ》は西洋暦を用い、一週間という単位で講義を繰り返す。日課は西洋時計を使う。朝は九時から、十二時まで。午後は二時から四時まで。日曜日は休課だ」

永井は、うしろの黒板に曜日ごとの課目を書き出した。伝習生全員に書き写せという。

ざっと課目だけを並べると、このようなものであった。

蘭語、算術、点竄《てんざん》（和算代数）、船中帆前運用、航海、船具、砲術、船中大砲・

手銃手前、蒸気機関学理論、造船、下士官心得、地理、地文学、築城、歩兵調練、騎兵調練、抜隊竜、軍鼓練習、船掃除。

この課目を見ると、海軍伝習所は、後年の言葉でいう海軍大学校にあたるものではない。哲学、歴史、法律等の人文科学系統の課目がなく、戦史の講座もなかった。教育内容がこのとおり技術中心だから、海軍の総合術科学校というところか。士官と下士官とで、履修する課目が分けられていた。

課目を書き写しながら、ひとりがふうっと溜《た》め息《いき》をついた。

課目をすべて書き出すと、永井はてのひらの白墨を払い落としながら言った。

「明後日、我が国とオランダとのあいだに、和親条約が結ばれる。この日に、日蘭友好の証《あかし》としての伝習所も正式発足となる。以降厳しい日課がはじまるから、覚悟しておけ」

勝が横から言った。

「きょうのうちに旅の垢《あか》を落としておきたい者は、しておけ。有名な丸山町《まるやまちょう》というところがある」

永井が、勝を横目で睨《にら》んだ。

解散してから、中沢見作が釜次郎に言った。

「ずいぶん偉そうなおひとだな。勝さんってのは」

彼も、釜次郎と同じように、いまのあいさつや講義の説明を庭で聞いていたのだ。

釜次郎は言った。

「それだけ自分に自信があるのだろう」

「いい時代だ。勝さんの祖父《じい》さんとくれば、もとをただせば検校《けんぎよう》。それが小金をためて御家人となり、その息子が旗本の勝家に婿養子に入った。勝さまときたら無役から引きあげられて小十人格、海軍伝習所の学生長ときた」

皮肉な調子があった。

釜次郎は言った。

「うちだって、御家人の家の婿養子となった新参だぞ」

「だから、いい時代だって」

宿舎にもどると、堀貞次郎が釜次郎に声をかけてきた。

「どうだい。勝さんが言ってたように、船旅の垢を落としてこないか。丸山町とか言ってたな」

釜次郎は中沢見作に顔を向けて訊《き》いた。

「あれはどういう意味だったんだ？」

「わからんのか？」と中沢見作は目を丸くした。

「湯でもあると言ったのか？」

「女だよ。遊廓があるってことだろう」

「あ、そうか」

自分はその手のことにうといのだ。

誘ってきた堀貞次郎が言った。

「勝さんは、ずいぶんさばけたおひとのようだ。ありがたいや」

中沢見作が言った。

「おれは、行ってみようと思う。お前はどうする、釜次郎？」

釜次郎は首を振って答えた。

「おれは行かん。町をぶらぶら歩くだけにしておく」

釜次郎は、丸山町に行くという仲間たちとはべつに長崎の町を歩いた。長崎奉行所西役所から石段をおりて出島の前へ。それから新地《しんち》を抜け、唐人街《とうじんがい》へ。異国の雰囲気あふれる唐人街の前を抜けてから、こんどは奉行所のある丘の右手を巻いて、市街地へ。

繁華街に舶来品を扱う店がいくつもあった。戸を開け放している店で中をのぞくと、棚には洋書も見える。釜次郎は店に入って、その洋書のタイトルを眺めた。オランダで発行された技術書が多かったが、中にひとつ、オランダ語訳の聖書があった。釜次郎は信じられない想《おも》いでその聖書を手にとった。これは、検閲を通った書物なのだろうか。それとも、もう長崎奉行所にはいちいち洋書のあらためをやっている暇もなくなったということなのだろうか。

十月二十二日、長崎奉行所西役所の敷地内で、長崎海軍伝習所の開校式が執りおこなわれた。

この式典には、日蘭双方の関係者のほか、オランダ商館からも多くの列席者があった。伝習生や聴講生も全員、西役所の庭に集められた。きわめて格式ばった儀式の後、ここに長崎海軍伝習所が開校したのである。

その翌日も、伝習生や聴講生の全員が、伝習所の庭に集められた。

そこに、オランダ海軍士官服を着た男が、大股《おおまた》に現われた。日本人よりも頭ひとつ半ほど背の高い男である。

そのオランダ人は、整列している生徒たちに向かって、いきなり言った。

「フーデンモルヘン、ヒーア」

聞き取れた。

釜次郎はすかさず反応していた。

「フーデンモルヘン、ミニーア」

中沢見作や堀貞次郎が、ふしぎそうに釜次郎を見つめてきた。

オランダ人は続けた。

「紳士諸君。わたしはペルス・ライケン。オランダ海軍大尉だ。諸君に航海術を教授する」

これも聞き取れる。理解できる。自分の蘭語は、十分実用に耐えうるものだった。日本人の通辞が、同じことを日本語で繰り返した。伝習生たちの多くは、やっとわかったというように、口の中でもごもごとあいさつを返した。

釜次郎は少しだけ優越感にひたった。自分は学問吟味ではひどい成績だったが、どうだ、このとおり海軍伝習所では、自分はオランダ人教官の使う言葉がわかるではないか。通辞なしでも授業を受けられるではないか？

ライケンと名乗ったオランダ人士官は言った。

「伝習を始めるに当たって、まずみなさまには、外輪船を体験してもらいます。港に停泊しているスームビング号に乗ってください。船は蒸気機関の力で長崎港内を一周します」

おう、と歓声をあげたのは、釜次郎だけだった。釜次郎は、ほかの伝習生たちがとくに反応を示さなかったので、いささか恥ずかしい思いで下を向いた。

しかし、そのときばかりは伝習生全員がどよめいた。

うおうっという驚嘆と感動の声が、一瞬蒸気機関の音さえ上回るほどの音量となって、その狭い機関室に満ちたのだ。伝習初日、伝習生たちがスームビング号の機関室で、蒸気機関の始動する瞬間を見たときである。

磨《みが》きこまれた鉄の罐は、小型の鯨《くじら》ほどもあるかという大きさで、石炭の焚《た》き口がその下にずらりと並んでいる。火夫がふたりずつ焚き口についていた。罐の端から前方に連接棒が突き出しており、連接棒はこれまたよく磨かれたクランクとつながっている。いまライケンの合図で、焚き口に一斉に石炭がくべられ、連接棒がすっと一回、硬い金属音を立てて往復に運動したのだ。その往復運動は、クランクに伝えられて回転運動となった。

釜次郎は目をみひらき、口をぽかりと開けたままで、その動きに見入った。

こうだ。蒸気機関はこう動くのだ。

これまで何度も図面を思い描き、図面がかたちになったところを想像しては、動きの仕組みを頭に思い描いた。しかし、いま眼前に見るその動きは、釜次郎がこれまで想像していたよりもはるかに滑らかで精妙であり、同時に美しい動きだった。釜次郎は思わずここでも、おうっと声をあげたのだった。ほかの伝習生たちも、釜次郎と同様にどよめいた。さして機械やからくりには関心のない男たちにとっても、その巨大な機械が動くさまは、声をあげて驚き感嘆するにふさわしいものだった。

ピストンはすぐに二度目の動きに入った。最初より、動きが速くなっている。シュッという、ピストンがシリンダーの中で立てる音に続いて、連接棒がクランクにこの動きを伝える音が響いた。連接棒は、三度目の往復運動に入った。また速くなっている。続いて四度目。五度目。そのあたりからはもう、運動の始めと終わりを認識することができなくなった。往復運動そのものが一瞬の休みもない円滑な流れとなっている。

釜次郎はただただ見とれた。初めてみる蒸気機関の動く様子に、われを忘れて見入った。ああ、と釜次郎は幸福感に満たされて深く溜め息をつきながら思った。おれの学問は、この日のためにあった。蒸気機関が動くさまをこのように眼前にじっさいにみるこの瞬間のために、おれの学業の日々はあったのだ。

足元の床が、ぐらりと揺れたような気がした。船が動きだしたのだろう。

階段のほうから、誰《だれ》か伝習生が叫んだ。

「外輪が、回りだしたぞ。進みだしたぞ」

機関室にいた伝習生たちは、どっと階段に向かい、これを駆け上がった。釜次郎は伝習生の最後から階段を昇り、主甲板からさらに上部甲板へと飛び出た。すでに伝習生たちの多くは両舷《りょうげん》に分かれ、てすりから身を乗り出して、外輪のほうに目をやっている。

釜次郎は、伝習生たちの背中ごしに、外輪を見た。回っている。羽根に鉄の板を張った外輪が、ゆっくりと、しかし力強く回転していた。外輪の羽根が水をつかみ、強い回転の力によってこの水を背後に押し出していた。四百トンという重さの船を動かすだけの力だった。その力に推されて、スームビング号は、長崎の大波止前から離れようとしていた。

背後で、甲高く汽笛が鳴った。

釜次郎は振り返った。船の煙突から、もくもくと黒い煙が吐き出されている。しだいしだいにその密度は高くなり、立ちのぼる勢いが強くなった。煙突の脇の排気管からは、冷却された蒸気が湯気となって、晩秋の長崎の大気の中に広がっては一瞬のうちに揮発していた。

　釜次郎はしばらくのあいだその煙を見つめ、それからもう一度外輪の動きを眺めると、ふたたび機関室に駆け込んだ。やはりいつまでも見つめていたいのは、機関そのものの動きだった。

　翌日から本格的な伝習が始まったが、釜次郎たち員外の聴講生たちは、座学の講義は受けない。もっぱら実習のとき、指導を受けるのである。

ただ、観光丸の清掃や手入れは、水夫、火夫要員たちの仕事だった。彼らの多くは、夕刻の点呼のあとは船を降り、外出してしまったが、釜次郎は翌朝までけっして船を降りたりはしなかった。自分が船の中にいること、蒸気機関のそばにいることが、うれしくてたまらなかったのだ。

　それに、誰もいない船内でひとり過ごすのは嫌いではなかった。ランプという明るい照明器具もある。ふだんの日中は雑用に追われて何もできなかったけれど、当直の夜は、蘭語の復習に時間を割くことができた。蘭語の本を読むことも。釜次郎は、船にいる時間が好きだった。

観光丸で実習がおこなわれるときは、釜次郎は張り切った。オランダ人教官の指示に従い、蒸気機関の隅々にまで目を配り、自分で細部を調節し、実習が終われば機関の表面が鏡になるまでに磨き上げた。

あるとき、教官が機関の点検と全面的な清掃のために、聴講生の中から罐の中に潜りこむ者を募ったことがあった。

釜次郎は、即座に前に進み出た。

「わたしが。わたしがやります」

その調子があまりにも切迫した様子に見えたのだろう。ほかの聴講生たちが笑った。

釜次郎は怪訝《けげん》な想いで振り返った。罐の中に潜りこんで清掃する機会など、めったにあるものではない。それは機関の内部の構造を把握《はあく》し、工作がどのようになされているのかを確かめる最高の機会のはずだった。蒸気機関に関心があるなら、これを志願しない手はないのだった。このときを最初に、釜次郎はその後も、直接機関に触れる機会があるならこれを逃したことはなかった。

誰かが釜次郎のそんな蒸気機関への入れ込みを冷やかすと、彼は煤《すす》によごれた指で頭をかきながら言ったものだ。

「おれは、なんたって名前が釜次郎だからな。蒸気機関とは相性がいい」

一期生の中に、職方で船大工の寅吉《とらきち》という男がいた。伊豆で、江川太郎左衛門の指揮のもと、ロシア船修理の仕事に就いた経験を持つ棟梁《とうりょう》である。このときに習得した西洋式造船技術で、これまでにスクーナー型帆船六隻を建造してきたという。この年三十三歳。いかにも職人らしく、さっぱりした気性の男だった。

寅吉も、座学はごく一部を取るだけ。あとは、もっぱら蒸気機関学や造船の実習のときに顔を見せるのだった。

短艇《たんてい》の制作実習のときだ。釜次郎があまりかいがいしく働くので、寅吉が言ったことがある。

「釜次郎さん、惜しいなあ。あんた、士分じゃなければなあ。それだけ気がついてよく働くんだ。おれのところの若い衆になったら、いい船大工に鍛えてやるんだがなあ」

釜次郎が笑い、一瞬遅れて、ほかの伝習生たちも笑った。ふつうの場面なら許されない冗談だったけれども、釜次郎と寅吉の性格はみな承知していた。寅吉が口にしたことだし、相手は釜次郎だ。笑うことが唯一の正しい反応だった。

伝習生たちの生活が厳しく制限を受けていたわけではない。オランダ人教官たちの都合とはいえ、七日に一日は休みがあって、伝習生たちは猛訓練から解放されるのだった。当直のとき以外は、夜の外出も自由だった。その自由さをよいことに、丸山町に通いつめる正規伝習生も少なくなかった。釜次郎もひと七日に一度の休日が与えられた。

明けて安政三年の一月になったころである。

蒸気機関の操作実習がおこなわれた日、罐の火を落としてから、釜次郎たちがその日の整備にかかった。すでに正規伝習生たちは船を降りており、船に残っているのは、火夫を務めた聴講生たちと、担当のオランダ人教官ドールニックスだけだった。

夕刻である。ライケン大尉が観光丸にやってきて、機関甲板に降りてきた。

整備もちょうど終わったというころである。釜次郎たちは、整備道具の後片付けにかかっているところだった。

ライケン大尉は、機関甲板を一回りしてから、釜次郎の脇に立っていたドールニックスに言った。

「明日でいいが、手押し車の塗装をしなおしてくれ」

釜次郎はそのとき、自分に声をかけられたのだと勘違いした。振り返り、気をつけの姿勢を取って言った。

「ヤ、オプ　デ　オフテント　ファン　モルゲン（はい、明日の朝に）」

ライケンとドールニックスがふたりとも、驚いた表情で釜次郎を見つめてきた。

釜次郎は、それが自分に向けられた指示ではなかったとようやく気づいた。

ライケンがふしぎそうに訊いた。

「オランダ語を話せるのか？」

釜次郎は答えた。

「話すのは、苦手です」

「読み書きは」

「読むことはできます」

ライケンはいま一度釜次郎の風体を一瞥《いちべつ》してから訊いた。

「どこかでオランダ語を習ったのか？」

「はい。江戸の塾で」

「きみはその、火夫要員だな？」

「はい。員外の聴講生です」

「日本では、身分の差は大きいと聞いたが、サムライなのか？」

「はい。父は将軍家の家臣で、測地技術者でした」

「なのに、ここで火夫をやっているのか？」

「はい。船のことは何でも学ぶつもりです。来期は、正規の伝習生となります」

「きみの名は？」

「榎本です。榎本釜次郎」

ライケンはドールニックスと顔を見合わせてから、もう一度釜次郎に視線をもどして言った。

「幕府は、優秀な生徒を長崎に送ってきたものだな」

「光栄であります、ミニーエ」

ライケンとドールニックスは、何度も釜次郎のほうを振り返りながら、機関甲板を出ていった。

その年、安政三年の末、江戸からの船で、第二期の伝習生がやってきた。

釜次郎は大波止で船の到着を待ち、伊沢謹吾が降りてきたところで、彼に駆け寄った。

「きたな、謹吾」

伊沢謹吾も、破顔して駆け寄ってきた。

「待ってたか、釜次郎」

「船旅、どうだった？」

「長すぎる。退屈だった」

「伝習所では、けっして退屈はせぬと思うぞ」

「楽しみにしていた。この一年間、蘭語のほうにも身を入れていた」

「おれも、いよいよ正規の伝習生だ。座学が楽しみだ」

「まったく受けていなかったのか？」

「罐を磨き、船を作っていたんだ」

「御家人でありながら、ようそんな辛抱ができたものだな」

「べつに辛《つら》いこととは思っておらん」

伊沢謹吾は、振り返って、そばに立っていた四人の青年を呼んだ。釜次郎は、その青年たちの顔に見覚えがあった。江川太郎左衛門の屋敷にいた男たちではなかったろうか。

伊沢謹吾が、四人を指して言った。

「今期も、江川太郎左衛門組から何人も選抜された。安井《やすい》畑蔵《はたぞう》さん、肥田《ひだ》浜五郎《はまごろう》さん」

伊沢謹吾は、さらにその横のふたりを示して言った。

「柴《しば》弘吉《こうきち》さん、松岡《まつおか》盤吉《ばんきち》さん。ふたりは兄弟だ」

ふたりが同時に言った。

「よろしく、榎本さん」

「こちらこそ」

その日、釜次郎と伊沢謹吾は、時がたつのも忘れて語り合った。江戸の話、世の中のできごと、幕政のことなど、話題はいつまでも尽きることがなかった。

翌日、総督の永井から、釜次郎は正式に第二期正規伝習生の発令を受けた。

矢田堀が、永井の脇にいてこれを喜んでくれた。

「釜次郎さんみたいな御仁が、わたしの内侍とは、居心地が悪くてしかたがありませんでした。これでようやく、ものは収まるべきところに収まったという気がいたします」

「お世話になりました」と釜次郎は頭を下げた。「ご家中の者でもないのに、こんなにも面倒を見ていただいて」

「これからは、いよいよ座学ですね」

「受けるのを、楽しみにしておりました」

「手ごわいけれども、おもしろい学問ばかりです」

永井が言った。

「いま思えば、榎本さんのような人物こそ、一期の正規伝習生にすべきでしたな」

釜次郎は、永井が誰と比較してそのようなことを口にしたのかわからなかった。しかしまあ、大事なことでもあるまい。

釜次郎はふたりにもう一度頭を下げてから船にもどり、荷物をまとめて宿舎に移った。


安政四年正月から、第二期の伝習が始まった。まだ一期生の伝習も続いている。伝習は一期二期が重なっていることになる。

二期生の伝習の初日である。

教官団長のライケン大尉が、新学期をはじめる前にぜひ話しておきたいと前置きしてから、清国で起こっている新しい事態について語りだした。

「オランダ商館長クルチウス氏のもとにもたらされた報告です」とライケン大尉は言った。「イギリス軍は、再び清国に攻め込みました」

通訳の言葉が終わったところで、教室内の空気が緊張した。生徒たちは凍りついたように身を固くして、ライケンのつぎの言葉を待った。

ライケンが語ってくれた事情は、おおむねつぎのようなものだった。

阿片戦争で清国に対して不平等条約を押しつけたイギリスだったが、期待ほど対清国貿易が伸びないことから、さらに多くの開港場と特権の獲得をめざした。イギリスが取った手は、難癖をつけての再度の戦争だった。理由はなんでもよかったが、そこにアロー号というイギリス船籍の船が、海賊船容疑で清国官憲に取り調べを受けるという事件が発生した。謀略《ぼうりゃく》の臭《にお》いが濃い事件だという。これを理由にして、イギリスは清国に対して出兵した。

ちょうどフランスも、自国人宣教師が殺されたばかりで、言いがかりをつけるにはいい状況だった。イギリスとフランスは連合軍を結成、たちまち広東《カントン》を占領してしまった。いま英仏連合軍は、清国軍を蹴散《けち》らしながら、首都北京《ペキン》へ向かっているという。

ライケンは締めくくった。

「クルチウス氏は、幕府に対して、対外交渉には十分な注意をと促すつもりとのことです。わたしは二期生の諸君に、この伝習所でわたしたちから船と海軍に関連するあらゆる知識と技術を一刻も早く学びとって欲しいと希望します。理由は、もう言うまでもないと思いますが」


翌日から、第二期生に対する伝習がはじまった。

はじまってみてすぐにわかったことがあった。全員で八十名ほどの第二期伝習生の半分は、釜次郎ほどには、いや釜次郎の半分も、船にも海軍にも関心がないのだ。ただ朱子学に代わる立身出世の道のようだということで、伝習所に志願してきたのだ。みな、最初に蒸気機関を見せられたが、そのときの驚きや興奮やヨーロッパの技術力に対する畏敬《いけい》の念も、伝習のための強く熱い動機とはならなかったようだった。

彼らは授業を聴く態度もおざなりで、とくに算学を侮蔑《ぶべつ》していた。また船中帆前運用や船具、蒸気機関学理論をきらった。足軽や職人の覚えること、と口にする者もいた。彼らが好んだ授業は、歩兵調練、騎兵調練と軍鼓練習だった。日本では、陣太鼓を打つのは大将の役目である。軍太鼓の訓練は、自尊心をくすぐられる課目だったのだろう。

もちろん伝習生のあとの半分は、熱意も意欲も釜次郎に負けぬ青年たちだった。彼らはみな優秀だった。なかでも最優秀は、衆目の一致するところ、伊沢謹吾だった。彼は座学も得意ではあったが、実技もおろそかにせず、どれについても熱心に訓練を受けた。伊沢謹吾に続く者は、柴弘吉と松岡盤吉の兄弟だろうか。

釜次郎の関心は、いささかかたよっていた。彼はなにより蒸気機関学と造船の講義が大好きだった。原理を頭にたたきこみ、構造を理解し、熱心に図面を引いた。前期から引き続いて、実習も好きだった。鍛冶方《かじかた》の職人と一緒に、蒸気機関の模型を製作、造船方の職人の手ほどきを受けながら、また新しく一艘《そう》、洋式短艇も造った。

第一期伝習生たちの十六カ月の教育期間が終わったのは、二月末のことになる。三月四日、第一期卒業生のうちの多くが観光丸に乗り込んだ。教官団の手を借りずに、観光丸を江戸まで回航するのである。ただし、すべて外洋航路とすることには教官団が反対、瀬戸内を通り、途中いくつもの港に寄港しながら、慎重に航海する。たぶん二十日ばかりの日数を要することになるだろう。

観光丸が江戸に到着したところで、卒業生たちは築地の講武所内にできた軍艦操練所の教官となる予定である。釜次郎たち第二期生も、大波止で観光丸の出発を見送った。

六名ばかり、再履修を求められた者がいた。全員が落第という意味ではない。春に新しいスクリュー式の蒸気船がくるので、これについても学ぶよう指示された者もいるのだ。

成績不良で、オランダ人教官団が卒業と認めなかった者もいる。そのうちのひとりが、勝麟太郎である。

噂《うわさ》では、勝は算術や物理にまったくの素養がなく、成績は惨憺《さんたん》たるものであったという。とても軍艦操練所で教官など務められるものではないというのだ。勝がほかの伝習生を抜いていたのは、蘭語の成績だけであった。

新学期がはじまっても、勝は伝習所に出てこない。彼はいま、宿舎を出ているのだ。西役所の近くの本蓮寺《ほんれんじ》とかいう寺に起居しているらしい。

噂好きの伝習生のひとりは言った。

「勝さんは、ふてくされて、毎晩女のところでくだを巻いているそうだ。江戸の高名な蘭学者だけれども、ただの口舌《こうぜつ》の徒だったことがばれてしまった」

しかし勝は、その後、持ち前の政治的センスを発揮して、名誉を回復する。彼は、オランダ通辞の役を積極的に買って出たのだ。日本人のオランダ通辞は、教官団の不満や要求を伝習所事務方にはていねいにとりつがない。適当にごまかしてしまうのが常だった。

勝は、教官団の不平不満も要望も意見も、彼らの側に立ってもれなく伝えるようにしたのだ。教官団はしだいしだいに、勝なしでは教育が進まないと公然と口にするようになった。ひと月もすると、勝が伝習所に残ったのは落第したからではなく、教官団が強く残留を求めたからだ、という雰囲気ができあがってしまった。

勝は言うようになった。

「おれがいなきゃあ、伝習所は動かないんだ。軍艦操練所のほうは、日本人だけでやってゆける。おれがあっちに行くよりはここにいるほうが、お国のためってことよ」

留年組の中に、中島三郎助《なかじまさぶろうすけ》という年配の男がいた。歳は勝より二歳上の満三十六歳とのことで、造船学を中心に学んでいた。

中島は、勝とはちがって、新型スクリュー船についても学ぶように命じられ、長崎に残ったのである。落第ではない。

中島は浦賀奉行所の与力で、異国船応接掛を務めた男だった。ペリーの浦賀来航のおりには、ペリー艦隊と接触した最初の日本人ふたりのうちのひとりである。造船の専門家で、先年浦賀奉行所が建造した洋式船・鳳凰丸《ほうおうまる》も、彼がその建造の指揮を執ったものだという。海軍伝習所ができるとなって、浦賀奉行は真っ先に中島を指名し、派遣してきたのだった。

その中島三郎助が、ある日、宿舎の自室で本を読んでいる釜次郎のもとにやってきて言った。

「釜次郎さん、ひとつお願いがあるのだが」

正座して頭をさげてくる。

釜次郎は、この歳の離れた伝習生に頭をさげられて、あわてて自分も正座した。

中島は続けた。

「この歳になりますと、頭も固くなって覚えがままなりません。とくに蘭語がいまだ聞き取れぬ。もう一期、造船学を学べるのはうれしいが、通辞の言葉を聞くだけでは隔靴掻痒《かっかそうよう》で、なんとか上達したいものと思っておるのです。そこで榎本さんにお願いがある」

「ええと」釜次郎はとまどいながら言った。「なにか、わたしにできることがあれば」

「蘭語指南を、特別にお願いできやしまいか」

「わたしも、伝習生ですよ」

「いいや。あなたの蘭語は勝さん並みだという話を聞いております。教官となってもおかしくはないほどだとか」

中島の言葉に、皮肉な調子は微塵《みじん》もなかった。中島は、ずっと年下の釜次郎に心底からの敬意を感じているようだった。

中島は続けた。

「もしその、いくらかこの年寄りに同情していただけるなら」

「中島さまは、べつにお年寄りではないじゃありませんか」

「三十六です。男の子ふたりの父親だ。本来なら、こんな伝習所にくるような歳ではないと思うのですが」

「そんなことはありますまい」

「そうでしょうか。そこそこ洋式船建造に関《かか》わってきた者として、派遣されてまいりました。わたし自身、学びたかったことはもちろんですが、しかし、やはり若いひとたちにはかないませぬ。迷惑をかけぬようについてゆくのがやっとだ」

「しかし、わたしに教授ができますかどうか」

「お暇のあるときで結構。素読と聞き取りをみていただけるとありがたい。もちろん教授料はお支払いいたします」

中島はふたたび畳に手をつき、頭をさげた。

釜次郎は、こそばゆい思いで言った。

「中島さま、まず頭をあげてください。わたしでよければ、蘭語習得のお手伝いをいたしましょう。教授料などいりません」

中島は頭を上げると、ふっと頬《ほお》をゆるめた。謹厳で不器用そうな顔が、子供のようにひとなつこいものになった。

「頼み、聞いていただけますか」

「わたしがお役に立てるのであれば。時間は、毎週水曜と土曜の夜ではどうでしょう。夕食のあとに、一時間ほど」

「土曜の夜も？　釜次郎さんは、土曜はその、町に遊びには出ないのですか？」

「いいえ。べつに」

「そうですか」中島三郎助は、一瞬意外そうな表情を見せてから言った。「ではそれで当方にも異存はありません。教授料はどうしても取っていただくが」

「いりません」

「そうですか？」

中島三郎助は、それ以上教授料のことを繰り返さなかった。

二度目のときに、中島三郎助は、ペリー艦隊が浦賀に来航した日のことを話してくれた。

「あの夕刻、ペリー艦隊が久里浜の沖に現われたときは、わたしは自分の目を疑いましたな。あのとき浦賀奉行所は砲術の稽古中《けいこちゆう》でしたが、夢でも見ているのだろうかと思いました。巨大な黒船です。わたしはたぶん、ぽかりと口を開けていたにちがいありません」

釜次郎は訊いた。

「浦賀奉行所でしたら、これまでにも外国の捕鯨船などを見たことがあったのでは？」

「あんな大きな船は初めてです。浜一帯も大騒ぎになりました。砲術稽古はすぐに中止、わたしも浦賀に駆け戻りました。四隻の軍艦は浦賀の沖合に投錨《とうびよう》していました。わたしはそのとき異国船応接掛も仰せつかっていました。投錨を許したと取られてはいけません。応援の到着を待たずに、わたしはオランダ通辞の堀達之助殿と一緒に、小舟に乗り込みました」

「堀殿は、英語は話せたのですか」

「あいさつができる程度でした。近寄ってみると、艦隊は全船砲窓を開き、まごうことなく戦闘態勢です。これは、取り扱いをひとつまちがえると戦争かと思いましたよ。かといって、いまさら浜にもどって誰かひとに代わってもらうわけにもゆかない。わたしたちは旗艦《きかん》と見えるサスケハナ号に近寄り、退去すべし、と通告すべく、乗船を求めたのです」

「すぐに乗せてくれたのですか？」

「最初は拒まれました。奉行所の最高位の役人としか交渉しないというのです。堀殿は、わたしのことを副奉行であると偽りまして、ようやく乗船。甲板に立ったとき、わたしは腰を抜かさんばかりになりました。大勢の海兵たちは銃を持ち、いつでもかまえて発砲の様子。いや、なにより船の大きいことといったら。わたしは自分が震え出しやしないか心配でした。精一杯気張って、ペリー提督の副官と向かい合ったのです」

ペリーは姿を見せなかったが、副官のコンティー大尉は、国書を手交したいのでその受取人を決めるよう求めてきた。中島は長崎へ回航するようにと告げたが、コンティー大尉は、あくまでも手交は現在地でと譲らない。米海軍側の態度は強硬だった。

けっきょくこの日、中島は翌日の再協議を約束して船をおりた。そしてただちに浦賀奉行に交渉の次第を報告し、江戸湾警備にあたっていた会津藩、忍《おし》藩、川越《かわごえ》藩、彦根《ひこね》藩などの陣屋に通知したのだった。ペリーの浦賀来航初日のことである。

翌日、中島は同僚の与力、香山栄左衛門《かやまえいざえもん》を奉行に仕立てて、ふたたびサスケハナ号におもむいた。

中島は言った。

「わたしたちは言いました。とにかく浦賀では国書は受け取れない。対外問題を扱う場所は長崎であるから、そちらへまわれと。ところが、アメリカ海軍も言い張るのです。ここで受け取れぬというなら、兵を率いて上陸し、みずからこれを将軍に奉呈すると。つまり、戦闘は覚悟の上ということですな。じっさい、それをやりかねない空気がありました。あの艦隊が江戸表に向かい、ほんとうに兵を上陸させたら、天地がひっくり返ります。わたしと香山はやむなく、幕府の指示を仰ぐためということで、三日間の猶予をもらって船をおりました」

釜次郎はふしぎに思って訊いた。

「どうしてその場には、浦賀奉行は出てゆかなかったのです？」

中島は少し困ったように顔をしかめた。

「その、つまり、お偉いかたは軽々しく夷人の前に出ていってはならない、ということでしょう。うっかり何か約束しても、わたしや香山なら与力の身分。あれは下の者が勝手にやったこと、と片づけることができます」

中島は、そのまましばらくのあいだ、自分が応接したペリー艦隊のことを話題にした。釜次郎は、ペリーの浦賀来航のときの詳細を聞くのはこれが初めてだった。なるほど、あのときの談判の様子はこのように緊迫したものだったのだ。

釜次郎は同時に思った。この一見不器用そうに見える中島三郎助という与力は、見かけによらぬ勘のよさを持ち、機転がきくのではないか。彼は黒船の出現にたじろぐことなく、上司の指示を待つこともなく、即座にペリー艦隊に退去を通告した。断固たる通告のためには身分を偽ることもしたし、翌日には同僚与力を奉行と見せてまで、再度の通告をおこなっている。しかし、交渉決裂では戦闘勃発《ぼっぱつ》と判断するや、さっと引いて時間を稼ぎ、事態の拡大を防いだ。中島三郎助は、そうとうの人物である。

中島は、釜次郎の感嘆など知らぬまま、さらに語った。あの艦隊の来航が、浦賀奉行与力だった自分にとってどれほどの衝撃だったかということだ。嵐《あらし》がくる、と思ったという。日本という小さな船は、その嵐に翻弄《ほんろう》されて、大洋できりきり舞いをすることになるだろうと。

その危機感から、中島三郎助は海軍伝習所への生徒派遣の話に飛びついたのだ。嵐のくるのが避けられないものなら、せめてその前に、航海の役に立つことなど多少なりとも覚えておきたいと。

中島三郎助は、それまで洋学を学んだことはなかった。翻訳された書物を頼りに洋式船を建造してきた経験はあるが、体系的に学んだわけではない。しかし、造船学を学びたいという欲求は、年ごとに強いものとなっていったのだった。

中島は言った。

「わたしのこの焦り、いてもたってもいられないという気分は、誤りですか、釜次郎さん」

釜次郎は、この年上の伝習生が、自分を対等に扱ってくれることがうれしかった。このような思いを告白し、感想を求めてくるのだ。自分をまるで同世代の男として扱ってくれている。勝麟太郎であれば、けっしてこんなふうな告白と問いかけを自分にはしてはくるまい。

　釜次郎は言った。

「いえ。でも中島さまは、すでに洋式船の建造の経験もあり、一家をなしておられたかたでございましょう。なのに、伝習所へ入って若い者にまじっての勉学、感服いたします」

2

　その年の九月、第三期生が伝習所に入学してきた。

　正規伝習生は三十四名である。全体に、一期生、二期生よりも若かった。これはライケンらの助言を受け入れ、この総合術科学校を、西洋の海軍兵学校にあたるものに変えようとしたせいである。もう勝や中島の年齢の伝習生は含まれていない。しかし海軍兵学校とするなら十四、五歳の生徒が中心になるべきであるが、さすがに幕府もそこまでは大胆に舵《かじ》を切ることができなかった。やはり二十《はたち》歳前後の生徒が中心だった。

釜次郎は、沢太郎左衛門の顔をその生徒の中に見つけた。三期生に決まったとは彼からの手紙で知っていたが、ほぼ二年ぶりの再会である。顔は思わずほころんだ。

「やってきたな」と釜次郎は沢太郎左衛門のそばに駆け寄って肩をたたいた。「おもしろいことが学べるぞ」

沢太郎左衛門は微笑して言った。

「毎晩伝習所のことを夢に見た。正直なところ、おれははじめてひとをうらやんだぞ。釜次郎はいいとこに行ったとな」

「お前もきたじゃないか。きただけのことはある伝習所だ」

「紹介しよう。同輩だ」

沢太郎左衛門は、釜次郎たちよりもいくつか年下と見える青年を示した。少年っぽい細い体躯《たいく》で、まだ頬に赤みを残している。

青年は、はきはきした調子で言った。

「赤松大三郎《あかまつだいざぶろう》と申します。よろしくご指導ください」

「堅苦しいことを言うな」と釜次郎は手を振った。「榎本釜次郎だ」

「蕃書調所《ばんしよしらべしよ》から参りました。父は十五番組御徒《おかち》にございます」

「堅苦しい言いかたはよせって。ま、仲よくやろう」

赤松大三郎と名乗った青年とは、三期生の中では沢太郎左衛門についで親しくなる。釜次郎よりも五歳年下だったが、数学や化学が得意なところは釜次郎に似ており、蕃所調所組らしく蘭語もよくできた。じっさい、年下を意識させぬだけの知識と学力を持った青年だった。やがて赤松は敬語の使い方も少しずつ薄れさせ、まるで釜次郎と同年代のように交わるようになってゆくのだった。

三期生の入学と前後して、オランダ人教官団も交替した。カッテンディケ大尉率いる第二期教官団が到着したのだ。

カッテンディケ大尉らは、オランダから幕府注文の新鋭船・ヤパン号（咸臨丸《かんりんまる》）を回航してきた。外輪ではなくスクリューを持つ最新鋭の機帆船である。

教官団の陣容も、より厚くなった。とくに、技術職の教官が増えた。旋盤《せんばん》職、鍛冶職、工作職といった分野の教官たちである。さらに船医が同行してきており、この船医が物理学と化学、解剖《かいぼう》術と包帯術を教えることになった。

釜次郎は、はじめて体系的に教えられる化学にたちまち夢中になった。釜次郎にとって化学実験器具は、ほとんど玩具《おもちゃ》のようになった。飽きない楽しみを与えてくれる、魔法の小物たちであった。

ただ、日がたつに連れて、伝習所に対して、ひとつだけ不満が募ってきた。実習航海の機会が少ないのだ。

観光丸が江戸に回航されたため、長崎にはいま実習船は咸臨丸一隻だけ。いっぽうで伝習所は、二期と三期の幕府伝習生に加え、佐賀藩を中心とする聴講生、練習生、それに塩飽の水夫たちがいる。総勢二百名近い。実習の機会はかぎられた。

それに加え、塩飽の水夫たちの強情も問題だった。彼らは、海がおだやかで好天のときでなければ、実習には出たがらないのだ。瀬戸内の海では、天気を見て船を出し、少し荒れそうだと陸に上がるというのが習慣だった男たちである。オランダ人教官団が咸臨丸をいくらか荒れる海や雨の中に出そうとすると、さまざまな理由をつけて逃げた。

塩飽の水夫長は、教官団たちにいつも似たようなことを言った。

「昨日まで、帆柱なんぞに昇ったことのない連中ですよ。もう少し地上で稽古しないことには、とても出てゆけるものじゃありません。かえってみなさんがたに迷惑をかける」

だから、釜次郎たちがじっさいに船を動かす機会は、どうしても不足気味だった。巡航の海域も、長崎から百海里以内と制限されていたから、長くても三昼夜の実習航海だった。

釜次郎は、カッテンディケと二等士官のウィッヘルズが話しているのを聞いたことがある。風が強くなったということで、その日の実習航海が直前にとりやめになったときのことである。

カッテンディケが嘆いていた。

「外洋や荒れる海がおそろしくて、この男たちはほんとうに船乗りなのか。海に乗り出すなら、嵐がくるのはあたりまえだ。嵐の中でも、船乗りは船を動かさなければならないのに」

ウィッヘルズも言った。

「戦争ともなれば、もっと悪い条件のもとでも、操船しなければならないのですがね」

「このままでは、日本人士官も水夫も、ろくに操船技術も航海術も覚えないうちに、伝習所を卒業してゆくことになるぞ。いずれ、高いつけを払わされることになる」

釜次郎は、なんとなく同意してうなずいた。カッテンディケと視線が合った。彼は、そばにいた釜次郎が蘭語を聞き取れることを思い出したようだった。ばつが悪そうに横を向いた。

カッテンディケの危惧は、釜次郎も理解できた。

西洋式帆船では、和船とはちがって、水夫はマストに昇り、帆桁《ほげた》を伝って帆を取り扱う。帆を広げ、たたみ、縮め、あるいは帆桁の向きを変える、といった作業は、訓練を繰り返すことによってしか上達しない。つまり「身体《からだ》で覚えこむ」しかない技術だった。

だから西洋式の海軍では、帆柱に昇って帆を扱う水夫は一等であり、甲板作業しかできぬ水夫は二等に格付けされるのだ。しかし塩飽から呼び寄せられた水夫たちは、最初から帆柱に昇る習慣がなかったし、訓練を受けるための情熱も動機も持たなかった。このため、水夫たちの帆の扱いはなかなか上達しなかった。幕府が、漁師たちなら帆の扱いに慣れているだろう、と考えたこと自体が誤りだった。鳶《とび》職から選ぶべきであったと、伝習所の幹部たちも言っていたが、遅すぎた。

指示を出す士官のほうも同様である。艦の運用は場数を踏む以外にこれを身につける方法はないが、訓練の時間も回数も限られている。穏やかな内海だけで、たまさか訓練を受けただけの士官では、さかまく波の外洋を航海できないし、ましてや海軍は作りえない。一期生の小野友五郎《おのともごろう》は教官団から天測の天才と評価されたが、天才がひとりいるぐらいでは、船は動かしようがないのだ。

もちろん、実習航海を好まなかったのは、水夫たちだけではない。正規伝習生の中にも実習航海をサボタージュする者はいた。勝麟太郎がその代表である。船酔いしやすいことを理由に、勝は実習航海をよく欠席した。勝が船に乗るのは、航海術を身につけることとはべつの、何か実際的な理由があるときだけだった。

それでもカッテンディケは、少しでも多くの時間を船に触れさせようと、士官伝習生たちに交替での咸臨丸泊まり込みを義務づけた。二人ずつ二十四時間勤務、十四日間でつぎの組と交替するというかたちである。

咸臨丸はこのころ、大波止に横付けされていたが、たいがいの伝習生たちは夜になると当直の者だけを残して陸にあがってしまい、朝になるとばらばらに艦にもどってくるのだった。そのうえ士官待遇の伝習生の多くは、日常のことは水夫長にまかせきりにしてしまったのだ。締めつけを厳しくして水夫たちを脱走させてはならないということで、彼らの管理もごくゆるいものになった。咸臨丸は、オランダ人教官がいないときには、軍艦としての規律を持たなかった。カッテンディケは、咸臨丸には司令がおらず司令部がない、と嘆いた。

同期伝習生の数人が集まったとき、釜次郎は伝習所のこの不具合をはかったことがある。この教育で、ほんとうに役立つ海軍ができるのだろうかと。

伊沢謹吾が言った。

「歩留り、という言葉がある。教育をほどこしてものになるのは、どんなところだってせいぜい三割だ。三割の伝習生がきちんと卒業できれば、それで十分だ」

柴弘吉が言った。

「西洋の海軍は、大航海時代からすでに四百年の歴史を持っている。一朝一夕にその技術を学べるものじゃないさ」

弟の松岡盤吉は、兄に同意せずに言った。

「だけど、このままではおれも、まともな海軍なんてできんと思う。先日の実習のときも、トローイェン少尉に注意されていた者がいる。当直なのにデッキに詰めておらず、火鉢を持ち込んで同僚たちとスルメを焼いていたのだ。当直の場合はデッキに詰めろ、船には火を持ち込むなと、教官たちが口を酸っぱくして言ってることだが、おれたちにはいまだ身についていない」

伊沢謹吾は言った。

「そういう手合いもいる。だけど、ここは伝習所だ。このあと海軍軍人として採用しなければいいだけのことだ」

松岡が言った。

「卒業すれば、全員がそのまま海軍に組み入れられるのではないか。人手は足りないのだから」

釜次郎は言った。

「ひとには向き不向きというものがある。伝習生の選抜の基準がまちがいだったのだ。専攻と資質が合っていない。算術のできぬ者に航海術を教えようとするべきじゃないし、高いところのきらいな男たちを水夫にしようとするのも無茶だ」

柴が、にやりと笑って言った。

「誰のことを言ったかわかったぞ」

「べつに誰かを指して言ったわけじゃない」

伊沢謹吾が言った。

「おれたちだけでも、教えられることは身につけよう。困ったことは多いが、おれたちが海軍の中核となったときに、ただしてゆけばいいんだ」

いかにも優等生の伊沢謹吾らしいまとめかただった。

近代海軍らしき規律はなかなかものにならなかったけれども、カッテンディケ大尉の熱意がさめることはなかった。彼は連れてきた職工たちを教官に、長崎に工場の建設にかかった。蒸気機関をじっさいに製造するためである。

長崎周辺を見て回って、カッテンディケは出島の対岸の飽《あく》ノ浦《うら》の村に目をつけた。そこそこの平坦地もあり、船着場を築くのも容易と見えた土地だ。彼はこの飽ノ浦で工場建設にかかった。建物ができると、轆轤盤《ろくろばん》が設置され、鋳物《いもの》の工房が作られ、スチームハンマーが据えつけられた。船を横付けできる岸壁も築かれた。釜次郎は、ここがたいそう気に入った。二十馬力の小型蒸気機関製造の実習がはじまってからは、鍛冶方と共に朝一番でこの工場に出向いた。


江戸では、アメリカ領事ハリスがとうとう江戸城に上って将軍に謁した。十月二十一日のことである。ついで五日後、ハリスは老中筆頭の堀田《ほった》正睦《まさよし》と会談し、通商条約締結の必要性をこんこんと説いた。埒《らち》が明かない場合は、あらためて軍艦を派遣することになるとも脅してきた。幕府はようやく全権委員を任命、条約締結へ向けて具体的な交渉に入った。

釜次郎はこの事情について、中島三郎助から教えられた。委員のひとりは下田奉行の井上《いのうえ》清直《きよなお》であったため、下田奉行所から浦賀奉行所を通じて、おおよそのことが中島にも手紙で伝えられたのである。

中島は言った。

「通商は、もうやむをえないことかと思います。いや、ここまでくれば、むしろ積極的にそうすべきでしょう。わたしは伝習所に学んで、わが国にはそれしか道はないのだと確信もしています。ただ、砲艦を江戸湾に浮かべて強要されるというのは、気に入りませんな」

釜次郎は訊いた。

「イギリスは、いったん取り結んだ約定《やくじょう》が気に入らぬといって、あらためて清国を攻めた。アメリカと通商条約を結んでも、イギリスはこれにならう気があるでしょうか。自分たちとはちがう約定を、と出てくるのではないでしょうか」

「正直なところ、読めませぬな。清国に起こったことが日の本に起こらないとは言えるわけもない。イギリスがやったことをアメリカはしない、と確信できるわけでもない」

「西洋諸国は、利害が完全に一致しているわけではありません。それぞれがたがいに競争している。日の本がこのむずかしい世の中を生き延びる道は、その連合と競争の関係を見抜いて、隙《すき》を突かれぬように進むしかないのでしょうね」

「清国の史書を読み返すべきかもしれません。春秋戦国の時代に、何かならうべき教訓がありそうだ。それにしても」中島は暗い顔で言った。「清国ほどの、人材にも富にも不足はないはずの国が、イギリス、フランスの前にずたずたに食いちぎられてゆく。ひとごとではない話です」

「二年ほど前に、知人と似たようなことを話題にしたことがあります。彼は日の本には陸軍が必要だと言い、わたしは海軍だと言った。ふたりがそのとき、共通して心配したことは、こういうことでした。自分たちは、間に合うだろうか、と」

中島はうなずいた。

「ざっざっと、兵の行進する足音が聞こえてくるような気がしますな。あるいは、波を蹴立てて突き進んでくる黒船の音が。わが海軍の創設が、間に合うとよいが」

「あまり、時間はない」

「そのとおりです」

ふたりはしばし沈黙した。

長崎の港から、一隻ずつ外国船が消えていった。東南アジア経由の西洋船は、春先から夏にかけて日本に寄港し、秋には日本を発《た》つのがふつうである。モンスーンの向きからいって、それがいちばん合理的な航海法だった。港が目に見えて寂しくなっていった。

安政四年の暮れから五年一月にかけてのあいだ、咸臨丸はずっと大波止の沖に停泊したままだった。

しかし二月に入ってから、長崎湾の中と、ごく近海への慣熟帆走がはじまった。連日の集中的な訓練で、なんとか第二期伝習生、練習生たちも、基本的な帆走ができるだけの技術をものにしたのだ。

外洋への最初の実習航海は、二月十六日からはじまった。カッテンディケは、五島《ごとう》、対馬方面へ、五日間の巡航を実施したのである。このときの海軍伝習所総督・木村喜毅《きむらよしたけ》と目付ふたりも乗船した。

釜次郎は蒸気機関方として、機関の起動から停止、増減速、前進後進の切り換えなど、運転操作について自信を深めた。機帆船は外洋では主に帆走し、内海や港の付近ではこまわりのきく機走に変える。この航海は帆走と機走の機会がほどよい具合に組み合わさっていたのだ。天候もおだやかで、塩飽の水夫たちの練度不足もさほど目立たなかった。

釜次郎は、帆走のときは甲板にあがると、何かしらの仕事を見つけてみずから当直を買って出た。

一等士官のフォン・トローイェンが驚いて言った。

「あんたは、いま当直などしなくてもいい。蒸気機関の担当だ」

釜次郎は言った。

「やらせてください。船のことはなんでも身体で覚えておきたいんです」

トローイェンは、釜次郎の屈託のない顔を見つめたが、最後には、ま、いいか、とでも言うように肩をすくめた。

勝麟太郎は、例のとおりこの実習航海にも参加していない。

二期生たちが五日間の航海を終えて帰ってくると、教官団はただちに第二回航海の日程を発表した。九州を一周する約二週間の航海である。途中、立ち寄る港は、平戸《ひらど》、下関《しものせき》の予定だった。

釜次郎たちは、第二回航海の艦長が勝になったと聞いて、顔を見合わせた。

「どうして?」

「あのひとに、艦長がつとまるか?」

「ろくに海に出たことのないひとなのに」

「このごろは、座学にも出てきていないぞ」

伊沢謹吾が言った。

「長幼の序、というものがある。勝さんには、名前だけでも艦長に就いてもらったほうがいいだろう。おれが補佐すりゃあいい」

釜次郎には多少不満があったけれども、それを口にはしなかった。海に出てしまえば、じっさいに船を運用できる者が、実質的な艦長となる。勝がどうしても艦長の名が欲しいというなら、預けてやってもいいのだ。誰がほんとうの艦長なのかは、水夫たちだってすぐに理解する。彼らは勝の指示にはしたがうまい。

第二回の航海の出発は、三月八日だった。九州を時計まわりに一周する巡航である。

勝は、出航の号令をかけたはいいが、外洋に出てからはなにひとつ指示も出さない。出せなかったのだ。

展帆《てんぱん》、縮帆《しゅくはん》、畳帆《じょうはん》、帆桁の向きの変更など、じっさいの帆走上の運用は、伊沢謹吾が判断して命じた。勝は航海中は、ほとんど船室にこもったきりで出てこなかった。ただ島影が見えると、甲板に出てきて双眼鏡に目を当てるのだった。

勝は、自分が何ひとつ指示を出さないことを多少うしろめたく思っていたのかもしれない。平戸を発ったあと、弁解がましく伝習生たちに言った。

「艦長なんて、ふだんは細かなことにあれこれ口出ししないほうがいいんだ。下の者にまかせて、締めのところだけを見ていればそれでいい。カピタンとはそういうものだ」

下関を出てからである。

勝はカッテンディケに提案した。

「長崎にもどる前に、鹿児島《かごしま》に寄るというのはどうです。薩摩藩の山川港《やまかわ》へ」

カッテンディケは訊いた。

「何か、訓練の上で役に立つことがありますか」

「薩摩の島津斉彬《しまづなりあきら》侯は、開明的なお方だそうです。鹿児島には興味深いものがいろいろあるにちがいない。立ち寄って見物する価値はあります」

「航海の予定が延びることになりますが」

「艦長はおれですよ。おれが了解すればすむことです」

カッテンディケは、九州の地図をしばらく眺めてから言った。

「寄ってみましょう」

咸臨丸が薩摩半島の山川港に入ると、ほどなくして薩摩藩の侍がやってきた。

勝が艦をおりて、自分たちの身分と来航の目的を明かした。藩の侍はすぐに馬でもどっていった。

しばらくすると、べつの侍が咸臨丸にやってきて、勝に告げた。

「わが藩主、島津斉彬は、いまちょうど指宿《いぶすき》の別邸に滞在中である。咸臨丸来航の報を受けると、明日訪問したいとの希望を口にされたのだが、いかがされるか？」

指宿は、山川からわずか一里少々のところにある温泉地である。

勝はこれを受け入れた。

「これはこれは光栄至極。歓迎申します」

勝はただちに乗組員全員に、船の清掃を命じた。

翌日の朝、薩摩藩主・島津斉彬は馬に乗って現われた。数人の供を連れているだけである。咸臨丸の伝習生たちは、礼砲を撃って斉彬を迎えた。

勝が斉彬の前に進み出て名乗った。

「長崎海軍伝習所主任、勝麟太郎にございます。この咸臨丸の艦長も務めております。失礼ながら、伝習生訓練のため、ご領地この山川港に寄港つかまつりました。藩侯のご来駕《らいが》、まことに恐懼《きょうく》に存じます」

甲板に整列してこのあいさつを聞いていた釜次郎は、勝が最初から薩摩訪問を予定していたのだと考えた。勝にとっては、この航海は、ただ薩摩藩を訪ねるためのものだったのではないか。山川港に入港したら、ちょうどすぐ近くの別邸に藩主が滞在中だったなど、妙な偶然も働いている。勝は、この日島津侯が指宿にいることも承知していたのではないだろうか。

オランダ人教官団は、斉彬乗船のときは全員士官室にこもっていた。勝は教官団を呼ぶと、士官たちを斉彬に紹介した。

勝は、カッテンディケらを紹介してから、斉彬に言った。

「わたしがこの教官団の顧問であり、差配役であります。日の本滞在中は、教官団はわたしの指示にしたがうことになっております」

オランダ人教官団は、勝が自分たちをどのように紹介したかは聞き取れない。教官団は斉彬の前に立って、船の中をていねいに案内したのだった。

島津斉彬は、外様《とざま》大名の中では最有力者と言っていい。薩摩藩の改革に成功し、その令名は江戸にまで聞こえてきている。将軍家定《いえさだ》の義理の父にあたり、幕府に対しての発言力も無視できないものがあった。このとき四十八歳である。

斉彬は、甲板にもどってから勝に言った。

「この船を、動かしてみてはもらえないか。どうだろう。鹿児島まで。余がこの船で鹿児島に帰ったら、領民ども、さぞかし驚くことだろう」

「かまわないのですか？」

「かまやせん。余がそう思いついたのだ」

「錨《いかり》を上げて、さっそく鹿児島に向かいましょう。侯には、朝餐《ちょうさん》の支度をいたしましたが、いかがいたしましょうか」

「いただこう」

　斉彬は、勝に案内されて艦長室に入った。長崎奉行所の目付ふたりがこれに続いた。カッテンディケの前で、艦長室のドアは閉じられた。勝は、長崎奉行所の目付がそばにいたとはいえ、薩摩藩の藩主とふたり、まったく対等のかたちで朝食をとったのである。

　午後のそれほど遅くない時刻に、咸臨丸は鹿児島に到着した。勝はこのとき、慣れぬ運用に手を出した。斉彬の前で、艦長らしい様子を見せようとしたのだろう。操船は失敗し、咸臨丸は泥洲《どろす》の上に乗り上げてしまった。伝習生たちは、見てはならないものを見たときのように、勝の視線から逃れた。

　泥洲に乗り上げた衝撃を受けて、釜次郎は機関室でよろめいた。

　オランダ人教官が顔をしかめて釜次郎に訊いた。

「誰が運用してるんだ。伊沢さんか？」

釜次郎は答えた。

「たぶん、勝さんでしょう」

「あのひとか」教官は首を振って言った。「あのひとは、帆桁と錨の区別がつくのか？」

ほどなくして、伊沢謹吾からの指示が機関室に届いた。

「満潮を待って機関始動、後進させて離洲する。そのまま指示を待て」

斉彬は、小舟に乗り移ってさっさと下船してしまった。


翌日、一行は薩摩藩の工場を見学することになった。薩摩藩は、鹿児島の郊外に集成館《しゅうせいかん》と名づけた工場群を持っている。幕府は秘密の軍事工場と考え、何度も隠密を送って実態を調べようとしたが、ことごとく失敗していた。しかしこのとき斉彬は、その集成館をオランダ人教官をはじめ伝習生たち一行に見せるというのだ。

伝習生たちは、勝を先頭にして鹿児島の町へ入ろうとしたが、鹿児島の町民たちに行く手を阻まれた。オランダ人がくるというので大騒ぎとなり、一部はオランダ人教官団に対して草履《ぞうり》や木《こ》っ端《ぱ》を投げつけてきたのだ。教官団の頭上に、鰻《うなぎ》さえ飛んだ。薩摩藩の侍たちは、これでは不測の事態が起こると判断した。一行は船に引き返し、集成館のごく近くの海岸まで、咸臨丸でゆくことにした。

集成館に着いてみて、釜次郎はそこが話にきく西洋の工場の様子を整えていることに衝撃を受けた。蒸気機関こそなかったが、動力は巨大な水車であり、この水車の回転がいくつもの歯車に伝わって、多くの機械を動かしているのだ。

またここには、製鉄炉、火焔炉《かえんろ》、鉄や銅の鋳造炉、錬鉄炉があり、砲身を作る穿《せん》孔盤《こうばん》があった。工場の隅には、銃や大砲、蒸気機関の模型、蒸気船の模型があり、農具の試作品や陶器、ガラス器が置かれていた。電信機の模型さえあった。電信機は、ペリー二度目の来航のおりに日本人が初めて目にした品である。

伊沢謹吾が、小声で釜次郎に言った。

「ここに蒸気機関があれば、もうなんだって作れるじゃないか」

釜次郎も呆気《あつけ》にとられる思いで言った。

「もうなんでも作りはじめてる」

「薩摩は、いつからこんな工場を作っていたんだろう」

中島三郎助が、やはり驚いたという顔で言った。

「薩摩は、これだけのかかりを、どうやってまかなったのでしょうな」

勝も、驚きを隠していない。目を丸くしたまま、案内の侍の説明にうなずいている。オランダ人教官団の質問が終わると、こんどは自分の疑問をひっきりなしに侍に浴びせかけていた。

工場を出てから、釜次郎は勝がカッテンディケに言ったのを聞いた。

「いやはや、たいしたものでした。飽ノ浦の造船所と較べても、なかなかのものですな」

カッテンディケが言った。

「もしや西洋技術を採り入れることについては、薩摩藩は幕府よりも数段進んでいたのでは？」

「かもしれません。あなどれぬ藩だ」

その夜、咸臨丸の船室で、釜次郎は同期生たちとこの日見た集成館のことをふたたび話題にした。

中島三郎助の出した疑問が、ここでも蒸し返された。

柴弘吉が言った。

「どうして薩摩藩は、これだけのことができるんだ？　薩摩はそれほど豊かな藩か？」

弟の松岡盤吉が言った。

「七十七万石の藩のやることとは思えなかったな。ただでさえ、ほかの藩よりも士分の者が多いと聞くところだぞ」

「藩政が巧みなのだろうか」

伊沢謹吾が言った。

「考えられるのは、ふたつだな」

釜次郎は訊いた。

「というと？」

「ひとつは、琉球からのあがり。もうひとつは、琉球を使った密貿易」

全員が、そうかと納得した。薩摩藩が琉球に苛政《かせい》を布《し》いていることは、江戸でもよくささやかれていることだ。それは松前藩がアイヌに対しておこなっているのと変わらぬ圧政であり、収奪なのだという。それに、もうひとつの根強い噂。薩摩藩は琉球を経由地に、諸外国と密貿易をしている。

このふたつのことは、噂ではなかったということだろう。そして、琉球収奪と密貿易から上がる利益は、幕府の想像を超えて莫大《ばくだい》なものだということだ。集成館の規模がその収益の大きさを裏付けているし、集成館が作っている品々は、この藩が深く西洋事情に通じていることをうかがわせる。

咸臨丸が鹿児島を出て山川港にもう一泊停泊していたとき、島津斉彬はまたやってきた。勝を通訳にしばらくオランダ人への質問があったが、そのあと、乗組員たちにささやかに酒肴《しゅこう》を振る舞いたいという。材料は、斉彬が乗ってきた船に用意されていた。勝は、当直以外の者の参加を許可した。

「島津侯からのお心づかいだ。ありがたくいただけ」

甲板で宴《うたげ》がはじまってから、斉彬は勝と一緒に艦長室に入っていった。何かふたりきりで話したいことがあったようだ。釜次郎は、甲板上の酒宴の席で、それを見ていた。

奉行所の目付たちは、すでに酒を呑《の》んで真っ赤になっている。目付の任務をまっとうできる状態ではなかった。

宴も終わるころに、ふたりは艦長室から出てきた。勝も斉彬もしごく満足そうだった。見交わすふたりの目には、盛大な馳走《ちそう》を分け合った男同士のような色さええあった。

釜次郎は、ふたりのその表情を見て、得体のしれない不愉快さを感じた。なぜかはよくわからない。自分の感じたことにとまどいさえ覚えたほどだ。

なぜ勝さんと島津侯のふたりきりの話が不愉快なのか。

釜次郎にはその理由を言葉にすることができなかった。ただ、そう感じただけだ。自分の何か直観とでも呼べるものが、このふたりの接近と接触に、好ましい印象を持てなかった。

視線を宴のほうにめぐらすと、いくつかの視線とぶつかった。中島三郎助、柴弘吉、松岡盤吉たちの目だ。彼らもいま、勝と島津侯が艦長室から出てきたところを目にしていたらしい。

その中島らの顔にも、奇妙な表情が表われていた。腐った魚でも鼻先に突きつけられたときのような表情だった。

この気色悪さはいったいなんだ？

わからなかった。

勝麟太郎と島津斉彬との密談があったのは、安政五年（一八五八年）三月二十日の夜のことであった。

3

第二期生の卒業時期が近づいてきた。

第一期生と同様、十六カ月間にわたる教育期間が、いよいよ終わろうとしているのだった。二期生のうちの一部の者は、築地の軍艦操練所の教官となる。生徒の立場から一転、教える側に回らねばならないのだ。

伝習所総督の木村喜毅は、第二期生たちの最後の教育は、やはり実習航海で締めくくろうと考えた。ちょうどオランダから、カタリナ・テレジナ号という三百四十トンの小型帆船が長崎に入ったところだった。幕府はこの船を帆走教育用にと買い上げ、鵬翔丸《ほうしようまる》と命名していた。

実習用の船が一隻増えたのである。木村はこの鵬翔丸を、オランダ人教官の手を借りず、第二期生と第一期留年生の手で江戸へ回航しようとした。鵬翔丸に乗り組む者が、逆に言えば伝習所修了生であり、軍艦操練所で教官となる面々であった。

乗組員の名簿が発表された。

最優秀の伊沢謹吾が艦長である。

中島三郎助、柴弘吉、松岡盤吉も乗り組みである。もちろん釜次郎も。構成は、士官と下士官合わせて十一人、水夫頭三人、水夫四十三人、船大工がふたり、鍛冶がひとりであった。

勝麟太郎は、こんども乗組員には選ばれなかった。それはつまり、軍艦操練所の教官の資格なしということである。勝は発表のあったその日から、また伝習所に姿を見せなくなった。

三期生の小杉雅之進《こすぎまさのしん》が、仲間たちに言った。

「勝さんもお気の毒に。一期生の中で、まだ卒業できぬのは、勝さんだけか？」

柴弘吉が言った。

「総督も、勝さんの処遇には悩んでいるらしい。海軍向きのひとじゃないことははっきりしたが、かといってご老中の阿部さまの引きで伝習所にきたかただ。どうしたらよいものか」

その阿部正弘も、前年の夏に死亡しており、勝は自分を引き上げてくれた最大の後ろ楯《だて》を失っているのだった。もっとも、阿部正弘の布いた改革路線が変更されたわけではないから、勝に対して向かい風が吹くようになったわけでもない。ただ、追い風がやんだことはたしかであった。

勝は、乗組員の発表があってから一週間ほどして、また伝習所に姿を見せた。妙にさっぱりした顔だった。

勝は、伝習所総督の木村喜毅に言った。

「残ることになって、おれもほっとしている。第三期生はあのとおり年端もゆかぬ連中だし、あいつらを放って江戸にはゆけぬと思っていたんだ。引き続き、主任として連中を監督させてもらう」

木村は、多少皮肉っぽい口調で言った。

「必ずやそう言っていただけると思っておりました」

「ついては、新しい提案がある」

「というと？」

「鵬翔丸の江戸回航のときは、咸臨丸が途中まで随伴する。その咸臨丸には、自分が艦長として乗り組むということだ」

「咸臨丸が、随伴するのですか」

「あの連中だけで江戸まで回航させるのは、正直言っていまでも反対なんだ。カッテンディケ大尉も、伝習生だけの航海は無理だと言っていたぞ」

「あの名簿を見たら、納得していただけましたが。この人選ならば大丈夫だと」

「そりゃあそうだ。自分たちの教育がものになってないと、認めるわけにもゆかんだろう。だからおれは、連中に落ち度があってもすぐに代われるよう、途中まで咸臨丸で随伴してやりたい。もちろん三期生も乗せてだが」

「途中というと、どのあたりまで？」

「薩摩半島か、大隅《おおすみ》半島のあたりまで」

「すぐ近海にございますな」

「様子を見るには十分だ。帰りには、伝習生や教官団を連れて鹿児島に寄ってみる。鹿児島湾内は、新人伝習生の訓練にはうってつけだからな」

「薩摩に、ご執心と見えますな」

「べつに。そんなことはない。島津侯は、こちらにたいへんご関心がおありだったが」

「よろしゅうございます」木村は言った。「卒業航海は、途中まで咸臨丸随行ということにいたしましょう」

五月十一日の朝、鵬翔丸は長崎の大波止沖から出航した。

咸臨丸が、長崎湾の外まで曳航《えいこう》した。いま鵬翔丸の帆はすべてたたまれている。伝習生たちは、全員が甲板に整列していた。

左舷正面には、大波止の岸壁が見える。第三期伝習生や第二期留年組が岸壁上に立って、てんでに手を振っている。

「しっかりなあ」

「航海、ご無事を」

釜次郎は目をこらした。沢太郎左衛門や赤松大三郎らの顔が見える。

釜次郎も手を振り返した。

第二期十六カ月間の伝習所教育が終わったのだ。厳密に言うならば、江戸・築地の軍艦操練所に着いたときが卒業であるが、自分たちが無事にこの航海を勤めあげることはまちがいないところだ。

第一期生は観光丸を操って無事に江戸まで到達した。自分たち二期生も、やれるだろう。いや、もしかすると、江戸に着いたときは、自分たちの評価は一期生を上まわるかもしれない。まったく日本人だけで、このクラスの西洋式帆船を回航するのは、おそらくは歴史上で初めてのことなのだ。

第一期生の観光丸は、機帆船である。内海では蒸気機関を使った。帆走よりは、操船は技術的に容易である。ところがこちらときたら、実用性は高いとはいえ、いまや確実に旧式となりつつある三本マストの帆船なのだ。操船がむずかしいのは、だんぜん鵬翔丸のほうである。

釜次郎は、この航海中は自分の出番がないことを少々悲しく感じていた。蒸気機関がない以上、蒸気機関方の自分の働き場もない。とはいえ、船の上にすることがないわけではない。この航海のあいだは伊沢謹吾のそばについて、いつでもどんな指示でも受けるつもりだった。自分は甲板水夫でも炊事掛でもなんでもやる。帆柱に上がることだけはできないが。

船首が完全に南へ向いた。咸臨丸が少し速度を上げた。船が引っ張られて、咸臨丸と鵬翔丸とをつなぐロープが、キュッと唸《うな》りを上げた。船は初夏の長崎湾の水面《みなも》を滑り出した。

釜次郎はちらりと周囲に目をやった。中島三郎助と目が合った。彼は士官としてこの航海では運用方を命じられている。

中島は、緊張とたかぶりとがないまぜになったような顔で釜次郎を見つめ返してくる。目の色は、いくらか誇らしげでもある。

中島は言った。

「二期つとめて、ほんとうによかった。つくづく勉強させていただきましたよ」

釜次郎は言った。

「伝習所に上の級があるなら、わたしももう一期学びたいところです」

「釜次郎さんは、やる気のあるおひとだ。わたしなんぞ、さすがにそろそろ、稽古人はこれで終わりにしたい、と思っています」

「江戸では、いやおうなくそうなります」

「そうそう」中島の顔は少し暗くなった。「江戸は、どうなっておりますかな。将軍継嗣のことでは、まだ決着がついておらぬようだし。こんな時期に継嗣のことでごたごた国が乱れるべきではない」

継嗣問題とは、このようなことである。

将軍家定はこのころ三十四歳であるが、健康がすぐれず、これからも長く将軍職はつとめられまいとみられていた。三回結婚しているが、いまだ子供はない。これからも跡継ぎができる見込みはなかった。つぎの将軍を誰にすべきか、ということが、通商条約調印とならぶ幕府の大きな課題だったのである。

候補はふたりいた。家定のいとこにあたる紀州《きしゆう》藩主・徳川慶福《よしとみ》がそのひとり。慶福はこのとき十二歳である。血統で言うならば、彼が後継将軍にもっとも近い位置にいる。

もうひとりは、徳川斉昭の子で、早くからその頭のよさを伝えられた徳川慶喜《よしのぶ》である。

一橋家の当主で、このとき二十歳。

徳川家と幕府は、二派に分かれた。慶福を推す南紀《なんき》派と、慶喜を推す一橋《ひとつばし》派である。

このふたりのどちらを推すか、ということは、じつは求められる新しい政治体制はどのようなものか、という問題とからみあっていた。

これまでの幕藩体制を維持強化しようとするグループは、将軍の血筋を重視すべきと説いた。慶喜を推すグループは、将軍には名君が必要だと主張する。この激動の時代を乗り切るには、名君とこれを支える名君大名によって、統一国家を作らねばならぬ、ということである。

一橋派の構想では、将軍を支える国内事務宰相《さいしょう》として、島津斉彬の国政への参画も期待していた。となると斉彬もとうぜん慶喜を推す側にまわる。斉彬の意を受け、彼の手足となって慶喜擁立工作に飛びまわっているのが、薩摩藩士の西郷吉之助《さいごうきちのすけ》である。

継嗣をめぐる双方のつばぜりあいから、二十日ほど前の四月二十三日、江戸では政変が起こっていた。

彦根藩主の井伊直弼《いいなおすけ》が、大老職についたのだ。大老は老中の上位であり、将軍の名によって幕政を動かすことができる。

井伊直弼が大老についたのは、南紀派の工作によるものである。とくに、大奥への働きかけが功を奏した。

井伊直弼は、ただちに将軍継嗣問題を決着させようとした。慶福で決める、ということである。一橋派も、引き下がるわけにはゆかない。正式決着の前にひっくり返すべく、巻き返しに躍起となった。

つまり釜次郎が帰ってゆく江戸では、政治的な動乱の時代がまさに明けたところだったのである。

中島は、釜次郎にこの継嗣問題を思い起こさせてから言った。

「幕府にもめごとがある、と諸外国に見られたら、つけこまれます。早く落ち着いてほしいものです」

釜次郎は小さくうなずいた。正直なところ、政治体制をどうすべきか、という議論には加わりたくなかった。自分は技官の道を歩みつつあるのだ。高級幕閣になるつもりはないし、政争を楽しむ感受性も持ってはいなかった。自分の関心は、いまはただ新しい西洋の技術を摂取することだけにあった。

この国の未来について、漠然と夢見るところはないではない。変わらねばならない、ということについても、異論がない。ただ、技官とはそもそも技術によって国家と社会に奉仕する者である。現実と直接に関わる政治的な発言をすることは本分ではない。なにより技術者は、政争の渦中に飛び込むことよりも、もっと実際的に国家と社会を変える手段を持っているではないか。百の議論をするよりも、たとえば蒸気機関を動かせる日本人を百人増やすことのほうが、社会を確実により時代にふさわしいものに変えるはずである。

釜次郎は、鵬翔丸を曳航する咸臨丸のほうに目を向けて思った。

もちろん勝さんは、ちがう意見だとは思うが。

咸臨丸は、薩摩半島の南、開聞岳《かいもんだけ》を左手に見る位置で随伴をやめ、鵬翔丸から離れていった。ここからは、伝習生だけの手による帆走となるのだ。離れながら、咸臨丸は三発の砲を撃った。航海の無事を祈る、の意味だろう。鵬翔丸も三発の砲で応えた。

砲声を合図に、二隻の船は急速に離れていった。勝麟太郎の乗る咸臨丸は、薩摩へと針路をとった。榎本釜次郎の乗る鵬翔丸は、江戸へ向かう。あとになって、釜次郎はこの日のことを何度も思い出した。自分たちは、この瞬間にすでに、深く決別していたのだった。

五月十七日の午後、釜次郎たちの乗る鵬翔丸は、江戸表に到着した。鵬翔丸は伊沢謹吾の指揮のもと、品川から深川にかけてのお台場の外側を航行、築地の岸壁の前へと出て、観光丸のうしろに見事に接舷した。

乗り組みの伝習生たちは歓声を上げた。

六日間の航海だった。第一期生の観光丸は、内海を通り、帆走と機走をまぜながら、二十二日間をかけて長崎から江戸へと航行した。第二期生たちは帆船の鵬翔丸で外洋に出て、夜間も航行を続け、わずか六日でこの距離を移動したのである。最初はカッテンディケも難色を示した航海だったが、自分たちはなしとげたのだ。釜次郎たちは肩を抱き合い、たがいに小突きあって江戸到着を喜び合った。大部分の伝習生にとって、ほぼ一年半ぶりの江戸だった。釜次郎や中島三郎助のように、二年九カ月ぶり、という男もいる。

伊沢謹吾が、操舵甲板に集まる伝習生たちの顔を見渡しながら言った。

「どうやら、伝習を無事修了できたようだな」

柴弘吉が言った。

「学問吟味で言うなら、甲といったところだろう。第一期生にも自慢できる」

中島が言った。

「ま、それはしないほうがいい。わたしたちの胸のうちにとどめておきましょう」

釜次郎は言った。

「いい航海だったが、罐のないのが残念だった。見せ場がなかった」

松岡盤吉が言った。

「だったら、釜次郎は卒業保留だな」

「勘弁してくれ。もう一期、勝さんの下につくのはつらい」

全員が笑った。心地よく高揚した笑いだった。こんな気分で笑い合うことができる機会は、生涯でもそうたびたびあるまいと思えるような、気持ちのよい笑いだった。航海が終わってしまったことを、釜次郎はほんの少しだけ悲しんだ。自分たちの卒業航海は、もう少し続いてもよかったのだ。

伊沢謹吾が仲間たちにはかった。

「今夜は、祝いの打ち上げとゆかないか。茶屋へ繰り出そう」

その場の多くの者がうなずいた。

釜次郎は首を振った。

「おれはだめだ」

「どうして？」と伊沢謹吾。

「まっすぐうちに帰る。遅くはなれん」

「泊まればいいさ」

「きょう着いたんだ。きょうのうちに帰る」

「親孝行だな」

「親子兄姉ってのは、そういうものだろう」

舷側が騒がしくなった。全員が目を向けると、数人の男たちが甲板に駆け上がってきたところだった。見覚えのある一期生たちだった。いまこの築地の軍艦操練所で教官を務めている面々だ。中に、観光丸艦長を務めた矢田堀景蔵の顔がある。

「あいさつだ」と伊沢謹吾が言った。「六日できた、と報告するからな」

その声ははずんでおり、隠しようのない誇らしさにあふれていた。

釜次郎は、襟を正して背を伸ばし、駆け寄ってくる一期生たちに向かい合った。

さっきの笑いの名残が、まだ頰に残っていた。たぶんおれは、矢田堀たちに嫉妬《しっと》されるほどに、幸福そうに見えるにちがいない。

安政五年五月、将軍家定が、大老と老中に対して内密に、徳川慶福を将軍継嗣とする、と告げた数日後のことであった。

第三章

1

榎本釜次郎は、安政五年（一八五八年）六月、正式に幕府の御軍艦操練所教授を命じられた。

釜次郎にとって、最初の幕府仕官である。軍艦操練所で教官となることは既定の事実であったけれども、釜次郎はまさか自分が教授に任命されるとは思っていなかった。教授手伝いであろうと予想していたところ、思いもかけず、教授へと取り立てられたのだった。

これには、伊沢謹吾の父、伊沢美作守による老中への強い推挙があった。美作守は、息子や伝習所総督・木村喜毅から釜次郎の成績が群を抜いて優秀であることを知り、教授に推薦したのだ。榎本釜次郎、あとふた月ばかりで満二十二歳になろうというときである。

報告を受けると、父、円兵衛は目を細めてうなずいた。

「ありがたいことじゃ。ありがたいことじゃ」

その目の端には、涙さえ浮かんだように見えた。円兵衛は釜次郎に背を向け、仏壇の榎本武兵衛武由の位牌《いはい》に手を合わせた。武兵衛は円兵衛の義理の父である。

母が言った。

「ご奉公せねばね、釜次郎さま」

「もちろんそのつもりです」釜次郎は言った。「身に余るお取り立てです。ご恩には、しっかり報いるつもりです」

堅苦しい言葉を使ったけれども、そこにはほんのわずかの偽りもなかった。自分は幕府に十分に評価された。公費で長崎に学び、高い教育を受けることができ、そのうえになお、その成果を生かすことのできる役まで与えられた。なんの不平があろう。なんの不足があろう。自分は、この任命を心の底から喜んでいる。父母が喜んでくれた以上に。

翌日、釜次郎は牛込の自宅を出た。操練所内に一室、教授用の部屋を割り当てられたので、そこに移り住むことにしたのだ。操練所では、伝習所とはちがって太陽暦を使っていない。オランダ人教官もいないから、日曜日ごとに休課ということにもならなかった。でも、月に二度は自宅に帰ることができるだろう。

釜次郎が軍艦操練所教授を拝命したころ、米領事がまた下田から江戸にやってきて、アロー号事件のその後を幕府に連絡した。

イギリスとフランスの連合軍は、ついに清国軍を撃ち破り、新しい条約を清国政府に吞《の》ませたというのだ。いわゆる天津《テンシン》条約である。もともと清国にとって不平等条約であった南京《ナンキン》条約の徹底履行を求めるものであった。この戦争のあいだに、清国の内部は乱れ、太平天国《たいへいてんごく》なる結社が蜂起《ほうき》して揚子江《ようすこう》一帯を支配している。清国にはこの乱を平定する目途《めど》は立っていない。

ハリスの連絡によれば、勢いに乗る英仏は、つぎに日本に狙《ねら》いを定め、大艦隊を派遣して通商条約を結ぼうとしているという。

ハリスは幕府に説いた。

英仏が望むのは、アメリカが結ぼうとしている通商条約とは段ちがいに苛酷《かこく》なものであろう。アメリカとの条約調印を急がねばならない。条約が調印されるなら、アメリカは日本と英仏とのあいだに入り、アメリカとの条約に準ずるもので彼らを説得する用意がある――。

井伊直弼は頭を抱え、拒絶して戦争か、勅許を待たずに調印か、苦しい二者択一を迫られた。しかし保守派の井伊直弼にしても、拒絶が不可能であることは承知していた。アロー号事件の結末が、これを証明している。

それに通商条約調印に反対する朝廷の真意が、国体をはずかしめることなきよう、ということであれば、敗戦必至の道はとりようがない。大政をゆだねられている者は、負けて地を割くよりも、むしろ機に臨んで方便を取るべきだった。不本意ながらの通商であっても、戦争で敗れるよりはましであろうと。

六月十九日、アメリカ軍艦のポーハタン号の艦上で、日米修好通商条約が調印された。サインをしたのは、ハリスと下田奉行・井上清直、同目付・岩瀬《いわせ》忠震《ただなり》である。

また、一年以内に批准書を交換すべく、日本の特使がアメリカを訪問することも決まった。

一橋派や攘夷《じようい》派は、この調印に勢いづく。これは勅にたがう調印である。南紀派井伊直弼体制をたたくなら、これだと。六月二十四日には、徳川斉昭、徳川慶篤《よしあつ》(水戸藩主)、徳川慶恕《よしくみ》(尾張《おわり》藩主)、松平慶永(福井《ふくい》藩主)らが押しかけ登城、徳川慶喜をあとつぎとするよう井伊直弼に直談判した。さらに徳川慶喜自身も登城して、条約調印をなじった。

井伊直弼はとりあわず、翌日の二十五日、徳川慶福の将軍継嗣を正式に発表する。

一橋派は、歯ぎしりしながらもいったん引き下がるのだった。

軍艦操練所でも、とうぜんこの一連のできごとは話題になった。阿部正弘の諮問《しもん》以来、下士であろうと庶民であろうと、ご政道についておおっぴらに論議できる風潮ができている。蛮社の獄の時代はすでに遠くに去ったのだ。釜次郎たちは、とくに声をひそめるでもなく、ひとの目を気にすることもなく、このことを語り合った。

つまりは、通商条約調印か拒絶か。戦争となるかならぬのか。将軍継嗣問題はどちらに理があるのか。そもそも井伊直弼体制は、幕府海軍にとって望ましいことなのかちがうのか。

柴弘吉たちが言っている。

「井伊さまは、本来は異人ぎらいのはず。蘭学にもあまり好意的ではないと聞いたぞ。通商条約調印も不本意ながらのものだろう。西洋式の海軍など、いらんと言いだすかもしれん」

松岡盤吉が言った。

「だったら、攘夷派のひとびとが大老をあしざまに言うのも筋が通らないな。大老の本意は攘夷なのだろう？」

「問題はとにかく、お世継ぎさまのことだ。自分たちがかつぐお世継ぎさまにするためなら、どんな言いがかりだってつけるということだろう」

「軍艦操練所には、どっちが望ましいんだ？」

柴弘吉は、釜次郎のほうに顔を向けた。

釜次郎は、少し考えてから言った。

「こういうことじゃないか。おれたちは伝習所で、西洋式帆船と、蒸気の外輪船と、蒸気の螺旋式《らせんしき》についてならった。軍艦としては、このうちどれがよいか、というようなものだ」

柴弘吉は言った。

「決まってることだ。いまや蒸気の時代だ。それも、外輪船は時代遅れ。螺旋式だろう」

松岡盤吉も言った。

「おれもそう思う。外輪式は、つなぎの技術だ。長くはもたん。咸臨丸を見てしまうと、そもそも不格好だ。いずれ蒸気船は、すべて螺旋式になるだろう」

伊沢謹吾は、柴・松岡兄弟には同意せずに言った。

「いや、帆船も捨てたものじゃない。鵬翔丸で航海してみてわかった。帆船は、西洋が五百年かけて完成させた技術だ。洗練されているし、なにより美しい。蒸気の時代は認めるが、それでも帆船にはまだまだ使いでがある」

「おれが思うに」と釜次郎は言った。「通商条約は、外輪船だ。最善のものじゃないが、未来につながっている。攘夷と鎖国は、帆船だ。二百五十年の歴史があるんだ。調和がとれていて美しい。文句のつけようもない。だけど、帆船同様、洗練はくるところまできたんだ。極みは、すぎた」

柴弘吉が訊《き》いた。

「つまり、将軍は誰《だれ》がいいって？」

釜次郎は答えた。

「誰であろうと、いまは外輪船を選ぶしかないんじゃないか。本意であろうとなかろうとだ。側近たちが妙な思惑で動くから複雑になる」

伊沢謹吾が訊いた。

「やはり帆船はだめと思うか？」

「繰り返すが、その洗練は極みにきている。この荒々しい時代の変わり目で、力を失うだろう。蒸気機関は、まだまだ進歩の途上の技術だ。ぶざまで未完成だが、ちがう時代を拓《ひら》く力を持っている」

学友たちは、釜次郎の言葉を吟味するためか、小さく首を傾《かし》げて口をつぐんだ。

通商条約調印をめぐっての政争は、次第に激しいものとなっていった。軍艦操練所でも、至るところでそれが話題となる。

井伊直弼は、押しかけ登城をおこなった大名らを処罰した。本来保守的な人物である井伊直弼は、この作法破りの談判それ自体が我慢ならないものだったのだろう。徳川慶恕は隠居謹慎、斉昭は謹慎、慶篤は登城禁止、一橋慶喜も登城禁止である。この処罰は、将軍家定の死の前日に、将軍の名によって発表された。

いっぽう通商条約問題では、孝明《こうめい》天皇は、やむなく調印したとの幕府からの奉書を受けて激怒した。

「これは神州の瑕瑾《かきん》、天下危亡のもとで、許可しがたい」と孝明天皇は公卿《くぎょう》たちを集めて勅書を発した。文面は肉声に近い、きわめて強い調子のものである。「じつに悲痛、言語に絶することだ。このまま位についていて、聖跡を穢《けが》すのもおそれ多い。まことに嘆かわしいが、帝位を誰か英明の者に譲りたい」

天皇は、譲位するぞという脅しでもって、通商条約調印を撤回させようとしたのである。これを受けて、攘夷派の学者や知識人、浪人たちが、公卿への働きかけをはじめた。大老の辞任、御三家への処罰の撤回を求めたのだ。攘夷派は、おおむね継嗣問題では一橋派である。とくに活発に動いたのは、島津斉彬の意を受けた西郷吉之助、それに梁川星巌《やながわせいがん》、梅田雲浜《うめだうんぴん》といった人物ほか水戸藩士らであった。

朝廷は、水戸藩と幕府に対して、直接に勅諚《ちよくじよう》を出すことにした。関白の九条尚忠《くじようひさただ》は反対したが、鷹司《たかつかさ》家、近衛《このえ》家、三条《さんじよう》家などの廷臣らに押し切られた。

勅諚の中身を要約すると、こういうものである。

・条約調印と御三家処罰について、幕府は責められるべきである。

・幕府は御三家以下諸大名と群議して、国内治平、公武合体、内をととのえて外国の侮りを受けるな。

水戸藩への勅諚には、さらにつけ加えられていた。

・国家の大事であるから、徳川家を助けるべく十分協議するように。

具体的な内容には乏しいものではあるが、朝廷が幕政に対して不満を述べるということ自体が前代未聞であったし、ひとつの藩へ勅諚を出すというのも、例のないことであった。

勅諚を受けて、井伊直弼は怒ったという。

「日の本のうるわしき秩序と伝統を、こともあろうに朝廷が踏みにじった。一橋派がその秩序破壊をそそのかしている――」

井伊直弼は酒井《さかい》忠義《ただあき》（小浜《おばま》藩主）、間部詮勝《まなべあきかつ》らを京都に派遣することに決めて命じた。

「悪逆のやから、根絶せよ！」

間部詮勝はかしこまって言った。

「かならず一命かけてもなしとげ、悪謀《あくぼう》の者どもひと呑みにする勇気は十分にございます」

勅諚に関《かか》わった者たちや攘夷派の志士たちの追及、逮捕が開始された。いわゆる安政の大獄のはじまりである。


その年の十月、軍艦操練所に、懐かしい顔が現われた。中浜万次郎だ。

釜次郎はすぐ万次郎に近寄ってあいさつした。

「釜次郎さん！」万次郎は破顔した。「長崎へいってらっしゃったのでしょう」

釜次郎はうなずいた。

「ええ。今年六月から、この操練所の教官となりました」

「わたしもまた、ここで教官をつとめることになりました。五日前にもどってきたばかりなんです」

「どちらからです？」

「箱館」と万次郎は答えた。「箱館で、わが国も捕鯨事業ができないものか、川路さまから調査を命じられて、去年の秋から行っておりました」

中浜万次郎は安政二年から航海術教本の翻訳にあたっていたが、これを完成させた後、軍艦操練所教授となり、航海術を教えた。ちょうど釜次郎が長崎に遊学しているさなかである。しかしそれもつかのま、川路聖謨の指示を受けて箱館にわたり、ここで一年弱を過ごす。捕鯨の調査と捕鯨術の指導のためであった。そしてまたいま、操練所教官として再着任したのだった。

釜次郎は訊いた。

「箱館を、捕鯨基地にするのですか」

万次郎は答えた。

「有望です。それとわたしには、もうひとつ目的がありました。ペリーがきたとき、土産《みやげ》の中にポテイトというものがあったのですが、知っていますか」

「ジャガタラ芋のことですね」

「そう。蝦夷地で作物、とくにこのポテイトがつくれやしないか、調べてこいと言われまして」

「どうでした？」

「箱館の近所の官園で試してみました。できますよ。蝦夷地が不毛だなんて、大嘘《おおうそ》です。わたしはマサチューセッツというえらく寒い土地で暮らしたことがあります。あそこでだって、ポテイトも麦も穫《と》ってたんですから」

「ポテイト以外には、なにができそうです？」

万次郎は、片っ端から挙げた。

稗《ひえ》や粟《あわ》、そばのたぐいはまず大丈夫。麦もできる。豆、カボチャ、カブ、砂糖大根。それに葉っぱものの野菜も穫れるだろう。マサチューセッツでできるものならたいがい。

「稲はどうです？」

万次郎は顔をしかめた。

「作っている農家もありますが、年によって出来が違うとか。寒さに強い稲を作ればべつでしょうが」

「わたしも、蝦夷地で本気で農業をするつもりなら、かなりのものができるのではないかと思っておりました」

立話のまま、釜次郎と万次郎は蝦夷地の可能性について語り合った。

万次郎に言わせれば、蝦夷地はアメリカでいうところのフロンティアだそうである。開拓の最前線。勇気と勤勉さを持ち合わせたひとびとが挑む、未開の土地。あるいは清教徒たちがイギリスから入植した当時の、アメリカのニューイングランド。大きな夢を受け入れ、花開かせる土地。

万次郎は言った。蝦夷地の風景や気候には、ニューイングランドやアメリカの中西部を思わせるものがある。蝦夷地は、きっとごく短い時間で、アメリカの田舎に似た実り多く豊かな土地になるのではないだろうか。

「日本人の多くは誤解しています」と万次郎は言った。「蝦夷地は北の辺境で、そもそもひとの住むところではないと」

「わたしはそうは思っておりませんが」

「存じております。日の本の人一般のことです。いいですか、箱館は北緯四十二度。江戸から見ればずいぶん北ですが、わたしのいたボストンも緯度は似たようなもので、大都会です。アメリカには、ボストンより高緯度の地方でも、立派に作物を栽培している。シカゴという穀倉地帯の真ん中にある大都会など、箱館と同じような緯度で、冬の寒さは箱館の比ではございません。もっとも、箱館の建物住まいは、ニューイングランドふうにあらためなければ、たしかに寒さがこたえますが」

「住まいをアメリカや北ヨーロッパにならうだけでなく、農法も移入したほうがよいでしょうね」

「そのとおりです。農民が誰でも馬を持ち、耕作も運搬も遠出も畜力を使うようになれば、蝦夷地は大いに拓けます」

「日の本の農民全部が、欧米の百姓のようにみな馬を持てるようになるといい。そうなると、収穫高がどれほど上がることか。作物の動きも活発になり、米不足や飢《き》饉《きん》の心配もぐんと減ることでしょう」

「まったく同感です。馬を使うだけで、百姓たみびと、どんなに暮らし向きが豊かになることか。なのになぜわが日の本の百姓は、これまで馬すら持てなかったのでしょうな」

釜次郎にとってもそれは大きな疑問である。日本人はなぜ、蒸気機関を思いつかなかったのか。鎖国は理由になるのだろうか。洋学の禁止のゆえか？　いや、たぶんこれまで日本人の誰ひとり、暮らしは変わるし、変えうるものだし、変えるべきものだ、と考えもしなかったということなのだろう。馬を使えば耕作はもっと楽になる、と考えるためには、そもそも耕作を楽なものにしたいという意思が必要だ。

その意思のないところには、楽をするために馬を使うという発想は生まれまい。

万次郎が話題を変えた。

「釜次郎さん、今夜は？」

「空いておりますが」

「じっくり話しましょう。あなたには語りたいことが山ほどあります」

「わたしも、万次郎さんにはうかがいたいことが山ほどあります」

その夜、釜次郎たちは築地近くの料亭で酒を酌み交わした。

釜次郎は、長崎での生活を万次郎に報告した。伝習所での学問がいかに刺激的で興味深いものであったか。長崎を通じて、外国への認識がどれほどに深まったか。自分はいま強く、外国を一度見てみたい、という希望を持っているのだと。

万次郎の目が光った。

「外国へ行ってみたい？」

「ええ」釜次郎はうなずいた。「洋学を学んだ者なら、誰でもそうでしょう。わたしもこのところ、オランダに行けないものか、と夢見るようになってきました。いや、オランダでなくてもいい。正直なところ、アメリカにも惹《ひ》かれております」

「じつは、わたしが江戸に呼び戻された理由のひとつはそれです」

万次郎は、ハリスと結んだ通商条約については、批准書交換の特使派遣が取り決められていたことを教えてくれた。日本側がアメリカの首都、ワシントン特別区を訪問するのだ。期限は、条約調印から一年以内である。

「というと」釜次郎は暦《こよみ》を頭に描いた。調印はたしか、六月十九日である。「あと八カ月のうちにということですね」

「そうです。わたしが、その特使の通弁として同行する」

「その、特使と随行員は、どんな面々なのです？」

「外国奉行とその配下の者ということになるでしょう」

「アメリカの軍艦に乗るのでしょうか」

「たぶん」

「そうですか」

釜次郎は落胆した。もし特使が日本の船で行くということであれば、それは軍艦操練所か海軍伝習所のどちらかの船を使うしかない。つまり、自分たちが乗組員としてアメリカに渡る可能性があるのだ。しかし、アメリカの軍艦を使うとなれば。

釜次郎の失望が顔に出たのか、万次郎は少しだけ顔を寄せて言った。

「この件の責任者は、外国奉行の水野筑後守《ちくごのかみ》忠徳さまと、永井玄蕃頭尚志さまです。

おふたりのもとに、長崎の勝さまから、手紙が届いているそうです」

「勝さまからですか？」

「そうです。太平洋航海中、特使にもしものことがあってはいけない。別船を仕立てて、もしものときは特使の代行ができるだけの人物を送るべきだと。別船には、幕府所有の船をあて、日本人だけが乗り組んで航海、日本人の優秀さをアメリカ国民に知らしめてはどうかと」

釜次郎は、少し考えて言った。

「悪くない提案ですな。勝さんらしい思いつきだ」

「もうひとつ、勝さんらしき思いつきがあります」

「なんです？」

万次郎は、釜次郎を試すように見つめてから、頬《ほお》を皮肉っぽくゆるめて言った。

「その別船の艦長は、自分が適任である、と自薦していますよ」

あのひとが適任？　釜次郎は、伝習所の勝の姿を思い浮かべた。船酔いするたちだということで、ほとんど実習航海には出てこなかった男。そもそも彼は座学の成績が悪くて、二度も留年していまだ卒業できていないのだ。なのにあの人物は、太平洋横断の船の艦長に適任だと自薦している？

万次郎が言った。

「釜次郎さん。あなたも自薦しなさい。水野さま、永井さまに手紙を書きなさい」

「おれはその、そういう売り込みというのは、どうも苦手です」三年前、伊沢謹吾に、伝習所行きを強く訴えたことはあったが。「自分が、自分が、というのはどうも」

「アメリカでは、という言いかたは厭味《いやみ》かもしれませんが、彼の地では、遠慮深いのはけっして美徳とは思われません。志があるなら、名乗り出るべきです。それをしないで好機を逃す者を、かの国のひとはむしろ阿呆《あほう》扱いいたすのですよ」

「考えてみます」

いくらなんでも、勝が別船の艦長というのはありえないと思った。お上はたぶん、別船を仕立てるにしても、勝以外の者を艦長にあてることだろう。もしそれが伊沢謹吾になるなら、たぶん自分はその船に乗り組むことができる。自分から運動することはないだろう。

明けて安政六年の正月である。

長崎から、朝陽丸《ちょうようまる》が築地軍艦操練所に回航されてきた。朝陽丸は、咸臨丸とまったく同じ型、同じ大きさの姉妹艦である。艦長は勝麟太郎、乗組員は全員オランダ人であった。

勝は、伝習所を修了したわけではなかった。伝習所は閉鎖となるという噂《うわさ》が飛び交っており、ならば長居は無用と、朝陽丸に乗ってきたものだった。三期生やほかの二期生留年組はまだ、長崎で学んでいる。

勝は強引に築地に入って、操練所の教授方となった。

勝のこのとつぜんの帰府の理由について、操練所ではこんなふうに推測された。

「アメリカ行きを売り込むためだろう」


そして長崎の海軍伝習所は、噂どおりこの年の四月に閉鎖された。オランダ人教官を迎えての本格的海軍教育は、三期で幕をおろすことになったのだった。五月末、沢太郎左衛門や赤松大三郎たち、江戸から派遣された三期生たちが、築地軍艦操練所に移ってきた。

五月、欧米諸国との自由貿易が開始された。ロシア、フランス、イギリス、アメリカ、オランダとの通商が認められたのである。開港場は、神奈川（横浜《よこはま》）、長崎、箱館の三港となった。

いっぽう、遣米使節の陣容、使う船などは六月になっても決まらない。

勝がほうぼうへ自分を売り込んでいるあいだに、派遣の期限はきてしまった。幕府にとっては、それどころではない、ということである。安政の大獄はなお結末を迎えておらず、井伊直弼は幕府の官吏たちの全面的な入れ換えを狙《ねら》っていた。外国奉行、つまり特使の人選も、そのからみの中でしか決まってこない。

ようやく九月一日になって、新見《しんみ》豊前守《ぶぜんのかみ》正興《まさおき》が、新外国奉行に任命された。これでようやく、遣米使節団の人選も進むことになった。

操練所に正使一行の名簿が伝わってきた。釜次郎は、そこに漢学者・玉虫《たまむし》左太夫《さだゆう》の名があることに驚き、喜んだ。堀利熙が二度目の蝦夷地巡察の際、林大学頭を補佐して開国交渉をまとめた玉虫左太夫を、記録係に任命したことを聞いていた。今度は、玉虫は、正使として派遣される新見正興の従者として、ポーハタン号に乗り、アメリカの首都に行ってくるのだ。林大学頭を補佐したのだから、そうとうに開明的な知識人なのだろう。いつかぜひ会いたいと釜次郎は思った。アメリカから帰国後に、話を聞かせてもらう機会が作れるだろうか。

使節団派遣計画の全体もわかった。正副の特使はアメリカ軍艦に乗るが、そのほかに別船を送ることも決まった。日本人だけで操船する軍艦である。幕府は勝の提案を採用したのだ。勝は、その別船の艦長である。

軍艦派遣の目的は、一に国威発揚であり、二に、正使・副使に不慮の事故があった場合、この一行に代わって批准書を交換するということである。もちろんこれを提案した勝の意図は、自分がアメリカに行きたいというその一点以外にはない。

またこの直前の人事で、水野忠徳と共に使節団に内定していた永井尚志は、軍艦奉行を免職、禄《ろく》を召し上げられて永蟄居《ながちっきょ》、岩瀬忠震も免職となった。永井、岩瀬のふたりは、目付の分際で将軍継嗣問題に口を出した、ということで、井伊直弼のより激しい怒りを買ったのだった。川路聖謨も蟄居を命じられている。海防と外交に明るく、伝習所や操練所に深くつながりのあるひとびとが、揃《そろ》って追放されたのだった。

操練所の空気は暗くなった。

「井伊大老は、海軍など作らんということか。軍艦を目の敵にしておられるのか」

「外国事情に通じる者を片っ端から放《ほう》り出して、いったいどうするつもりだろう」

釜次郎も、かつて自分が従者として仕えた堀利煕のことを心配した。

「堀殿は、どうなるのだろう？」

堀利熙は、阿部正弘に見いだされ、いまは外国奉行の職にある。まちがいなく開明派の有力者のひとりと言っていい。井伊直弼に毛嫌いされる理由はあった。

堀殿は大丈夫だろうか。

数日して、操練所にとってよい報《しら》せがひとつ届いた。伝習所二代目総督の木村喜毅が、軍艦奉行並となったことだ。操練所も海軍も、まだ命運はあるということだ。

ついで、幕府は勅諚問題に関わった者たちの処分を立て続けに発表した。

押しかけ登城の御三家や大名に対しては、あらためてより重い処分が下された。多くの公卿が辞官や落飾、隠居、慎、出仕停止などの処分となり、さらに水戸藩家老の安島帯刀《あじまたてわき》は切腹、知識人では橋本左内《はしもとさない》、吉田寅次郎《よしだとらじろう》(松陰《しょういん》)、鵜飼吉左衛門《うがいきちざえもん》、頼三樹三郎《らいみきさぶろう》らが死罪となった。梅田雲浜は獄死している。遠島、追放等の刑に処せられた者も多数、総計で八十人に及ぼうとする大粛清であった。西郷吉之助は、一連の逮捕がはじまったときにからくも逃亡に成功している。

もう幕政に関して、肯定的にであれ、将来のありかたについてであれ、ひと前で気安く話題にできる空気ではなくなった。軍艦操練所でも、教官や生徒は話題を慎重に選ぶようになった。

「やれやれ」と釜次郎は溜め息《たいき》をついて言った。「おれは、蒸気機関の馬力を上げる方法を論じていれば、退屈しないが」

そうではない者も、この世には多かろう。しかし自分はそんな連中との交際もきらいではなかった。長崎でも、いや、江川太郎左衛門の私塾のころから、そんな交際は釜次郎の生活の一部だった。釜次郎は議論好きな友人知人たちのために、この粛清を悲しんだ。

十一月十六日、勝は、遣米航海組と日本残留組の振り分けを発表した。遣米組は、年明け早々、築地を出航するという。

遣米乗組員のうち、操練所の教授と教授手伝いから選ばれた者は十二人である。長崎海軍伝習所の期別で見ると、一期生から五人、二期生から四人、三期生から三人という人選であった。三期生の中には、赤松大三郎も入っている。ほかの教官たちは、残留組である。

釜次郎も、伊沢謹吾も、中島三郎助も、残留組だった。アメリカ派遣組には入らなかったのだ。勝と同じ一期生の矢田堀景蔵も、アメリカ行きの人選にはずれている。

釜次郎は、アメリカ派遣組に自分が選ばれなかったことには失望はしなかった。勝が決めることであれば、絶対に自分は選ばれないという確信があったのだ。肌に合わぬ、という自分の想《おも》いは、たぶん勝も敏感に察していたはずである。勝はおれを自分の船の乗組員に選ぶことは絶対にない。

そのとおりだった。ただ、発表を聞いて、勝さんは好みを露骨に出した、という気持ちは感じた。操練所の教官は、勝によってふたつにきれいに分けられているようだ。勝の眼鏡にかなう者と、それ以外の者とに。自分や伊沢謹吾や中島三郎助、矢田堀景蔵や沢太郎左衛門は、勝の肌には合わなかった。勝は、そのことを隠そうという意思さえ持たなかったのだ。

柴弘吉が釜次郎に、残念だ、と言ってきた。彼の弟の松岡盤吉は、アメリカ派遣組に入ったのだ。

「いったいどういう基準なのかな。おれがはずれて、盤吉が入るってのは」

釜次郎は言った。

「サイコロを振ったんだろう」

「ほかの教官連中、操練所には閥《ばつ》があったんだって、驚いてる。勝派ってのがあったんだってね」

「お前もそう思うのか」

「多少は」

「おれは、盤吉が、勝派だったとは思えないがな」

柴弘吉は頭をかいた。

「たしかに。そりゃそうだ」

「おれたちは、余計なことは考えずに、教授に精を出すさ。それに」

「それに？」

「アメリカにひとを派遣した前例ができれば、つぎにはオランダに行く機会も出てくる」

「おれは、蘭語が苦手だしなあ」

「英語が、とくべつできたわけでもあるまい」

「だけど、なんとなく癪なんだ。勝さんの胸のうちひとつでこういうことが決まったってのが」

同じ日、万次郎が釜次郎に声をかけてきた。

「正式に言い渡されました。通弁として、朝陽丸に乗り組みます」

釜次郎は訊いた。

「九年ぶりのアメリカですな」

「何年ぶりです？」

「変わっているでしょうか」

「どうでしょう。でも、この九年のあいだの、日の本の変わりようほど大きくはありますまい」万次郎が声の調子を変えた。「釜次郎さん」

「なんです」と釜次郎は万次郎をみつめ返した。

万次郎は真顔で釜次郎の目をのぞきこんできた。

「これからは、ことあるごとに、自分はオランダに行きたいと言い続けなさい。それを口にしなさい。アメリカ人は言うのです。望まないことが手に入る確率よりも、望んだものが手に入る確率のほうがずっと大きいと」

釜次郎は微笑して言った。

「いかにもアメリカらしい箴言《しんげん》です」

「ばかにしたものではありませんよ」

そうだ、とまた伝習所入学の際の事情を思い出した。あのとき自分はそれを望んだ。強く望んだ。結果、それは自分の手に入った。

同じことを、オランダ行きについてもやってみていいわけだ。自分にその希望があるならば。たとえ西洋ぎらいの井伊直弼が天下を動かす世の中にあろうと。

　この日は、伊沢謹吾は不機嫌だった。アメリカ派遣組に選ばれなかったことが不満なのだろうと釜次郎は声をかけなかった。しかし、操練所が退《ひ》ける時刻となって、伊沢謹吾のほうから釜次郎に近寄ってきた。

　伊沢謹吾は言った。

「この遣米航海は失敗する。帆前や運用はまだまだ未熟だ。あの乗組員たちに、太平洋を横断できる技量はないぞ。まして、冬の北太平洋だ」

　釜次郎は言った。

「止めるわけにもゆくまい。もう派遣は決まってしまった」

「遭難は確実だ。水夫は塩飽の者が中心だぞ。連中が荒天には不慣れなこと、お前もわかっているだろう」

「嵐の中では、機走する。乗り切れるだろう」

「無理だ。なんたって艦長は勝さんなんだぞ。オランダ人かアメリカ人航海士の助けがいる。おれは木村殿に忠告するつもりだ」

「勝さんは、日本人だけの手で太平洋を横断する、というところに意義を認めておられる」

「未熟を素直に認めるべきだ。あのひとには艦長役など務まらないし、乗組員の技量を判断する目も持ってはいない。おれはいまから木村殿に会いに行く」

そばで聞いていた中島三郎助が、横から言った。

「伊沢さんがそれを口にすれば角が立ちます。わたしが参りましょう」

上級旗本の出の伊沢謹吾は、地位の低い者に対してしばしば言葉が直截的《ちょくせつてき》なものになる。必要以上に勝をあしざまに非難するかもしれない。中島はそれを心配したようだ。

釜次郎もすぐに言った。

「おれも行こう」

三人はその夜、もうひとりの軍艦奉行・木村喜毅の屋敷に出向いた。木村は勝よりも七歳年下であり、育ちのせいか温厚で、釜次郎たちにとっては、伝習所総督であったときから、けっして近づきがたい人物ではなかった。

釜次郎たちは木村喜毅に向かい合って頭をさげてから、日本人だけでの冬の太平洋横断は無理だと伝えた。

軍艦奉行に昇格していた木村喜毅は、うなずいて言った。

「承知している。だが、ものごとはすっかり決まりました。外国人の手は借りぬ」

中島が言った。

「季節が季節なので、遭難が心配されます。遭難して未熟を海外にしらしむるよりも、見栄《みえ》を捨てて外国人に助けを仰ぐべきではないかと愚考するのですが」

「勝殿は、それは拒むことだろう。だが、たまたま朝陽丸にアメリカ人航海士たちが乗っていたとしたら、いかがかな？」

「はあ？」

「たまたま便乗を頼んできた外国人航海士がいたら、非常時には彼らも多少は助けてくれるのではないだろうか」

言い終わって、木村喜毅はいたずらっぽい笑みを見せて言った。

「じつは、その手配はしてある。わたしが乗る船のことですからな。ひとごとではありませぬ。助言、ありがたくいただきました」

木村喜毅は、日本近海で遭難し横浜に滞在中であったアメリカ海軍のジョン・M・ブルック海尉の一行と話をつけていたのだった。幕府には、水先案内人として乗せる、と伝えてあるという。勝には、単なる便乗者だと告げるとのことだった。

十一月十八日、軍艦奉行の井上清直は勝を呼んで訊いた。

「使う船が朝陽丸というのは、どんな理由によるものだった?」

これは、水野忠徳のころに決定ずみの事項だった。勝は答えた。

「オランダから買ったものの中では、最新型です。アメリカに行く以上は、旧式船など使えません」

「正使たちはアメリカ海軍のポーハタン号で行くが、一行の数も荷物も多すぎて、なんとかならぬかと言われている。朝陽丸にいくらか積むことはできるか」

「無理ですな。朝陽丸は最新型ではありますが、なにぶん小さい」

「じゃあ、観光丸ではどうか? 何人乗れる?」

「定員は百です」

「朝陽丸は?」

「八十五」

「じゃあ、観光丸でよいのではないか? 操練所の教授方も、観光丸のほうに慣れているんだろう」

「まあ、たしかに」

「観光丸にしよう。それがいい」

勝はあえて反対はせず、観光丸派遣に同意した。

十二月に入ると、アメリカ派遣の準備で操練所があわただしくなった。築地の岸壁には観光丸が横付けし、この船倉への荷物の積みこみ作業がはじまっている。太平洋横断航海のための荷物であるから、その量も半端なものではない。しかも正使たちの一行の分も加わっているのだ。作業はこのところ、早朝から暗くまで、大勢の人夫を使って続けられている。操練所の広場の隅には、清国から輸入した石炭の山があった。

釜次郎は伊沢謹吾らとこの積みこみ作業を見ながら話した。

伊沢謹吾は言った。

「まだ心配だ。観光丸で、ほんとうに太平洋を横断できるか。どう思う、釜次郎？」

釜次郎は答えた。

「石炭が足りん。あれではせいぜい五日か六日分だろう。誰が石炭の量を計算したんだ？」

柴弘吉が言った。

「勝さんだ」

「あの二倍は必要だ」

「途中、ホノルルに寄るんじゃないのか？」

「行きはサンフランシスコまでの無寄港の大圏航路を取るはずだ。しかも冬場の航海、少なく見積もっても四十日はかかるんだぞ。なのに石炭が六日分では、まるで足りぬ」

　また伊沢謹吾。

「名前だけ勝さんが艦長でもいいから、実務はいまからアメリカ人にまかせるべきだな」

　釜次郎は言った。

「お節介かもしれんが、蒸気方の小杉雅之進には、石炭の量を増やすように言っておこう」

　釜次郎は仲間から離れて観光丸に近づき、小杉雅之進を探した。小杉雅之進は伝習所の第三期生だ。釜次郎とは同じ蒸気機関担当ということもあり、長崎では親しかった。

　釜次郎が懸念を伝えると、小杉雅之進は顔を曇らせて言った。

「そうなんです。わたしも勝さんには、これでは足りないと言ったのですが」

「勝さんはなんと?」

「正使一行の荷物が多いんで、とにかく石炭を削るしかない。足りない分は帆走で稼ぐ、と言うんです」

「おれが、この倍は必要だと言ってたと言ってみてくれ」

「はい」

指示の修正はなかった。


十二月二十日、釜次郎たちが乗り組む朝陽丸は、築地操練所の岸壁を離れて、長崎へと向かった。操練所の生徒たちを乗せての実習航海である。

出航のとき、釜次郎はまだ積みこみ作業の続く観光丸に目をやりながら、わきあがってくる不安を押し殺した。

この航海は、ほんとうにこれでだいじょうぶなのか。

観光丸を使うことについては、同乗するアメリカ海軍のほうからも疑問の声が出た。

ブルック海尉は、領事のハリスを通じて、木村喜毅に進言している。

「観光丸ではまずい。時代遅れの外輪船だし、船体が弱く、傾きやすい。いまの季節の北太平洋を航海できる船じゃありません。スクリュー式の船を使うべきです」

最初予定していた朝陽丸は、スクリュー船である。しかし朝陽丸は、実習航海で長崎に向かって出航したばかりだった。呼び戻している時間はなかった。

ほかにスクリュー船といえば、同型艦の咸臨丸が、神奈川港で修理中だ。ブルックは、神奈川港で咸臨丸を見て、これならだいじょうぶだろうと木村に伝える。修理も、急げばあと数日で終わりそうに見えた。

木村喜毅は軍艦奉行の井上清直に相談した。井上清直はしばらく考えてから言った。

「勝に、船を変えるよう申しつけよう」

勝は、井上からその話を持ち出されると、憤然として言った。

「わたしは、最初からスクリュー船を使うべきだと申し上げました。観光丸に変えたのは、奉行にござる」

井上清直は言った。

「同意されたはずだが」

「奉行が決めたことには、反対もできますすまい」

「無理だと思うなら、その場で反論すべきではなかったか。こんどはいかがいたす？　同意か、反対か」

「アメリカ人の意見で変えるというのは、気に入りませんな。彼らは、ただの便乗者と聞いておりますぞ」

「しかし、船の専門家たちだ」

「艦長はそれがしにございます」

「太平洋を横断したことはあるか？」

勝は黙りこんで、けっきょく船を咸臨丸に変えることを受け入れた。観光丸に積みこんだ荷物は、すべて咸臨丸に移しかえられることになった。


安政七年（万延《まんえん》元年・一八六〇年）の一月十三日、午の刻、咸臨丸は築地の軍艦操練所岸壁を離れた。サンフランシスコ経由でパナマへと向かうのである。途中、神奈川でブルックらアメリカ海軍の一行を乗せ、さらに浦賀で水を積みこんだ。浦賀を出発したのは、一月十九日のことである。正使らの乗るポーハタン号の出航前日であった。正使一行の向かう最終目的地は、アメリカ合衆国の首都、ワシントンDCである。

咸臨丸の出航を、釜次郎は長崎で聞いた。

無事に着いてくれればよいと、釜次郎は素直にそう願った。勝がこの航海に懸けた思惑などどうでもよかった。ただ、乗組員と船が無事にアメリカ大陸に着いてくれるなら。

安政七年（万延元年）三月三日朝、桜田門外《さくらだもんがい》で、大老井伊直弼を十八人の尊皇攘夷を唱える男たちが襲った。襲撃者十八人のうち、十七人が水戸藩の脱藩者、ひとりが薩摩藩の者であった。翌日には、井伊大老の死が江戸府内に知れわたった。幕府は、大老の死をまだ認めてはいない。しかし、目撃者の多い事件だった。隠しようもなかった。

操練所でも、噂話が教官たちのあいだを駆けめぐった。釜次郎も、熱心にこれらの噂話に耳を傾けた。襲撃者側の中心は水戸脱藩浪士たちだという。安政の大獄と、水戸藩への勅諚返却を求めたことで、井伊直弼は水戸藩の藩士たちの恨みを買ったのだ。

釜次郎は、井伊直弼のとった政治については、全面否定でもなく、全面的な賛同でもなかった。通商条約を調印したことはよし、批准書交換の使節を派遣したことも支持できる。しかし、幕閣内のいわゆる開明派と呼ばれるひとびとを片っ端から左遷したのはいただけない。明らかに権力の濫用《らんよう》であり、恐怖政治だった。

しかし市場の混乱については、封建経済と地球規模の資本主義経済の衝突ゆえの事態だ。井伊直弼を含め、幕府の中に資本主義経済を理解できる人物がいないことにも起因する。しかし、いずれ日本人もさほどの時間をかけずに資本主義経済のなんたるかを学習する。混乱はやがて収まるだろう。金の流出も、金の公定相場を国際水準に合わせれば止まるのだ。攘夷派浪士たちのように、金を買い占める商人を殺したところで、金の流出が止まるわけではない。市場の混乱が解決するわけではなかった。

ただ困ったことは、いま開国と攘夷、開明と保守という対立の軸が、よじれていることだ。井伊直弼は保守のひとであるが、開国やむなしと判断できるだけの常識は持っている。いっぽう井伊直弼に嫌われた開明派のひとびとの多くは、攘夷論の旗頭、徳川斉昭のその子息、一橋慶喜を将軍に推した。どちらに理があるかひとことでは言えないし、簡単に旗幟《きしょく》を明らかにできることでもなかった。

ただ、この日の襲撃に関してだけは、感じたことをもらすことができる。

「いやなできごとだ。酸鼻きわまる」

伊沢謹吾や沢太郎左衛門とこの話題になった。

沢太郎左衛門が言った。

「こともあろうに、お城の鼻先でこの不祥事だ。水戸藩はお取りつぶしかな」

伊沢謹吾は首を振った。

「まさか。御三家のひとつだ。お上はけっしてお取りつぶしなどしない。もしやったなら、大乱だ。だけど」

「なんだ？」

「取りつぶしができないことで、攘夷を唱える連中は勢いづく。もしかすると、こちらがいっそうの大乱を招くかもしれない」

「内が乱れたら、屍《し》肉《にく》を喰《く》らわれる。本気で攘夷に打って出たら、戦争だぞ。連中は、阿片戦争やアロー戦争の事情を知らないのだろうか。それとも清国と日の本はちがうとでも言うのかな」

「ちがうというのが、攘夷を唱える者たちの信仰だ。日の本は神国であり、清国以上に神聖で輝かしい国家なのだろう」

ふたりが釜次郎に顔を向けた。お前はどう思うと問うている。

釜次郎は言った。

「神の国なんて、地球のどこにもありゃせん。どの国もどの文化も、どれも等しく価値があり、等しく欠点を持ってる。オランダを必要以上に崇めることはないが、日の本はとくべつ抜きんでた国とおごることはない」

言ってから、釜次郎は空を見上げた。まだたっぷりと雪の核を含んだ重たげな空だ。灰色の雲の底が、西から東へと勢いよく流れている。

釜次郎は空を見つめたまま言った。

「咸臨丸に乗った連中が、向こうでよいものを見てくるといいな。帰ってきたら、きっと多くの日本人の蒙《もう》を啓《ひら》いてくれるにちがいない。万次郎さんが、一度に百人できてくるようなものだから」

その百人の声のひとつぐらいは、水戸藩士の耳にも届くことだろう。


五月六日、その咸臨丸が品川沖に帰ってきた。

木村喜毅や勝麟太郎らは、翌日から登城して、幕閣に帰朝報告である。

釜次郎たちは、松岡盤吉と赤松大三郎をなかば軟禁する格好で、アメリカの話をせがんだ。松岡盤吉たちのほうも、土産話をしたくてたまらなかったようだ。連日深夜まで、操練所の宿舎の一室でアメリカの話を語った。

松岡盤吉の言葉は、興奮気味だ。

「咸臨丸は、航海中にひどく損傷した。それで、サンフランシスコの近くの海軍工廠で修理ということになったのだわ。メアアイランドってとこの造船所だ。ここに行ってみて驚いた。お前たち、黒船の底の修理はどうやると思う」

柴弘吉が言った。

「じんを使うのだろう。引っ張りあげて、船を傾ける」

じんと言うのは、引き上げ船台のことである。瀬戸内地方の船大工が使う設備だ。ただし、小規模なものである。

松岡盤吉は首を振った。

「でかい黒船の修理が、じんで間に合うか」

釜次郎は言った。

「算盤《そろばん》船台《せんだい》か。カッテンディケ大尉が絵を描《か》いて教えてくれたが」

「おれもそうじゃないかと思ってた。ところが、ちがうものがあるのよ。ドライックっていうんだ。黒船がそっくり入るくらいの大きな箱だ。こいつに船を入れてな、うしろの扉を閉じて、水を抜くのだ。足場を設けなくても、小舟を使って、喫《きっ》水線《すいせん》の下までゆうゆうと掃除ができる。やがて船の底まであらわになるから、こんどは小舟もいらん。人夫たちは脚を濡《ぬ》らすこともなく仕事ができる。水を汲《く》みだすポンプっていうからくりも機械だ。重いものを上げ下げするクレインってのも機械仕掛け。いやはや人力が及びもつかぬようなことをやってくれるのだ。アメリカ人の知恵は深いなあと、おれはほとほと感じ入ってしまった」

釜次郎は松岡盤吉に紙と筆をわたし、その構造を描いてくれと頼んだ。

松岡盤吉は描きながら言った。

「裁縫のからくりもあるのだ。着物を仕立てるのに使うのだが、おれはいくら眺めていてもその仕掛けがわからなかった」

「どんなものだ？」と柴弘吉が訊いた。

「足踏み式の、仕立ての機械よ。布を縫うのに使う。足踏みではずみ車をまわすと、なんと針が上下にカタカタと動いて、またたくまに布を縫い合わせてゆくのだ」

「そいつは、仕立て工場にあるものか？」

「それがちがうのだ。おれは、招待されたエンジニヤのうちで見た。もちろん工場にもあるのだろうが、ふつうのうちにあるのだ。しかも使っているのは、歳《とし》はせいぜい十一、二の女子だ。その仕掛けの巧妙なこと、運針の速いこと速いこと、おそらく日本人が着物を一着仕立てるあいだに、アメリカ人は二十着も仕立ててしまうのではないかと思った」

「そいつは、高価な機械なのだろうか」

「エンジニヤの家にあるのだ。俸禄《ほうろく》で十分買える程度の値だろう」

最初の二日間、松岡盤吉と赤松大三郎を囲む釜次郎たちの質問は、もっぱらアメリカの産業技術のことだった。三日目になると、風俗や社会制度への質問が繰り出された。

「万次郎さんが言っていたとおりだ」と松岡盤吉は言う。「どう見ても、身分の上下というのが、わが国のような厳しいちがいではないのだな。おれも、この目で見るまでは万次郎さんの言葉を少しおおげさだと思っていた。ところが、そのとおりよ。もちろん富裕の士と、つつましやかな暮らしの士のちがいはある。だけどもさほど風体にちがいはなく、身分の高い者が低い者を侮ったり、いたずらに威張りちらすこともない。低い者が上士に土下座したり、しゃちほこばったりすることもない。堅苦しくないのだ。ありていに言えば、じつにざっくばらんだったな」

伊沢謹吾が訊いた。

「そいつは、律法のように定められたことなのか？」

「ちがう。自然のことと見えたな」

「婦人が尊ばれている、と聞いているが」

「そのとおりだった。たとえば歓迎の宴席で、椅子《いす》が足りんかったとする。すると、男子はそばに立って、女子を腰掛けさせるのだな。妻が飲み物を欲しいと言えば、亭主が運んでくるのだ。まことあの国では、女子が大事にされている。咸臨丸を見たいと女子衆が船着場にやってきたが、日の本じゃあ女子は船に乗せん。断ったが、あれはずいぶん先方の不興を買ったぞ」

沢太郎左衛門が訊いた。

「あちらには、ホスピタルなるものがあるそうだが。施療院のようなものだとか」

「あったあった。小石川《こいしかわ》の養生所をもっと大きくしたようなものだ。乗組員の中に何人も病人が出て、そのホスピタルで医者にかかることになった。その連中の話を聞くとな、そこはすみずみまで清潔で、怪我《けが》の手当てなどにはさまざまな便利の器具を使うそうだ。また掛かりの者がみな親切なのだと。士官にだけではない。水夫たちにも分けへだてなく看病してくれるのだな。重い病人は下《しも》の世話までしてもらったが、その情けの厚いこと、気遣いの細やかなること、涙が出るほどであったというぞ」

「士官と水夫の区別はなかったのだな」

「ちがいは、病が重い軽いということだけだったそうな」

「ふたり、死んだそうだな」と伊沢謹吾。

「ああ。向こうで葬儀を出してきた。何人かは病気が回復せず、そのまま残った」

釜次郎は訊いた。

「総じて、アメリカ人の気質とはどんなものだ？　おれたちが知ってるオランダ人とはちがうのかな」

「帰りの船中で話し合った。こんなふうな結論が出たぞ。アメリカは新しい国のせいか、人情が正直で、親密だ。他人に対して、うわべばかり口ばかりの情けは見せん。むしろアジアの国のほうが古いぶんだけ薄情なのではないかとな。これ、地球の総論じゃないか、ということになった」

柴弘吉が笑って言った。

「お前、ずいぶんかぶれてきたぞ」

松岡盤吉は、むっとした顔になった。

「おれは見てきたままのことを言ってる。おれひとりが感じたことでもない。お前が信じられないという気持ちはわかるがな」

気がつくと、障子《しょうじ》の外が少し明るくなっていた。この日もときがたつのを忘れて松岡盤吉たちの話に聞き入ってしまったのだ。

釜次郎はふっと鼻から息を吐いた。

おれも、やはり欧米の造船所をこの目で見てみたい。ドックなるものの中に立ってみたい。それも、ひと月ふた月の滞在ではなくて、長崎で学んだときのように、留学というかたちであれば最高だ。自分はおそらく、乾いた雑巾《ぞうきん》のようにたっぷりと、新しい知識、新しい技術を身体《からだ》に取り込むことだろう。誰にも負けぬぐらいに。

釜次郎は声には出さずに誓った。

やはり、行くぞ。オランダに行く。それを熱望する。行きたいと希求し続ける。

それから十日ばかり後だ。操練所に幕府の新しい海軍人事が伝えられた。

勝麟太郎が、罷免されたのだ。操練所から放逐である。太平洋横断航海最中の無能ぶりが、つぶさに報告されたためであった。

この年、万延元年の八月六日、釜次郎の父、榎本円兵衛が死んだ。七十一歳であった。

兄の勇之助武興《たけおき》が家督を継いだ。

ワシントンDCに赴いた遣米使節の一行が帰国したのは、万延元年の九月二十七日のことである。一行はワシントンDCで日米通商条約の批准書を交換したあと、フィラデルフィア、ニューヨークへとまわり、アメリカ軍艦で大西洋を横断、喜望峰《きぼうほう》、バタビア、香港《ホンコン》を経由して帰ってきたのだ。世界一周の大旅行である。

使節団の監察であった小栗忠順《おぐりただまさ》は、帰国後すぐに陸海軍充実の施策を矢継ぎ早に打ち出す。洋式編制、洋式訓練の常備軍の設置とか、洋式軍事技術の積極導入といったことである。殖産技術を導入するにはどうしたらよいか、その検討もはじまった。小栗もまた、アメリカの工業力や技術に素直に感嘆して帰ってきたのだった。四年前であれば江川太郎左衛門のようなごく少数の開明的な人物の頭にしかなかったことが、いまや幕府中枢の常識となりつつあったのである。

操練所は、使節団記録係であった玉虫左太夫を何度か招いて、アメリカ事情を聞かせてもらった。

釜次郎は、玉虫左太夫の人柄と学識の深さに魅了された。彼と親交を深めたいと、ひそかに願った。左太夫は仙台《せんだい》藩江戸屋敷内の藩校・順造館《じゅんぞうかん》教授であるのだから、その機会は今後いくらでもあるだろう。

同時期、イギリス公使のオールコックが幕府に、英仏連合軍がついに北京を陥落させたことを報告した。アロー戦争の決着がついたのである。帝国主義の強欲さが、またも明らかになったのだった。

小栗忠順は、木村喜毅とはかり、石川島《いしかわじま》に造船所を設置することを決めた。

釜次郎は、操練所の教官の仕事のかたわら、その石川島の洋式造船所の設計にも関わることになった。

しかし釜次郎の経験といえば、長崎の飽ノ浦でごく小さな規模の造船所を造ったことがあるだけ。松岡盤吉が感動してきた乾ドック式の造船所については、それが存在するという知識があるだけだ。その知識がじっさいに使えるものかどうかは、造りながらたしかめるしかなかった。

釜次郎は咸臨丸乗組員たちからメアアイランドの造船所のスケッチを借りて乾ドックがどのようなものか教えを乞い、万次郎にも相談しながら、造船所の設計図を描いた。

設計図を描いたところで、二十分の一の大きさの模型を造ってみた。なにしろ自分がまだ見たこともないものを造るのである。模型を造ってみても、それが実用的に働くものであるのか、確信が持てなかった。

ある日、操練所の一室に造った模型を前に考え込んでいると、木村喜毅が入ってきた。

「いかがかな。造船所はうまく造れそうですか」

釜次郎は首を振った。

「正直言って、これは無謀です。外国人技師の指導を仰がなければ」

「それは考えております。アメリカから技師を呼ぼうかと。しかし、いまの攘夷の嵐《あらし》の中では、民間人技師がわが国にきてくれるかどうか」

「どういうことです？」

「この一年、ずいぶん多くの外国人が殺されている」

木村が言うのは、水戸藩浪士を中心とする攘夷派の侍たちの外国人襲撃事件のことだ。この年の二月には横浜で、オランダ人がふたり殺され、九月にはフランス公使館勤務のイタリア人が斬《き》られた。つい先日、十二月に入って、アメリカ公使館付きのアメリカ人通弁が三田《みた》で殺された。各国公使は、外国人の保護態勢が不満であると、江戸から横浜に移っている。首都で各国公使や公使館付外国人の安全が保障されないとなると、その国の治安はなっていないということであり、政府の権威がなくなっていることを証明するものでもあった。

　幕府は、桜田門外の変以来、江戸城周辺の橋の一般人の通行を禁止している。竹《たけ》橋《ばし》、清水橋《しみずばし》、田安橋《たやすばし》、半蔵門《はんぞうもん》が閉鎖されたのだ。さらに江戸市中の巡回警戒をいっそう厳しいものにした。しかし、水戸脱藩浪士らはなお江戸府内に集まってきており、不穏な空気は払拭《ふっしょく》できない。外国人は、外国人であるというだけで危険だった。

　木村喜毅は言った。

「もう少し治安が回復するまでは、外国人技師を江戸に招くことは無理だ。来たいと言ってくれる技師がおりません。だから、なんとか当面は自力で乗り切りたい。いかがです？」

　釜次郎は言った。

「最新式の乾ドックを建造するのは無理です。日本人だけでは、造りようがない」

「ほかの方式なら？」

「ドックの斜面に算盤のようにコロを敷くドックならできます」

「当面は、なんとか日本人だけでそれを造ってしのいでくださらぬか。わたしは、技師の件については、多少考えるところがあるのです」

　木村の目が光ったような気がした。釜次郎は訊いた。

「なにかうまい手でも？」

「外国人技師を招くよりも、日本人技師を育てたほうがいい」

「時間がかかります。それに、教官が必要だという点では、外国人技師を招くことと同じだ」

「時間のことはやむをえない。小栗さまとも話し合った。外国に、ひとを送る。留学させる」

「ほう」釜次郎は、思わず身を木村のほうに乗り出していた。「誰を、どこに？」

「筆頭は、榎本さん。あなただ。あなたをアメリカに送りたいのだが」

「わたしが、アメリカですか」

どうしてオランダではないのだろう。木村喜毅のアメリカ体験は、やはりそれほどに強烈なものだったということか。長崎でオランダの産業技術を十分に目の当たりにしていた木村でさえ、アメリカには圧倒されたということか。

木村喜毅が訊いた。

「いやですか？」

「とんでもない。ただ、英語は蘭語ほどには得手ではございません。留学の期間はどのくらいです？」

「必要なだけ」

「三年、いや、四年くらいでしょうか」

「そのくらいの時間は必要かと存じます。榎本さんが内諾してくれるのなら、わたしは早速、アメリカ公使館と相談に入る所存です。正式の内示があるまで、この話はどうぞ榎本さんの胸のうちだけにとどめていただきたいのだが」

「ひとつだけ」釜次郎は訊いた。「留学生は、わたしだけじゃありませんよね。造船技師や機関技師がひとりできただけでは、造船所も船も造れません」

「承知しております」

木村喜毅は、すべてまかせておけとでも言うようにうなずいた。

そのとき部屋の外から声があった。

「榎本さん、おられますか？」

学生の声だった。

「なにか」と釜次郎は声をあげた。

引き戸が開いて、操練所の学生のひとりが顔を出した。

「教授、いま堀さまの屋敷からお使いがまいりました」

「堀？　利煕殿のことか？」

「はい」

堀利熙は、蝦夷地巡察の後、箱館奉行となり、さらに江戸にもどって、外国奉行、神奈川奉行を兼ねた。つい先般、プロシアとの条約案をまとめたのも堀利熙である。

釜次郎は訊いた。

「用件は？」

「堀さまの葬儀が、本日、小石川の源覚寺《げんがくじ》にておこなわれます。内輪でおこなわれるとのことですが、榎本さまには訃報のお伝えまで、ということでした」

「亡くなられたことは知らなんだ。いつのことだ？」

「三日前だそうです」

「ご病気か？」

「いいえ、切腹された由です」

釜次郎は木村喜毅と顔を見合わせた。

釜次郎は小石川の源覚寺に駆けつけて、会葬者の末席に並んだ。会葬者の数は、堀の位を考えると奇妙なほどに少ない。せいぜい四十人ほどだろうか。どの顔も、戸惑いと不可解とをないまぜにしていた。アメリカから帰ってきたばかりの、仙台藩の玉虫左太夫の顔もあった。その後いろいろ話もしたかったが、左太夫の面持ちは沈痛すぎた。あいさつをするだけに留《とど》めた。

僧侶《そうりよ》の読経《どきよう》が続いている。釜次郎が本堂に正座して数珠を取り出すと、列の右端にいた男が釜次郎に顔を向けてきた。釜次郎も男の顔を見た。

雑賀孫六郎だ。釜次郎と共に堀にしたがい、樺太と蝦夷地をまわった青年。わりあい血の気の多い、撃剣の腕自慢だ。

釜次郎は雑賀孫六郎に黙礼した。雑賀も頭を小さくさげてきた。葬儀のあとで、彼と少し話をすることになるだろう。

葬儀のあと、堀の身内とふたことみこと言葉を交わし、それから雑賀と共に水道《すいどう》町《ちよう》の茶屋に出た。

釜次郎は雑賀と再会を喜び合った。聞くと雑賀は、その後は会津と江戸を行き来して、ほうぼうの塾で兵学や砲術を学んでいたのだという。たまたま先日から江戸にきており、堀の屋敷を訪ねたところ、切腹を知らされたというのだった。

釜次郎は訊いた。

「堀さまが切腹したというのは、いったいどういうことなんだ？」

雑賀は答えた。

「当日、城内で安藤《あんどう》さまと激しくやり合われたそうだ。下城してすぐ部屋にこもり、腹をかっさばいた」

「ご老中の安藤さまと？」

老中の安藤信正《のぶまさ》は、井伊直弼の死のあと、その処理にあたった。さらに、開国と通商をめぐる幕府と皇室間の対立を解消すべく、皇女和宮《かずのみや》の将軍家茂《いえもち》への降嫁を推し進めた人物である。いわば公武合体路線の強力な推進者であった。水戸藩に対しては、勅諚の返還を強く迫っている。水戸藩浪士たちを中心とする攘夷派からは、第二の井伊直弼として目の敵にされているという。

もうひとつ、釜次郎も耳にしている話がある。開国と通商をめぐって、幕府は孝明天皇とその側近たちのあまりの頑迷さに悩んだが、その対策として、幕府は廃帝を画策しているというのだ。その音頭を取っているのが老中の安藤信正で、彼は国学者の塙忠宝《はなわただとみ》に廃帝の先例を調べさせているともいう。

釜次郎は訊いた。

「堀さまとご老中がそれほど激しくやり合ったのは、例の廃帝のことか」

「ちがうようだ」と雑賀は言った。「おれもそのことを、お身内の者に訊《たず》ねた。プロシア使節との商議をめぐることだったらしい。あんたが知ってるかどうかわからんが、ご老中は、和宮さま降嫁までは、とにかく天皇に対しては攘夷のふりを通すつもりでいる」

「それができない相談であることは、みな知ってる」

「そうだ。知らないのは、攘夷の浪士と朝廷だけだ。知らないから、方便で逃げなければならん。ところが堀さまはあのとおりの、真っ正直すぎるおかただ。どうせプロシアとも通商するなら、堂々と商議すればいいと主張したらしい」

「ご老中は？」

「商議は暫時《ざんじ》待て、と止めたのさ。堀さまは、相手をこれ以上待たせることはできんと拒んだ。そこから、双方の言葉が激してきたらしい。ご老中ときたらなにせ、言葉の鋭いこと、幕閣で一番というおひとだからな」

「言葉だけじゃない。お考えもだな」

「真剣で斬り結ぶようなやりとりがあったらしいんだ。それで堀さまは帰ってきてすぐに切腹だ」

「遺書はあるのか？」

「いいや。それはなかった」

釜次郎は酒をひとくち喉《のど》に流しこんで、鼻から荒く息を吐いた。堀利熙もけっして野心ある策謀家ではなく、むしろきわめて有能で廉直な実務官吏であるが、それでもこの時代は、官吏としての立場を貫き通すことも生命がけということだ。自分のような技官も、いずれは技官としての本分をまっとうしようとすれば、生命を懸けるようなことになるのだろうか。いまとは、そのような時代なのだろうか。

「どうした？」と、雑賀が訊いた。「なにか心配ごとでも？」

「いや」釜次郎は首を振って言った。「堀さまのご家来衆が、水戸の浪士のようなことをしまいか、心配したのだ」

「ご老中を襲うと？　まさか」

「そうだな。くだらぬことだった」

釜次郎は徳利《とつくり》を差し出した。雑賀はうなずいて盃《さかずき》を差し出してきた。

堀利熙の死を、攘夷派の者たちは最大限に利用した。堀の遺書なるものをでっちあげて、安藤信正攻撃に使ったのである。

堀は、幕府の中堅クラス以下の士たちに人気のある人物であった。ペリー来航の混乱の前後に徒士頭《かちがしら》から目付に抜擢《ばつてき》され、たちまち頭角をあらわして、外国奉行、神奈川奉行を務めるようになったのだ。彼は新しい時代の幕府官吏の理想を示す存在であった。期待と希望の星だったのである。

その堀が、老中との口論のあとに割腹した。いやでもその死の意味が議論とならざるをえない。そこに遺書が出現したのだ。

その遺書には、堀が廃帝問題をめぐって安藤信正と激しく口論したのだと書かれていた。廃帝の主張にがまんがならず、諫死《かんし》の意味で切腹すると。

しかし、その宣伝は、逆に政治体制をめぐる議論にはうとかった者にも、廃帝という過激な案を知らしめることになった。一度おおっぴらにされてしまえば、それは最初に安藤信正によって言いだされたときほどの衝撃力は持たなかった。堀利煕の偽遺書が市中でも噂になったころには、それは政策の選択肢のひとつにすぎなくなっていた。

伊沢謹吾が、操練所の仲間たちに、安藤信正の廃帝の主張なるものを教えてくれた。伊沢は、父親を通じてこの手の情報にはいつも通じていたのだった。

伊沢謹吾は言った。

「ご老中はこう言ったそうだ。焦土となるも攘夷をおこなうというのは、御一己《ごいっこ》の好みで天下を変えると言うようなものだ。大政は幕府が受け持っている以上、幕政遂行に必要なかぎりでは、天皇の意思は尊重する。公武一和もそのためにおこなうが、もし幕政が阻害されるようなら、廃帝やむなしとな」

松岡盤吉が訊いた。

「ということは、ご老中は、共和制を主張されたということか」

彼はアメリカから帰国後、共和主義のよさをときおり口にするようになっている。

柴弘吉が言った。

「ちがう。帝位に誰をつけるかは幕府が決める、ということだな」

釜次郎も感想を口にした。

「水戸の連中が言うほど、噴飯ものの意見には聞こえんな。少なくとも、ハリスの首をはねろ、外国船を打ち払えという主張よりは、正気の言葉に聞こえる」

中島三郎助が言った。

「とはいえ、水戸藩の者には、とても承服できない主張でしょうな。ご老中を討とうという気にもなるというものだ」

じっさい、明けて万延二年になると、江戸府内にはまた変事が噂されるようになった。水戸脱藩の攘夷派浪人たちが、老中安藤信正を狙っているというのだ。そのため、水戸浪士がまたまた府内に続々と集まってきているという。桜田門外の変の直前に似た状況である。幕府は、前年の四つの城門の一般市民通行禁止に加え、江戸城のすべての城門の夜間の通行を禁止した。江戸府内の見回りと警備はいっそう厳しいものになった。

廃帝の問題に加え、攘夷派の武士たちを刺激する事件が、対馬でも起こっていた。

ロシア軍艦ポサドニック号が対馬に来航、基地建設の許可を藩主に求めたのだ。藩主は面会を拒絶し続けているが、ロシア艦の乗組員は勝手に上陸、基地の施設の建設にかかったのだ。外国奉行の小栗忠順が事態解決のために対馬に向かい、帰府後、箱館奉行に退去交渉をおこなうよう命じている。幕府はまた、イギリス公使に仲介の依頼もおこなっている。

五月、府内に潜入していた水戸藩浪士十数人は、芝高輪《しばたかなわ》の東禅寺《とうぜんじ》にあるイギリス仮公使館を襲った。総領事オールコックの国内旅行に憤激したから、とその理由が伝えられている。ふたりの英国人が斬られて負傷した。

この事件のあと、釜次郎は木村喜毅に会って、中浜万次郎に警護をつけるよう進言した。

「必要だな」

木村喜毅は賛同した。

十一月、釜次郎が石川島で造船所の工事を指揮しているとき、木村喜毅が現場を訪れた。木村は駕籠《かご》からおりると、もの珍しげに工事の様子を眺めながら、釜次郎のそばまでやってきた。

釜次郎が工事の進捗状況をざっと説明すると、木村喜毅は人足たちの作業を眺めながら言った。

「いま、小栗さまと話し合ってきた」

「というと？」例のアメリカ留学の件か。

木村喜毅は言った。

「小栗さまは、操練所から五人。蕃書調所からふたり送ると決められた。もちろん、榎本さん、あんたが入っていることは、以前にも言ったとおりだ」

釜次郎は訊いた。

「ほかはどういう面々です？」

木村は、操練所の軍艦組からの留学生の名をこう教えてくれた。

内田恒次郎《つねじろう》、榎本釜次郎、沢太郎左衛門、赤松大三郎、田口俊平《たぐちしゅんぺい》。

このうち、内田、沢、赤松の三人は、長崎海軍伝習所の三期生だ。内田と赤松が造船・航海の専攻。沢は砲術専攻である。

田口俊平は、ほかの者よりも二十歳ほど年長だ。美濃《みの》の平民出身の男で、もともと医学を学んだが、江戸に出て士分を得た後、講武所砲術指南役となった。さらに長崎へ行って聴講生として砲術、化学等を学んでいる。目立たぬ人物である。

釜次郎は訊いた。

「蕃書調所からのふたりというのは？」

「教授方の津田《つだ》真一郎《しんいちろう》と、西周助《にししゅうすけ》」

木村はつけ加えた。

「ほかに、職人方からも何人か送ろうという話になっている。こちらの人選はまだだ」

「いつ出発なのです」

「今年じゅうに正式に発令となり、来年には出発ということになりましょう。ただ」

木村喜毅の顔が曇った。

「どうされました？」

木村は言った。

「知ってのとおり、この二月にアメリカはふたつに分裂、四月から内戦がはじまっている。簡単に終わるかと思っていたが、存外長引く気配だ。土壇場で、この話は流れるかもしれぬ」

南北戦争のことだ。この年一八六一年に、アメリカ合衆国から南部諸州が脱退、アメリカ連合を結成した。北部諸州は、南部の分離独立を認めず、ここに市民戦争がはじまった。アメリカの混乱は、じわじわと日本との外交関係にも影響してきている。面倒な外交交渉はすべて中断するか繰り延べとなっていた。外交官たちも、本国のことが気になって、仕事が手につかない様子なのだ。ハリスは、翌年早々にも帰国するという。

釜次郎は不謹慎なことを思った。

もし戦争が続いている中で留学ができたならば、ひとつ欧米の近代戦争とはどんなものか観戦してやろう。それはおそらく、欧米の最先端産業技術の見本市にも似たものであるはずだ。その場に身を置くことは、伝習所の実習航海に匹敵するほど、濃密で得がたい学習の場であるにちがいない。

この年十二月、幕府は開港の一部延期を交渉させるための使節団を、ヨーロッパ各国に派遣する。朝廷に対してとりあえず攘夷を約束した手前、なんとか時間を稼ぐための使節団であった。使節団はイギリス軍艦オージン号に乗って品川を出発した。竹内下野守《しもつけのかみ》を正使とする一行であった。福沢諭吉《ふくざわゆきち》は、咸臨丸でのアメリカ派遣に続き、この使節団にもふたたび加わっている。

2

文久《ぶんきゅう》二年（一八六二年）が明けて早々の正月十五日である。

西ノ丸下の磐城平《いわきたいら》藩邸を出た安藤信正の行列は、午前八時すぎ、坂下門《さかしたもん》にさしかかった。

この行列に向かって、訴状を掲げるような様子で、ひとりの男が近づいていった。駕籠の前後の警護の者がこの男の接近に気づき、素早く立ちはだかる体勢を取った。近づいてきた男は、やにわにふところからピストルを取り出すと、駕籠に向けて発砲した。

その銃声を合図に、行列の左右から五人の男たちが斬りこんだ。しかし、桜田門外の変は再現されなかった。警護の人数は倍、なのに襲撃側は前回の三分の一である。六人ともたちまち反撃にあって倒れた。駕籠の中の安藤信正は、銃弾を受けて重傷を負ったが、生命に別状はない。

しかし、ふたたび幕府の最高権力者が襲われたのである。幕府の受けた衝撃は大きかった。しかも攘夷の運動は、いまやはっきりと倒幕運動に成長しつつある。王政復古が公然と語られるようになっていた。

釜次郎は、安藤信正襲わるの報を、赤松大三郎から知らされた。この日、赤松大三郎は中浜万次郎を護衛して、芝新銭座に移っていた韮山代官役所まで送っていったのだ。そこに、この報せを聞いた。耳にした言葉の言い回しは、むしろ攘夷の浪士、安藤信正を襲う、というものに近かったかもしれない。

赤松大三郎は、操練所へ帰ってくると、これをすぐに釜次郎に伝えてくれたのだった。

釜次郎は深く吐息をついた。この数年、もうずいぶん何度も攘夷派の「志士」なる連中の蛮行を聞いてきたが、もう憤激し怒る気力さえ失せた。徒労、という想《おも》いだけが強まる。もう彼らには、いつかは蒙を啓けとは期待しない。いま願うのは、おれの前に立ちはだかるな、おれの行く手をさえぎるな、ということだけだ。

翌日である。木村喜毅が操練所に釜次郎を訪ねてきた。暗い顔だ。

木村喜毅は言った。

「榎本さん、アメリカ留学の話は、御破算となった。いったんないものとなった」

釜次郎は木村の顔を見つめた。

「それは、やはりアメリカの内戦のせいでしょうか」

「それがひとつだが」と木村喜毅は言った。「安藤信正さまご遭難で、外国に関わる案件はすべて凍結となったのだ」

残念、という言葉を押し殺した。攘夷派の志士なる連中は、とうとうおれの夢までぶち壊してくれたか。とうとうおれの前に立ちふさがってきたか。

木村喜毅は続けた。

「ご老中のあとのことが落ち着くまで、なにも決まらない。先方の不都合も出てきた以上、アメリカ留学の件は、なしということになったのだ」

釜次郎の顔は、たぶんこわばったのだろう。

木村喜毅があわてて言った。

「待て。そう腹を立てるな。数カ月後には、ものごとはまた動きだす。ご老中のひとりふたり斬られたからといって世の流れはあともどりせぬ」

「しかし、アメリカの内戦がそう簡単に終わるでしょうか」

「オランダは、戦争をしておらぬぞ」

釜次郎は目をみひらいた。オランダに留学しろと言っているのか。

木村喜毅はうなずいた。

「あの顔触れを、そっくりオランダに送ってもよい。わたしは、小栗さまにそう進言するつもりだ。どうだ、この案は？」

木村喜毅の言葉を吟味してから、釜次郎は言った。

「結構なことと存じます。オランダなら、言葉の件もあって、なじみやすいかもしれませぬ。オランダの技術がアメリカより劣るということもないでしょう」

「がっかりしたろうが、あと少し辛抱できるか」

「いたします」

木村が部屋を出ていってから、釜次郎は拳《こぶし》を天井に突き上げた。そうせずにはいられないような衝動に突き動かされたのだ。あれほど夢見ていたオランダ行きが、急に現実のものとなってきた。オランダに行けるのだ。釜次郎はもう一度拳を突き上げた。そこがもしひとのいない野っ原であったなら、歓声さえあげたかもしれない。

釜次郎たちのオランダ留学が正式に決定したのは、この年文久二年の四月である。

幕政改革の基本計画がまとまると同時であった。

先にアメリカ留学を内示された七名のほか、医師ふたりが加わった。伊東玄伯《いとうげんぱく》と林研海《はやしけんかい》である。

さらに、水夫や職方からも派遣することになった。中に、船大工の寅吉が入っていた。長崎では釜次郎も洋船造りで一緒に汗を流した男である。寅吉はこのころは、上田《うえだ》という名字を許されていた。その上田を含め、留学を命じられた者の数は総計十六だった。もっとも、出発直前にひとりが肺病を発病することになるため、じっさいにオランダに向かったのは十五名である。

品川出発は六月なかば。長崎でオランダの便船を待ち、九月ごろにオランダへ向けて出航という予定だった。


同じころ、軍制改革は着実に進んでいた。

すでに陸軍は洋式調練を受け、洋式に編制されることになっていたが、これがさらに推し進められた。洋式のズボンをはき、銃で武装した歩兵部隊ができたのである。弓は、装備から正式に除かれた。伝習歩兵隊の原型ができたのだった。

講武所で教授の手伝いを務めていた大鳥圭介は、この洋式歩兵部隊の指図役（将校）への任官が決まった。釜次郎はそのことを、長崎への出発直前に大鳥圭介からの手紙で知らされた。

同じころ、京都の旅籠《はたご》・寺田屋《てらだや》に、薩摩藩の尊皇攘夷派の武士たちがひそかに集まった。これに対し、島津藩主の後見人である久光《ひさみつ》は、藩士の中から九人の剣客を選び、寺田屋を急襲させた。

有馬新七《ありましんしち》、柴山愛次郎《しばやまあいじろう》ら、薩摩藩の攘夷派首脳部六名が斬殺《ざんさつ》され、ふたりが重傷を負った。薩摩藩の急進攘夷派は壊滅した。

藩内の急進派を排除した島津久光は、京都において公武合体をいよいよ熱烈に朝廷に説いた。その第一歩として、久光は勅使を江戸に派遣することを建言した。一橋慶喜の将軍後見職就任、松平慶永の大老職就任を求めよというものである。朝廷もこれを受け入れ、公卿の大原重徳《おおはらしげとみ》を勅使とすることを決めた。

無位無官の陪臣《ばいしん》にすぎないはずの島津久光の力は、すでに朝廷を動かし、幕府に人事の注文をつけるだけのものになっていたのだった。島津久光は、大原重徳の護衛として大挙藩兵を率いて江戸に向かった。

島津久光が江戸の薩摩藩屋敷に到着したのは六月の上旬であるが、二日後の夜、ひそかに薩摩藩屋敷の門をくぐった男がいた。勝麟太郎であった。

六月十五日、中島三郎助が中心になって、釜次郎の歓送会がおこなわれた。大川の屋形船を借り切っての集まりだった。操練所の教授方だけではなく、中浜万次郎や雑賀孫六郎も出席した。

屋形船の中で、伊沢謹吾が言った。

「じつは、おれはきょう、軍制掛を命じられた。七月に御前で、海軍を創設するにあたっての軍制会議がある。そのための計画をまとめることになった。釜次郎がオランダから帰ってくるころには、幕府には海軍ができているはずだ」

釜次郎は訊いた。

「どんな海軍を作るつもりなんだ？」

「大海軍だ。わが国は四面を海に囲まれた国だ。幕府の軍事費は海軍に集中させるのがよい。みながつねひごろ言っていることを、計画として記すまでだ。摂津守《せっつのかみ》も、おれと同じ考えでいる。ただ」

「なにか？」

伊沢謹吾は、少しだけ顔を曇らせて言った。

「井上さまは、大海軍創設には反対されている」

井上とは、木村喜毅と同格の軍艦奉行・井上信濃守《しなののかみ》清直のことだ。下田奉行だった当時、ハリスとの開港交渉にあたった人物でもある。一時、井伊直弼によって左遷されていたことがある。

伊沢謹吾は続けた。

「井上さまは、先ほどまでの不遇のあいだ、勝さんと親しくつきあっていたそうだ。勝さんの持論はみなも知ってのとおり」

柴弘吉が言った。

「大胆な人材登用。公武合体」

松岡盤吉が言った。

「幕府と諸藩の合同体制、ということも、伝習所時代から言っていたな」

伊沢謹吾が言った。

「そう。海軍についても勝さんは、幕府と雄藩の艦隊を合わせた、連合海軍のようなものがよい、と主張されているそうだ。井上さまも同意されているとか。井上さまは、勝さんをふたたび海軍に呼びもどすおつもりらしい」

船の中に、なんとなく沈黙が満ちた。不服や不同意の沈黙というよりは、むしろそれは不可解だという意味の沈黙だった。

柴弘吉が伊沢に言った。

「勝さんは船を知らん。井上殿は、船を知らん勝さんを知らんのではないか？」

「勝さんは、とにかく知識はある。世の中を見る目も。艦長役は務まらなくても、海軍のありかたについては、一家言も二家言もあるひとだ」

松岡盤吉が皮肉っぽく言った。

「取り入るのがうまいひとだ。井上さまも、たぶらかされた」

伊沢謹吾が、釜次郎に目を向けてきた。お前もなにかひとことあるだろう、という目だ。

釜次郎は苦笑して言った。

「おれがいないあいだに、海軍はまた勝さんにひっかきまわされるのかな。苦労かけることになってすまんな」

釜次郎たちオランダ留学生が品川を出航したのは、六月十八日である。船は咸臨丸であった。咸臨丸は長崎で江戸からの留学生をおろす。長崎では、医師ふたりが待っている。

その医師たちを加えて、留学生一行は長崎からはオランダ商船でオランダに向かうのである。

出発前、留学生たちは軍艦奉行のひとり井上清直から洋行上の注意をいくつも聞かされた。

とくに、厳しく誓わされたのは、つぎの三つのことである。
一、いかなる場合も日の本の秘密を洩《も》らさざること。
一、キリスト教に肩をいれまじきこと。
一、本朝の風俗をあらためまじきこと。
釜次郎たちは、この誓詞に血判をさせられたのだった。

留学生のひとり、沢太郎左衛門が、血判を押すときに小声で言った。

「日の本の秘密っていったいなんだ？　何を教えちゃいかんのだろう」

釜次郎も小声で言った。

「日の本が神国で、日本人は世界最優秀だってことだろう」

「そいつは秘密か？」

「秘密さ。そんなことが世界に知られてみろ。たちまち列強は、日の本を植民地にしようとしてくる。黄金の山を手に入れるようなものなんだから」

沢太郎左衛門は、噴き出す寸前に口の中で笑いを押し殺したようだった。

七月二十五日、江戸城内で、将軍列席のもと、軍制会議が開かれた。井上清直の強い引きにより海軍に呼びもどされた勝麟太郎も、この会議に出席していた。勝はこの三日前に、軍艦奉行並、という肩書を手にしていたのだ。

第四章

1

文久二年九月十一日の正午、オランダ留学生一行の乗る船は、長崎の港から出航した。

西暦で言うと、一八六二年。その十一月二日のことである。

長崎の空は秋晴れである。東北からの微風が吹いていたが、海面はおだやかそのものであった。気温もこの季節にしては高めで、小春といってもよいような陽気である。長崎の周囲の山なみには、かすかに黄葉が目につくようになっている。

ほんとうは出航は八月中の予定であった。しかし乗るオランダ船の修理が延びたのだ。船は二百トンの帆船で、名をカリプソ号という。乗組員が十一人の小型の商船である。

むろんこの船でオランダへ直行するわけではなかった。カリプソ号はオランダ領東インド（インドネシア）のバタビアへ向かうのだ。バタビアで、留学生の一行はオランダ行きの大型の商船に乗り換えることになっている。

船の上まで見送りにきていた御軍艦取締や長崎の役人たちが、小舟でカリプソ号を離れていった。釜次郎たちは、羽織袴《はかま》に大小を差した姿で、彼ら見送りの者たちに手を振った。

釜次郎は、しばし自分でも当惑するほどの感傷的な気分に襲われた。蝦夷地へ向かうときも、初めて江戸から長崎に出るときも、これほどの感傷は生まれてこなかった。いまは、期待と感激があるのと同時に、かすかな不安とおののきがあった。

異国に行くのだ。全部で十五名の留学生団のひとりとして。オランダに着いてしまえば、この十五人以外には日本語を話す相手はなく、日本とは手紙のやりとりさえ可能かどうか。留学期間中は、たとえ母が倒れようとも帰国する手だてはなく、自分にもしものときも、家族が看《み》てくれることはない。留学が終わるまでは、どんな孤独、どんな苦悩、どんな焦慮が生まれようとも、歯をくいしばってその地にとどまり続けるしかないのだ。そして誰《だれ》も口にはしなかったけれども、不慮の事故でも起こって彼の地に骨を埋《うず》めることさえ、心づもりをしておかなければならなかった。

見送りの者たちが叫んでいる。

「しっかりなあ」

「達者でなあ」

「待ってるぞお」

釜次郎も、手を振りながら大声で言った。

「待っていろよお。蒸気船で帰ってくるぞお」

釜次郎たちの留学の仕上げは、幕府がオランダに発注した軍艦の引き渡しを受けることである。つまり留学中は、その船の建造の要所要所、あるいは職種によっては全過程に立ち会う。竣工《しゅんこう》したところでこの船を受領するが、それが留学の終了ということであった。べつの言いかたをするなら、釜次郎たちがその船を操ってヨーロッパから日本に帰り着いたとき、釜次郎たちの留学の意義は、はじめて証明されたことになるのである。

見送りの小舟が小さくなり、長崎の町が霞《かすみ》の向こうに消えてから、釜次郎はデッキの手すりから手を離した。振り向くと、ほかの十四人の留学生たちも全員甲板上に立っている。その誰の顔にも、晴れがましさや誇らしさはなかった。みな一様に、言葉にしがたい複雑な想《おも》いのこもったような表情だった。じっさいにオランダに向けて出発したいま、自分たちの背にかかるものの重みに、ようやく気がついたといった様子でもある。もちろん釜次郎も例外ではなかった。釜次郎、満二十六歳である。

留学生十五人の名と身分、地位、専攻、満年齢は次の通りである。

内田恒次郎（留学生団団長）、旗本千五百石、海軍諸術専攻、二十四歳、長崎海軍伝習所三期生。

榎本釜次郎、御家人、軍艦組、機関学、二十六歳、事実上の副団長。長崎海軍伝習所二期生。

沢太郎左衛門、御家人、軍艦組、砲術、二十七歳、長崎海軍伝習所三期生。

赤松大三郎、御家人、軍艦組、造船学、二十一歳、長崎海軍伝習所三期生。彼は遣米使随行員としてすでに海外体験があった。

田口俊平、久世《くぜ》家家臣、操練所教授方出役、測量学、四十四歳。

海軍班職方はつぎのとおり。

古川庄八《ふるかわしょうはち》、水夫小頭、船舶運用、二十六歳、塩飽島出身。

山下岩吉《やましたいわきち》、一等水夫、船舶運用、二十一歳、塩飽島出身。

中島兼吉《なかじまけんきち》、鋳物師《いものし》、蒸気機関製造、三十歳。

大野弥三郎《おおのやさぶろう》、時計師、測量機械製造、四十二歳。

上田寅吉、船大工、造船術、四十歳、長崎海軍伝習所一期生。

大川喜太郎《おおかわきたろう》、鍛冶職《かじ》、鋳物全般とくにシャフト製造、三十一歳。

この海軍班に加え、洋学班の者がふたりいた。

津田真一郎、津山《つやま》藩士、蕃書調所教授手伝並、法律・国際法・財政学等、三十四歳。

西周助、津和野《つわの》藩士、蕃書調所教授手伝並、専攻は津田に同じである。三十五歳。

長崎から加わったのは、ふたりの医師であった。

伊東玄伯、奥医師見習い、医学、三十歳。

林研海、奥医師、医学、十八歳。

年齢は、最年少が十八歳、最高齢が四十四歳。三十代の働きざかりも五人いる。

年齢には幅があり、職種、身分についてもかなり多彩であると言ってよいだろう。

彼らはけっして、純粋培養されたエリートたちではなかった。身分を考えてみても、旗本は内田恒次郎ただひとりである。

オランダ船は、そこがそもそも異国だった。留学生の中には、このカリプソ号の中ではじめて洋食を食べるという者もいた。最初の一日二日は誰もが食事に閉口したけれども、航海三日目ぐらいには、食事にも慣れた。

ただ、代わって日増しに暑くなってくる。江戸の土用のころを上回る暑さである。髷《まげ》がうっとうしくなってくるほどであった。釜次郎たちも乗組員が夏向きの衣類に変えたのに合わせ、単物《ひとえもの》に着替えた。

出航して四日目、船長が食事の席に、鈍い銀色の金属の筒をいくつも運ばせた。

「これはなんだ?」と、留学生たちはみな首をかしげた。「食べるものか?」

テーブルにコックがやってきて、その金属筒のひとつを手元に引き寄せた。釜次郎たちが見ていると、コックは頑丈そうな刃物でその金属筒の小口をえぐるように開けた。中から出てきたのは、桃だった。種を取りのぞき、一個を四つに切った桃が、金属筒の中に漬けられていたのだ。

コックにうながされて、釜次郎たちはおそるおそるその桃をフォークで口に運んだ。生で食べる日本の桃よりもずっと甘く感じられた。つけ汁の甘さも、濃厚だった。

船長が言った。

「缶詰と言います。初めてですか？」

むろん缶詰など初めて見るのだ。留学生全員がうなずいた。

船長は言った。

「かつてフランスのナポレオン皇帝が、軍の遠征のための携帯食の技術を募りました。そのときに開発された技術のひとつが、この缶詰です。何年でももちます。じつを言うと、この船に積みこんだ食糧の一部も、こうした缶詰なのです」

留学生たちは口々に訊《き》いた。

「どうして中身が腐らないんです？」

「どうやってこの缶に蓋《ふた》をするんです？」

「一個がそうとう高価なものなのでは？」

釜次郎は缶のひとつを手にとってしげしげと見つめてから言った。

「腐らぬよう真空にするのだと思うが、その方法が思いつかぬ」

船長は、思い通りの反応が返ったことを喜んだのだろう。愉快そうに言った。

「オランダでは、ぜひとも缶詰工場も見学されるといい。鰯《いわし》の油漬け缶詰は、オランダの重要な輸出品のひとつです」

内田が言った。

「腐らず何年でももつということであれば、わが国もこの形でいろいろ外国に売ることができるのではないかな。外国にも喜ばれる名産を、いろいろと」

それはいま、釜次郎も思いついた。オランダでは、船長の言うとおり、缶詰工場にもぜひ行ってみなければなるまい。


カリプソ号は東シナ海から南シナ海に入ってひたすら南下、ボルネオ（カリマンタン）島の西端をまわって、ジャワ島へと向かった。長崎出航から二十五日あまりたった十月六日、船はガスパル海峡にさしかかっていた。ジャワ島バタビアの真北三百キロの地点である。バンカ島とビリトン島というふたつの比較的大きな島のあいだに、いくつもの小島が散在する海峡である。

カリプソ号は、その小島のひとつ、ポーロウ・リアート島の沖合で、強い潮流に押し流された。運悪く風がぴたりとないだところだった。船は浅瀬で船底を岩礁にぶつけてしまった。

船は左に傾いて動かなくなった。船員たちが何人か、船倉へと飛び込んでいった。釜次郎もすぐ彼らを追って船倉の奥をのぞいてみたが、被害の程度は判然としない。

釜次郎は甲板に駆けあがると、船長に事情を訊いた。

船長は言った。

「満潮を待って、離礁します」

しかし、船の傾きは次第に強くなってくる。満潮となっても、離礁できる目途《めど》も立たなかった。そのうち、船倉に浸水してくる。乗組員たちの動きがあわただしくなった。

釜次郎はふたたび船長に言った。

「手伝います。われわれにできることがあれば、言ってください」

船長は言った。

「たしか、船大工が乗っておりましたな」

「ひとり、たしかに」

「修理を手伝ってもらえると助かります」

釜次郎は、上田寅吉に声をかけた。

「上田さん、船倉にもぐって、乗組員を手伝ってくれないか」

上田寅吉は、長崎の伝習所で釜次郎と一緒に学んだ仲だ。

「あいよ」と、寅吉は軽く応《こた》えて船倉にもぐっていった。

しかし、浸水はいよいよ激しくなってくる。船も、ほとんど三十度近く傾いてしまった。もはや危険な水準である。

寅吉があがってきて、首を振った。

「だめでさあ。肋骨《あばらぼね》が一本、お釈迦《しやか》です」

ほどなくして、船長も釜次郎の前にやってきた。

「船を放棄します。近くの島に荷物を持って上陸、救援を待つことにしましょう」

釜次郎は訊いた。

「救援は、あてにできるのですか」

「連日、何隻《せき》かの欧州船が通る海峡です。その点はまったく心配ありません」

ついで一等航海士が言った。

「マレー人の漁船が周囲に見えます。彼らに助けを求めますが、ついてはみなさんにお願いがある」

なんだ、と釜次郎たちは一等航海士の顔を見た。

航海士は言った。

「この海域、難破した船があると、マレー人の漁民は、しばしば海賊に早変わりします。どうか油断なさらず、いったん変事あればいつでもご持参の刀を抜いて闘う姿勢を見せていてください」

刀は、長崎を出たあと、荷物箱の下にしまいこんである。

釜次郎は仲間たちに言った。

「武装してくれ。しかし、マレー人を刺激するな。ぎりぎりまで抜刀することはない」

釜次郎は留学生仲間と共に船底に入って、それぞれの刀を取り出した。甲板にもどってみると、航海士たちはすでにピストルをベルトに差しこんでいる。

内田が、釜次郎に小声で言った。

「こういうことがたびたびあるんなら、おれたちもバタビアに着いたらピストルを買わなきゃならんな」

釜次郎は言った。

「とにかくまずバタビアに着くことを、いまの目標としましょう」

船の一等航海士たちは、カッターでマレー人漁民の小舟のほうに向かっていった。けっきょくマレー人たちの漁船が四隻やってきて、カリプソ号乗員の避難を助けてくれた。近くの無人島に上陸して、救援を待つことが決まった。釜次郎たちは運べるだけの荷物を持って、カッターに乗り移った。荷物の中で最優先したのは、メキシコ銀貨である。釜次郎たちの今後数年間の留学費用だ。ひとつの箱が二貫目以上もある重さなので、運ぶのもひと苦労だった。

運びきれなかった荷物を監視するため、古川庄八と大川喜太郎のふたりが、傾いた船に残った。

翌日、釜次郎たちは船までおもむいて、残った荷物を振り分けた。

釜次郎は仲間に指示した。

「全部は運びだせん。着物なども、最小限のものさえあればいい」

内田が言った。

「土産物《みやげもの》が、たくさんあるんだが」

「どんなものです？」

「扇子やら、竹細工やら」

「捨ててください。土産なしでも、勉学はできる」

内田は口惜《くや》しそうな顔は見せたが、拒みはしなかった。

いくつもの荷箱を、浸水する船底に放置して、釜次郎たちはカリプソ号を離れた。

避難した無人島では、蚊やブユのたぐいの虫に悩まされた。夕暮れになると、文字どおり雲霞《うんか》のごとく襲来するのだった。誰も眠ることができなかった。虫の毒針を避けるために、ただただ歩きまわっているしかなかった。朝になって虫が去ってから、ようやく横になることができるのだった。

遭難から三日後の十月九日になって、ポーロウ・レパル島のマレー人の長老が、二十隻の小舟を引き連れて救援にやってきた。漁民のひとりが、長老のもとに連絡してくれたのだ。一行はこの長老のいる島へと移って、さらにオランダ船の救援を待つことにした。

オランダ船がポーロウ・レパル島にやってきたのは、十五日の朝である。船は蒸気式軍艦で、ポーロウ・レパル島の西側にあるバンカ島トボアリ港の常備艦だった。ギニー号という名の船である。

救援されたとき、釜次郎たちの格好は地獄の悪鬼さながらだった。髷はゆるんで乱れ、裸足《はだし》に汗まみれの単物だ。ほとんどの者が顔じゅう虫に刺されて腫《は》れ上がっていた。

荷物の五分の一が失われていた。ただ、用意してきたメキシコ銀貨はそっくり無事だった。これさえあれば、このままオランダに向かい、学ぶことは可能だ。たとえ土産物も着物も刀も失ったところで。

ギニー号の船室でビールと葡萄酒《ぶどうしゅ》を振る舞われた。酒のせいで少し口の軽くなった赤松大三郎が言った。

「こういう遭難がたびたびあるなら、オランダ人の航海術というのも、あまり上等とは言えないのではないのかな。おれたちは、留学先をまちがえちゃいませんか？」

釜次郎は、首を振って言った。

「おれは、逆に感心した。こんなところで遭難してどうなることかと思ったのだが、オランダ人は、すぐに助けを出す態勢を整えていた。報《しら》せが伝わる仕組みを作りあげ、救援艦まで近くに用意してあったのだぞ。あなどれないものだ」

海洋国家の具体像を、釜次郎はこの遭難で初めて知った気がしたのだ。航路上の自国船籍の船が遭難しても、全力を挙げてこれを救援する態勢がととのっている。情報伝達のルートが確立され、関係する土地の住民とも話をつけてあり、救援艦を用意してある。交易のためにここまでのシステムを作りあげて、はじめてその国は海洋国家と呼びうるのだった。

ギニー号に救出された一行がジャワ島バタビアに到着したのは、十月十八日である。西暦で言えば、一八六二年十二月九日、長崎を出航してから三十八日目のことであった。

バタビアは、現在のジャカルタの旧名である。現ジャカルタの市街地の北に、グロドックとコタと呼ばれる地区がある。現在は中国人街となっているが、このあたりがバタビアの中心地であった。オランダが東インドに築いた東洋貿易の拠点である。

港には要塞《ようさい》が築かれ、沖合にはオランダのみならず各国の軍艦や商船が停泊している。海が遠浅のため、港に入ることができるのは比較的小型の船だけだ。港や外海の海面を艀《はしけ》が行き交っている。港から内陸に向かって運河が開かれており、荷役の艀はこの運河をさかのぼって、両側に建ち並ぶ商館の倉庫に荷を移すのだった。

人口はおよそ十二万人。このうちヨーロッパ人は三千弱で、中国人が二万五千、ジャワ人が八万、さらにムーア人とアラブ人が一万弱いた。活気に満ちた国際都市であった。

釜次郎たちは、二隻のボートで運河を内陸へと入った。運河の岸壁はレンガで築かれており、その上に倉庫らしき建物が延々と連なっている。運河は艀から荷物をおろす、あるいは積み込む作業で混雑していた。

ボートを下りたところで、こんどは馬車に乗ることになった。伊東玄伯と林研海以外は横浜で異人馬車を見ているが、みな乗るのは初めてである。いや、赤松大三郎以外の留学生たちにとって、そこは初めての外国だった。馬車だけでなく、建ち並ぶ商店や洋館のたたずまいも幅の広い街路もガス灯も、行き交うさまざまな肌の色の人間たちも、すべてがもの珍しかった。長崎や横浜にあるものは、いわば書き割りの外国でしかないのだという気がした。

一行が泊まったのは、オテル・デザンドというフランス人経営のホテルだ。インド・ホテルという意味である。ヨーロッパ人専用ホテルだったが、現地のオランダ弁務官バスレの配慮により、留学生一行の宿泊が可能となったのだ。二階建てで、ぐるりをベランダが取り巻いており、中庭にはプールがあった。

部屋割は、内田が一室をそっくりひとりで使い、あと士分の者はふたりずつひと部屋、職方六人はひとつの部屋に相部屋となった。釜次郎は、沢太郎左衛門と同室である。東に向いた部屋だった。

旅装を解いて、釜次郎はベランダに出た。ちょうどバタビアの街は薄暮にかかるところである。白亜の洋館が、濃い緑の熱帯樹の中に見え隠れしている。街路のガス灯がちょうど点灯したところだった。

部屋のドアがノックされ、オランダ人が入ってきた。下船するときから世話を焼いてくれた、弁務官のバスレという中年男だ。

バスレが訊いてきた。

「バタビアにいるあいだに、見てまわりたいところがあればご案内します。どんなところがお望みです？」

釜次郎は訊いた。

「内田さまは、なんと？」

「あのかたは、すべて榎本さまにまかせると」

内田はオランダ語の会話があまり上手ではない。長崎での便船交渉のときから、たいがいのことは釜次郎にまかせていた。ここでも釜次郎が代わって答えるしかないようだった。

「総督には、表敬訪問しなければならないんでしょうね」

「ええ。総督も喜ぶことでしょう」

「ほかには、工場とか、兵営とかは、見ることはできますか。ほかにも西洋らしい施設があれば、ぜひ見たい。工場は、どんなものがあります？」

「製鉄所、ガス工場、レンガ工場、海軍の修理工場など。それに兵営、監獄、病院などはいかがです？」

「すべてご案内ください。植物園も大きなものがあるとか」

「この街の自慢のひとつです。議事堂にもぜひご案内したい。あと、学校とか養育院とか」

「一日二日じゃ、まわりきれませんね」

「一週間あれば十分でしょう。オランダ行きの船のあたりも、わたしのほうでつけておきましょう」

バスレはメモを取ってから部屋を出ていった。

午後の六時から、夕食だった。案内されたダイニング・ルームは、天井が高く、シャンデリアがさがる大広間である。留学生たちを気おくれさせるだけの豪華な空間だった。テーブルは三十あまりで、すべてに白いクロスがかかり、真ん中に南国の花が生けられ、果物の鉢が置かれていた。留学生たちが入ってゆくと、ヨーロッパ人の客たちがいっせいに視線を向けてきた。

食事は、士分の者と職方がべつべつのテーブルでとることになった。釜次郎たちがバタビアに着いて最初の夕食を取ろうとテーブルを囲むと、ジャワ人の給仕がテーブルに酒の瓶を並べた。黒っぽいビードロの小瓶が四本である。さらに給仕は、ワゴンから銀色のボウルを持ち上げて、テーブルの上に置いた。ボウルの上には、白い布がかかっている。

マレー人の給仕が言った。

「オランダのハイネケン・ビールと、プロシアの白ワインです。氷を足してお呑《の》みください。どちらにします？」

訊かれた内田が、ビールと答えた。

給仕はボウルのクロスをとりのけた。ボウルに盛られていたのは、かき氷だった。中に一本、茶色のビードロの瓶が突き刺さっている。給仕はかき氷を一個、グラスの中に落としてから、そこにビールを注いだ。シュッという音を立てて、ビールが泡となりながらグラスを満たした。

釜次郎は、目を丸くしたまま声が出なかった。この炎暑の街で、氷があるのか。氷や雪は貴重なものだということだ。

将軍にも、毎夏、加賀《かが》藩から雪が献上されている。それほどに日本では、真夏の氷や雪は貴重なものだということだ。もっとも加賀藩は、ほんとうは冬のうちに雪を江戸の藩屋敷の氷室《ひむろ》に運びこんでおくのだ、と聞いたことがある。しかし、この氷はどこからどうやって運んできたものなのだろう。

テーブルの一同も、似たような想いらしい。呆気《あっけ》にとられたような顔でボウルの氷を見つめている。

釜次郎は給仕に訊いた。

「この氷は、近所でとれるのか。それとも工場で造るのだろうか」

給仕は答えた。

「これはカリフォルニアから運んだものですが、近々この街にも工場ができるそうです」

全員が感嘆の声をもらした。真夏のかき氷など、江戸の庶民にとってはとても口にできるものではないのだ。それが、熱帯のバタビアにある。活発な交易活動のもたらすもののひとつとして。

釜次郎たちは自分のグラスにビールを満たして、かき氷を足した。沢だけが、白ワインを希望した。

「ほうっ」と、内田がビールをひとくち呑んでから、感激したような声をあげた。

「ひゃっこいこと。身体《からだ》がすっと冷えてゆくのう」

赤松大三郎が、生意気にも言った。

「このハイネケンちゅう麦酒《ばくしゅ》はうまい。こういう酒は、サンフランシスコでは呑んだことはなかった」

沢太郎左衛門も言う。

「この白葡萄酒も甘露《かんろ》だ。長崎で呑んだことはあるが、白葡萄酒は、冷えてこそうまいものなのだな」

内田がまた言った。

「氷のために通商すべきとは思わんが、通商をすれば、こんなものも入ってくるのだな」

最年長の田口俊平が、遠慮がちに言った。

「下戸《げこ》の身では、氷をなめているだけでもうれしゅうございますな」

国際都市にやってきた興奮とたかぶりとで、酒はいくらでも入った。その夕食のとき、十分のテーブルだけでハイネケンの瓶が二十本は空いたろう。すっかり酔いがまわってから、一行はふたりあるいは三人ずつ連れ立って街に出た。いくら酒を呑んでも、たかぶりが鎮まらなかったのだ。あとは身体をくたくたにする以外には、やすむ手はなかった。


翌日は病院と養育院、それにヨーロッパ人のための学校を見学した。どれも珍しいものであったけれども、さすがに昨日のたかぶりはいくらか収まっている。多少の余裕の目で、周囲を見渡すこともできた。

バタビアの街についての印象が、少し変化したと言える。昨日は、西洋館の広壮さと華麗さばかりが目についたが、きょうは中国人街の猥雑《わいざつ》さと密集具合が目に入った。市街地の外に広がるジャワ人の集落は、粗末で貧しげだった。サロンを腰にまいた男たちの顔も、どこか生気に欠けている。

注意して見ると、この街で肉体労働に従事しているのは、みごとにジャワ人だけなのだ。指導層が西洋人、小売り商が中国人、貿易や事務方と思える仕事にはアラブ人たち。確固として、人種による職業と身分の差ができている。そもそも、ジャワ人たちはほとんど例外なく裸足だった。

釜次郎と同じ馬車に乗った沢太郎左衛門が言った。

「ジャワ人は、さながら奴隷だな」

釜次郎も、ジャワ人と西洋人たちの様子の落差にとまどいを感じて言った。

「これが、植民地主義ってものだな」

「この島の本来の主人たちが、気の毒に」

「日の本がいまこうなっていなかったことは、僥倖《ぎょうこう》としか言いようがない」

「神国の威光のせいだ、と言う者もおるが」

「この国ほど豊かに見えなかったのがよかったのかもしれん」

「日の本が豊かではなかった？」

「ああ。見ろ」

釜次郎は、あごで街の外を示した。市街地の一本裏手からは、緑濃くみずみずしい水田風景が広がっている。それも、刈り取りの風景の隣りでは、田植えがおこなわれているのだ。

「この気候では、米は年に三回でも穫《と》れる。魚市場の繁盛もみごとなものだったぞ。東南アジアは貧しいかもしれん。産業技術では多少遅れているかもしれん。だが、不毛ではない。むしろ豊穣なのだ。こういう土地に寄港しながら日の本にたどりついたヨーロッパ人の目には、日の本はたぶんそうとうに貧寒とした土地と見えるのではないか。植民地にするほどの価値もないと」

沢太郎左衛門はしばらく黙ったまま田園風景に目をやっていたが、やがて少し真剣なまなざしになって言った。

「ロシアに日の本がどう見られているのか、心配になってきたわ」

夕食を終えると、釜次郎は街を歩こうという沢太郎左衛門の誘いに乗って、ジャワ人の居住区に入ってみた。ふたりで歩いているうちに、どことなく淫靡《いんび》な雰囲気の一角がある。茶屋か待合かという看板が目立ち、水夫らしき風体の男たちが赤い顔で行き交っていた。格子窓の隙間《すきま》からは、女たちの顔が見えた。顔だちを見るかぎり、ジャワ人よりも中国人が多いようだ。

好奇心にまかせて歩いていると、中国人と見える客引きに袖《そで》を引っ張られた。

「女を探してるんなら、こっちだ」

ひどく訛《なま》りのあるオランダ語だ。

釜次郎は立ち止まり、その客引きに向かって訊いた。

「この街には、日本人の女はいるのだろうか？」

中国人は、少し困惑を見せて言った。

「日本人がいいのか？」

「いいや。いるのか、いないのか、気になるだけだ」

「うちにゃあいない。だけどうちの子は、みんな別嬪《べっぴん》だ」

「この街のどこかにいるか？」

「知らねえな」

「じゃあ、いい」

客引きの手を振り切って、また街を歩いた。

釜次郎は、長崎を出る直前の内田との会話を思い出した。長崎でオランダ行きの便船交渉をすませたあと、内田が言ってきたのだ。

自分たちには異国の習俗になじむべからずとの申し渡しがあった。それはつまり、異国で異人の女と交わるなという意味でもある。しかし留学期間は長いし、健康な若い男児が、何年も女に触れることなく過ごすことは健全なこととは思えぬ。自分は留学生団取締の立場から、長崎出航前に日の本の女と交わっておくことを勧める、と。

釜次郎は内心苦笑して言ったものだ。

いかに厳命されようとも、男の欲求を押さえつけることは容易ではないし、また異国習俗への警戒からこれを押さえつけるべきこととも思えない。幕府がもっとも心配したのはキリスト教への改宗であって、けっして異人の女ではないはずだ。内田取締が無用な心配はすべきではないし、ましてや遊里行きを留学生仲間に勧めることはない。こと性の問題に関しては、留学生各人、勝手にそれぞれの判断で解決すればよろしいのだ、と。

内田はそれでも、自分はとにかくすませておくと言い、お前も行っておいたほうがいいと強く誘ってくる。釜次郎は少しためらってから、内田のあとを追った。出航を前にたしかにかなりたかぶっていたし、このとき釜次郎の身体の中にはまちがいなくうずくものがあったのだ。

しかし、それは内田の言うように、異国の女に心を奪われぬように、という意味ではなかった。日本の女を、つまりは日本を、自分の肉体に十分にひたして取りこんでおきたいという想いのほうが強かった。口に出せばきれいごとと言われそうだったが、日本の女の容貌《ようぼう》やまなざしやしぐさのひとつひとつを、これが日本なのだと胸にしみこませ記憶しておきたかった。目的は性行為にあるのではなく、むしろその前後の、母親や姉の記憶につながる情のゆきかいだった。

この夜、日本出航の直前に、釜次郎は生まれて初めて遊女を買ったのだった。

翌日から、留学生たちの何人かがばたばたと倒れた。高熱を出して寝込んでしまったのだ。遭難の疲れと、熱帯の気候で、体調をすっかり崩したのだった。しかし、悪性の熱病ではない。数日寝ていれば治る程度のものだった。

釜次郎と同室の沢太郎左衛門も、三日目から下痢《げり》と高熱で、臥《ふ》せってしまった。彼は、まったく病気の様子も見せぬ釜次郎にあきれ顔で言った。

「おぬしは最初から気がまえがちがうみたいだな。どんな風土にもなじんでやる、と決意しているのだろう」

釜次郎は、冷やした手拭《てぬぐ》いを取り替えてやりながら言った。

「そのとおりだ。見るものが多すぎて、眠っている間も惜しいのだ。ましてや、熱など出してはおられん」

「明日には、おぬしも寝こむさ。せいぜい生水に気をつけろ」

「承知している」

釜次郎は沢に手を振って部屋を出た。この日、釜次郎たちは製鉄所を案内されることになっていた。

留学生たちは、寝込んだ者を除き、連日バタビア市内のさまざまな施設や場所を見学している。学校、市内に三カ所もある病院、医学校、養育院、監獄、ガス工場、兵営などである。

赤松大三郎からサンフランシスコの事情を聞いていたとはいえ、やはり百聞は一見にしかずの言葉どおりの驚きであった。釜次郎たちは、その日一日が終わると、遅くまで熱心にこの日の感激を語り合った。

しかし、そういったどんな施設にも増して留学生たちを魅了したものは、ハルモニーと呼ばれる社交所であった。

これはオテル・デザンドの並びに建つ男性専用クラブで、夕刻ともなるとバタビア在住の男性ヨーロッパ人が三々五々ここに集い、ある者は葉巻をたしなみ、ある者は氷を入れたグラスに洋酒を注《つ》いで、しばしのときを過ごすのである。婦女子の接待があるわけではないが、集う人々は誰しも身体から緊張を解いていた。十分にくつろいでいることが見て取れた。

ここでは談論がきわめて活発であることも、留学生たちの気持ちを惹《ひ》きつけた。クラブの客はガス灯のともるサロンやバルコニーで総督の統治のよしあしを論じ、植民地議会の議員の仕事ぶりを品定めし、あるいはヨーロッパの政情について意見を闘わせているのだった。

階層の限定されたクラブとはいえ、そこではたがいの身分や歳《とし》の差は問題とされていなかった。歳の若い者が年長者に遠慮してものを言っているようではないし、過度の作法が求められているわけでもないようだった。赤松大三郎がアメリカで見てきたように、集まる人士の服装にさしたる差はなく、話し合う態度はいたってざっくばらんの様子だった。

留学生一行のうち士分の者がこのハルモニー・クラブへの入館を許されたのだが、沢太郎左衛門などは言ったものだ。

「こういうクラブなるものは、ぜひ江戸にも欲しいものだな。女などはいらん。音曲も不要だ。ただじっくり話しこむための部屋と椅子《いす》があればいい」

内田恒次郎が言った。

「しかしなあ。日の本にもどれば、みな背中に身分のちがいを張りつけてる。この場のように、千石取りの大人と御家人の若造が、丁々発止とやりあうことはできるかのお」

なるほど、いちばんの問題は施設の有無ではなくて、活発な談論を許すための風土かもしれなかった。

バタビア到着から十日ほどたった日には、オランダ軍艦に乗ってバタビア湾内のオンルスト島に向かった。ここには、艦船修理用の乾ドックがあるのだ。

乾ドックは、せいぜいが五、六百トン程度の艦船用のものであったが、それでも釜次郎や船大工の上田寅吉は、その仕掛けの巧妙さに舌を巻き、声も出せなかった。

釜次郎は、帰国したらまず石川島の造船所を改築する、と心に決めた。

一行がそのオランダへ向けて再出航するのは、十一月三日（陽暦十二月二十三日）である。船は、オランダ商船テルナーテ号と決まった。三本マストのフレガット型帆船である。大きさはおよそ四百トンで、小型ではあるが、喜望峰経由のヨーロッパ航路に就航している快速船であった。乗組員は三十名である。

一行は朝の六時にバタビア港に到着、埠頭から小型の蒸気船に乗り換えて、沖合に停泊するテルナーテ号に向かった。しかしこの日は風がまったくなく、けっきょくその日はテルナーテ号は抜錨《ばつびょう》できなかった。テルナーテ号がバタビアを出航したのは、翌日朝八時五十分のことになる。留学生たちが長崎を発《た》ってから五十五日目のことであった。

テルナーテ号は、バタビアを出ると、ジャワ島の北部海岸沖を西へと進んだ。ジャワ島とスマトラ島とのあいだのスンダ海峡を通過し、インド洋に出るのである。バタビアとスンダ海峡入口までの距離は百四十キロメートルほどであるが、風は逆風気味で、この距離を移動するのに一週間もかかってしまった。船は、遠浅の海岸で夜になると投錨、朝にまた抜錨して西を目指すという、慎重な帆走を繰り返したのである。

スンダ海峡の入口に達した日が、西暦一八六二年の大晦日《おおみそか》であった。日本の暦《こよみ》では文久二年十一月十一日である。午後の七時に投錨し、それから年越しの晩餐《ばんさん》となった。

深夜零時には、乗組員の全員が甲板に集合、零時きっかりに花火をあげ、祝砲三発を放ち、さらに「万歳！」「万歳！」の声で新年の到来を祝った。

内田が日本人を代表して祝辞を述べ、これを釜次郎が通訳した。

「このよき日を、洋上にてオランダ人のみなさまがたと共に祝えるとは誠に慶賀の至り、われわれ日本人留学生一同にとっては、この新しい年のはじまりはまた同時に自分たちの身にとってもまったく未経験の、あらゆる意味で新しい人生のはじまりにほかなりません。感激もひとしおであります。西暦一八六三年元旦、ロッテルダムまでの今後の航海の平穏を祈念しつつ、新しき年に乾杯」

テルナーテ号は、スンダ海峡を通過するのに丸一週間を要した。貿易風の具合が悪く、少し進んでは風待ち、また少し進んでは風待ちを繰り返したのだ。すでにバタビアを出航してから二週間になる。誰もが退屈してきた。終日花札や将棋に興じる者が出てきた。

内田恒次郎と西周助は、学問の交換教授をはじめた。

内田が西に洋算を教え、代わりに西は内田にオランダ語文法を教えるのだ。

釜次郎は、乗り組みの三等軍医エイセレンが、物理学にも詳しいことを知った。

医学は門外漢だが、物理学ならぜひとも教わりたいところだった。

釜次郎はエイセレンに頼みこんだ。

「わたしに、物理学の教授をお願いできないものだろうか。もちろん、手のすいているときで結構なのだが」

エイセレンも、退屈しているという点では釜次郎たちと同じだった。

「いいでしょう。医学生時代の教科書を何冊か持ってきております。わたしが教えられる範囲でご教授いたします。でも、どんな分野がお望みです?」

「とくに力学、熱力学。それに、電気学にも興味があります」

「さほど得意ではなかった分野ですが、教えながらわたしも学んでまいりましょう」

教授料はいらない、とエイセレンは言った。ただし、教授をわたしの義務とさせないでほしい。わたしたちの航海中の楽しみということでよいのでは?

釜次郎にも異存はなかった。

十九日、とうとうこの日、テルナーテ号はスンダ海峡を抜けた。通常、ここまでバタビアからは四日の距離である。なのに二週間かかってしまったのだ。ガスパル海峡での遭難といい、スンダ海峡を抜けるまでの停滞といい、あまりついているとは言えぬ航海となった。

海峡を抜けたのは、午後の四時である。夕食のとき、船長からは乗客全員にワインが振る舞われた。ここからは、インド洋横断の大航海となるのだ。喜望峰をまわって大西洋のセントヘレナ島に着くまで、港にはいっさい立ち寄らない。たぶん、島影を見ることもないだろう。距離にして一万三千キロあまりの無寄港航海である。乾杯して前途の無事を祈るだけのことであった。

釜次郎は二十日早暁に甲板に出てみたが、もうすでに陸地は見えなかった。スンダ海峡に向かうものだろう、一隻の商船の姿が遠くにあるだけだった。

釜次郎の胸の奥に、ふいにいくつかの漢詩の一節が浮かんできた。詩文は、昌平黌の学科の中ではわりあいに好きなもののひとつだった。いまでも気に入ったいくつかの詩はそらんじて言うことができる。

そのとき、いくつか思い出されたのは、西域に向かう旅人の想いをつづった詩だった。

釜次郎は空を見やり、それから船の行く手、西の方角に目を向けた。眼前に広がっているのは、ただ茫洋《ぼうよう》とした大海原である。砂漠というものは見たことはないが、たぶんこの海の広がりにも似たものなのだろう。中国の詩人たちは、たぶん砂漠を前にして、いまの自分と同様の心境になったのだ。

船室にもどって紙と筆を取り出し、書きつけていると、同室の沢太郎左衛門がのぞきこんで言った。

「漢詩を書いたのか？」

「まあな。いたずらだが」

「見せてくれ」

釜次郎は、一瞬ためらってから八折りにした和紙をわたした。

こう書いたのだ。

弥月天涯失寸青
長風相送入南溟
船頭一夜警過冷
巽位漸高十字星

弥月天涯《びげってんがい》、寸青を失う
長風相送って、南溟《なんめい》に入る
船頭一夜、過冷をいましむ

巽位《そんい》漸《よう》く高《や》し、十字星

沢は感心したようにうなずいてから、和紙を釜次郎に返してきた。

「蒸気機関のことしか知らぬと思っていたのだが、なかなか書くではないか」

「そうか」

釜次郎は照れて和紙を自分の行李《こうり》の中に放《ほう》りこんだ。


インド洋横断の航海が四十日目になったころから、暑気がやわらいできた。むしろ、涼しいと言えるほどの気温となってきている。

釜次郎が船長のカルスに位置を訊《たず》ねると、マダガスカル島の東とのこと。南緯で言うならば、二十八度の線を越えたとのことだった。

カルスが言った。

「そういえば、もうじき日本の正月がやってくるのではありませんでしたか？」

釜次郎は答えた。

「あと三日後に、われわれの国の元旦《がんたん》です」

「お祝いをされるのでしょうな」

とだ」

「ええ。故国のしきたりにのっとって、やらせていただきます」

「祝宴を開きましょう。正月が二度あるというのは、この長い航海ではうれしいこ

三日後、文久三年の年が明けた。このとき、テルナーテ号の位置は、東経五十二度十二分、南緯二十八度二十八分。マダガスカル島の東南端から東南におよそ六百五十キロの地点である。

釜次郎たちはこの日は黒紋付きの羽織に小袴を着て、いわば礼装に身を整えて、食堂に集合した。長崎出航以来、三カ月と二十日に及ぶ旅の途上で迎える正月だった。釜次郎たちはたがいに新年の祝辞を述べ合い、シャンパンを抜いて屠蘇《とそ》の代わりとした。

祝宴には、船長以下の一等航海士やオランダ人相客たちを招いた。水夫たちも交替でやってきては、新年の祝いを口にしてゆくのだった。釜次郎たちは、この日は朝からほろ酔いを自分たちに許した。

ディナーは、船長のはからいで特別豪華な献立となった。白ワイン三本が船長から贈られたほか、鶏《とり》の丸煮や牛の燻製《くんせい》も出た。これまでお目にかかったことのない贅沢《ぜいたく》なメニューであった。

一月二十日、テルナーテ号は喜望峰の沖を通過した。気候はいくらか涼しく、江戸の九月中旬といった気温である。船影をよく見かけるようになった。

釜次郎が甲板で前方に見入っていると、船長のカルスが横に立って言った。

「大西洋に入ったわけです。航海の半分は終わりました」

釜次郎は言った。

「これでやっと半分だと思うと、つくづくヨーロッパは遠くにありますな」

船長は同意するようにうなずいてから言った。

「途中、セントヘレナ島に寄港できるのが救いです。あと一カ月少々です。セントヘレナ島の名はご存じですか？」

「もちろんです」

かつてのフランス皇帝ナポレオン・ボナパルトが流刑となった島だ。ナポレオンは、そのままその島で客死している。大西洋上の孤島のはずである。

島は、初めポルトガルが発見したが放棄、ついでオランダが領有したがやはり放棄して、イギリスの東インド会社の所有するところとなった。その後いっときオランダはこの島をイギリス東インド会社から奪ったこともあったが、一八三四年以来、イギリス領となっている。ナポレオンが流されていた当時は、イギリス東インド会社のものであった。

船長は言った。

「三日ほど滞在することになるでしょう。そのあいだに、ナポレオンの住んでいた家などを見学されるとよろしかろうと思います。もしご興味があればですが」

テルナーテ号がそのセントヘレナ島の島影をついに視野に入れたのは、文久三年の二月七日（一八六三年三月二十五日）のことであった。バタビアを抜錨してから、九十六日目のことである。

セントヘレナ島でナポレオンの住居跡を訪ねたあと、釜次郎はまた漢詩をひとつものにした。

このようなものである。

長林烟雨鎖孤栖
末路英雄意転迷
今日弔来不人見

覇王樹畔鳥空啼

長林《ロングウッド》の烟雨《えんう》、孤栖《こせい》をとざす
末路の英雄、意転《こころうた》た迷う
今日弔来の人を見ず
覇王樹の畔《ほとり》、鳥空しく啼《な》く

セントヘレナ島の滞在は、三日間だった。四日目、二月十一日の午前七時には、テルナーテ号はジェームズタウン港を抜錨、大西洋を北に向けて出帆した。つぎはいよいよロッテルダムである。およそふた月の旅、とのことであった。

釜次郎は、少し自分の胸がはやるようになってきたのを感じた。心臓の鼓動も、こころなしか速くなっているようだった。それは気のせいではなく、たしかな医学的事実であったろう。セントヘレナ島を出帆して早々、釜次郎は熱を出し、この航海中はじめて寝込むことになったのだった。

大西洋を北に進むに連れて、すれちがう船をひんぱんに見かけるようになった。進路を斜めに横切ってゆく船もある。それはたぶんアメリカ大陸へ向けて航海中の船なのだろう。自分たちがいま、ヨーロッパに向かう巨大な海の通商路の上にあることが実感された。

そしてセントヘレナ島出帆からおよそふた月後の四月九日（陽暦五月二十六日）になると、つぎからつぎに都合十三隻もの船とすれちがった。

釜次郎は船長のカルスに訊いた。

「もうヨーロッパは目前なのですな」

船長はちらりとそばの海図に目を向けてから言った。

「北緯四十九度を越えました」

「というと」

「すでにイギリス海峡です」

釜次郎たちは、もう何日も前から、綿入れ小袖に胴着、羅紗《ラシャ》の羽織、裁着袴《たつつけばかま》というなりである。冬支度なのだ。乗組員たちも、濃紺羅紗の寒地用制服に変わっていた。

2

「ヨーロッパだ！」

誰かが叫んだ。

「ヨーロッパだ！　大陸だ！」

釜次郎は、サロンでさっと背を起こした。ほかの留学生たちが、どっとハッチのほうに駆けだしてゆく。釜次郎も彼らのあとを追った。

今朝は未明から起きて甲板に出ていた。初めてヨーロッパを見るその瞬間を待っていたのだ。しかし空は晴れているのに、海霧が出ている。視界はせいぜい二百メートルだ。ときおり右手方向に灯台の灯らしきものが見えたが、それがどのくらいの距離にあるものか、海図なしでは判断できなかった。灯台の灯が確認できたからと言って、ヨーロッパが見えたと喜ぶわけにはゆかなかった。それでいましがたからサロンにおりて、壁に背を預けて仮眠していたのだった。

「ヨーロッパだ！　大陸だ！」

ハッチのほうで叫んでいるのは、赤松大三郎のようだ。釜次郎は階段を駆け上がって、甲板を船首のほうに走った。

日が昇った直後のようだ。空は晴れてきている。海面の霧が、急速に薄れてゆくところだった。視界はもうかなりのものだ。留学生たちは、みなもう舷側《げんそく》にはりつき、身を乗り出すようにして、遠くに目をやっている。釜次郎は沢太郎左衛門と赤松大三郎のあいだに身体をねじこんで、船の右舷を見た。

薄れ行く海霧のあいだから、すっと目の前に塔が姿を現わした。巨大な羽根がゆっくりと回っている。風車だ。話に聞いていた灌漑《かんがい》用の水車だった。

それが、眼前三百メートルほどのところにある。オランダの風景を特徴づけるもののひとつ。ここはつまり、大陸であり、ヨーロッパであり、オランダの海岸線なのだ。

海霧は、蒸気機関が吐き出した湯気が消えてゆくときのように、みるみるうちに薄れてゆく。視界はまばたきするあいだにも広がっていった。船はいま、オランダ南西部ワルセレンの巨大な州を右手に見ながら、北東へと向かっているのだった。やがていくらか内陸に街が見えてきた。地図を思い起こせば、ミデルブルグの町だろう。陸地はどうやら土手で囲まれているようであり、土手の内側では風車がまわっている。土地の表面は浅い緑におおわれ、点在する農家の煙突からは白く煙が立ちのぼっていた。

甲板に出ている釜次郎たちに、船長のカルスが言った。

「オランダです。この船は、やがて見えてくるスハウェン島を北からまわって、ブラーウェルスハーフェン港に入ります」

　釜次郎は訊いた。

「ロッテルダムに直接入るのではないのですか?」

「ご安心を。いったんブラーウェルスハーフェンに入ってから、ロッテルダムにまわるのです。内陸の運河を航行します」

　釜次郎は、その朝、朝食の合図の鐘が鳴るまで、甲板の上でヨーロッパの陸地を眺め続けた。けっして陰影深い景色ではなく、むしろ単調と言ってもよいほどの風景であるはずなのに、いつまで眺め続けていても、それは飽きることがなかった。


　翌四月十六日、テルナーテ号は、スハウェン島を右手に見ながら、ブラーウェルスハーフェンの海峡に入った。海峡と言うよりは、瀬戸という呼びかたのほうがふさわしいかもしれない。島や半島が入り組むオランダ低地帯の中の自然の水路である。

　外輪船の曳《ひ》き船がやってきて、テルナーテ号を奥へと曳航《えいこう》しはじめた。ブラーウェルスハーフェンの港に達したのは、午後八時である。北緯五十二度に近いこの地では、日はまだまだ高い時刻だった。

役人がすぐに乗りこんできて、ひとりが内田恒次郎に書留郵便を手渡した。その表書きは、漢字で「内田恒次郎様」となっている。裏を返すと、差出人は「ヨハン・ヨゼフ・ホフマン教授」となっているが、漢字は日本人が書いたようにも見える。

釜次郎たちは内田宛《あ》てのその書簡《しょかん》をのぞきこんだ。

釜次郎は訊いた。

「ホフマン教授って、誰だ?」

「知らぬ」と言って、内田は封筒を開けた。中の本文はオランダ語だった。

こう書かれていた。

「このほどみなさまがたがオランダにおいて海軍諸技術研鑽のためオランダへこられるとのこと、バタビアから通知を受け取っております。ついてはわたしがみなさまがたのお世話をせよとオランダ政府より言いつかりましたので、テルナーテ号がロッテルダムに到着の際は、ただちにお目見えいたす次第です。

以上、あらかじめご連絡申し上げます。

一八六三年四月十日

ライデン市　中国日本学博士

J・J・ホフマン」

釜次郎は、手紙の文章を読んでから内田に言った。

「誰かは知らぬが、こんな遠隔の地にも日の本のことを研究して漢字まで書くほどの人物がおったのだな。心強い」

内田は言った。

「少々気味が悪いな。どうやって漢字まで学んだんだ？」

「おれたちと同じだったのだろう」

じっさい、後にわかることになるのだが、このホフマン教授は、日本と中国への関心から、辞書だけを頼りに中国語と日本語の読み書きを習得したという学者であった。

一行は短時間ブラーウェルスハーフェンの町に上陸した。港周辺の通りを歩くと、留学生一行の姿があまりに異様なのか、途中からぞろぞろと子供たちがあとをついてくる。いや、大の大人が向けてくる好奇の目も遠慮のないものだった。

釜次郎は、自分たちのうしろに群がり追ってくる子供たちを見ながら、内田恒次郎に言った。

「わたしら、目立ちすぎです。日の本の習俗を守れ、とのお達しですが、着物と大小はどうにかしないと、道を歩くこともままならぬのではないですか」

内田は首を振った。

「そのうち、向こうも慣れるさ」

「だといいのですが」

テルナーテ号は翌日ふたたび曳き船に曳かれて、ロッテルダムへと針路を取った。瀬戸を行き交う船の数は、これまでに見たことがないほどに多い。数百隻の船が、一度に目に入ってくるほどである。しかもその多くが、小型ながら蒸気船なのだ。

やがて船は、フウレー島をぐるりと半周して、ヘレフートスライスの港に至った。ここはフォールンセ運河の入り口にあたる町で、この運河を北に突っ切ると、とうとうロッテルダムに達するのである。フォールンセ運河入り口付近の光景は、どこか品川から大川に入るあたりの様子を連想させるものがあった。

日本人がくる、という電報が届いていたのだろう。テルナーテ号がヘレフートスライス港の外の岸壁に接岸すると、また大勢の市民が船のそばに集まってきた。剽《ひょう》軽《きん》な赤松大三郎などは、おのれの風体を誇示するかのように胸を張り、甲板の上を何度も往復して、市民たちの喝采《かっさい》を浴びた。船長は、船はここでも一泊すると、釜次郎たちに告げた。

釜次郎たちはまたこの町を見学するために上陸した。

町は、一個の掘割を囲むようにして造られていた。縦に細長く掘割があり、これが旧港である。この港を両側から囲むように石造りの建物が密集し、さらにこの町全体を囲むように、城壁が造られているのだ。

教会堂の塔に昇ってみて、釜次郎は思わず声をあげた。城壁の外側にまた掘割があって、城壁自体はいくつもの矢尻《やじり》の形をしたとがった稜堡を持っているのだ。話には聞いていた、バスチオン式という星型の稜郭《りようかく》である。港を囲んでいるため、星の形は多少崩れてはいるが、基本は星型にまちがいはない。

釜次郎は、隣りに立つ沢太郎左衛門に言った。

「見ろ、この町全体が、城となっている。大鳥圭介が言っていた様式だ」

沢が言った。

「ヨーロッパでも中国でも、城とはつまり、町のことなのだな。それがよくわかる」

「守るべきは、たみびとと、たみびととの財産と、職人たちの工房だ、ということだろうか。少なくとも、誰かの寝所ではない」

船に帰って夕食をとったあとのことである。ホフマン教授と名乗る人物が訪ねてきた。立派な口髭をはやした中年男である。

ホフマン教授は日本語で言った。

「みなさまを歓迎します。わたしが、世話係をいいつかりました、ホフマンです」

発音は奇妙とはいえ、十分に理解できる日本語だった。内田恒次郎が、留学生団を代表してあいさつした。

博士はまったく独学で中国学と日本学を修めた篤学のひとで、言葉ばかりではなく、日本の歴史や風俗についても詳しかった。おそらくは、出島に出入りするオランダ商船を通じて、この二百五十年のあいだ、日本についての知識はオランダにそうとうに蓄えられてきたのだろう。

教授は、初めてみる日本人たちを相手に、いくらか目をうるませて言った。こんどはオランダ語である。

「この国に日本のひとびとを迎える日を、待ち望んでおりました。オランダ留学中は、このホフマンがあたうるかぎりのお世話をいたします。なんなりとお申しつけください。わたしの勤務先は、ライデンにあるライデン大学です」

教授は、明日またロッテルダムでお目にかかると言って船をおりていった。

いよいよ明日は、最終目的地ロッテルダムなのだ。

明けて文久三年四月十八日（陽暦六月四日）である。午前三時半、満潮時にフォールンセ運河の水門が開いた。テルナーテ号は、運河の中に引き入れられた。ここからロッテルダムのあるマース川までおよそ三十キロ、運河は一直線に延びているという。水門を抜けると、テルナーテ号には綱が結びつけられ、これを二十頭の馬が曳くことになった。馬は運河の脇《わき》の砂を敷いた通路を進むのである。

赤松大三郎がはしゃいで言った。

「本所小梅《ほんじょこうめ》の曳き舟のようだな。これはいい」

船はゆっくりと馬に曳かれてゆく。すでに北国の朝は明けており、周囲の風景があざやかに目に入った。両岸の堤の向こう側は、濃尾《のうび》の野あたりのような平坦地である。畑の畝《うね》はあまり見当たらず、むしろほとんどは牧草地のようだ。柔らかそうな緑の敷物を敷きつめたようである。放牧された牛や羊などが見えた。

十時間ほどかけて運河を横断、午後の一時すぎにニューウェルスライスの水門に到着した。水門が開くまで、また満潮を待たねばならなかった。午後の四時に水門が開き、そこにホフマン教授が乗りこんできた。

教授は言った。

「もうじき、みなさまの長旅も終わります。この船は、あと二時間ほどで、ロッテルダムに到着いたします」

釜次郎は、勘定してみた。長崎を発ったのが、昨年の陰暦九月十一日である。きょうが、文久三年四月十八日。二百二十日間の航海だったということになる。

いいや、と思い直した。オランダに行きたい、と夢を見はじめたときから数えるなら何年だ？　蘭学を志したときから数えるならば？

長かった、と釜次郎は溜《た》め息《いき》をついた。でも、その長旅も、あと二時間で終わるのだ。二時間で。夢と憧《あこが》れの時間はあと二時間で終わり、二時間後からは、べつの人生がはじまる。べつの歳月が幕明けるのだ。

ホフマン教授はさらに言った。

「ロッテルダムに上陸したら、みなさまをすぐライデン市へとご案内いたします。急がせて申し訳ないのですが、あまり時間がございません。すぐに停車場へ向かい、ライデン行きの列車に乗っていただきます」

釜次郎はすぐに反応して訊いた。

「列車？　レイロウのことですか。蒸気機関車が曳くという箱型の車のことですね」

「そのとおりです。鉄道駅まで、港から馬車で五分ほどかかります」

鉄道。列車。蒸気機関車。

これも、見たくてたまらなかったもののひとつだ。ロッテルダム到着後、すぐに見ることになるとは。じっさいに乗ることになるとは。

ホフマン教授は、留学生一行の姿をまじまじと眺めてから言った。

「御国の民族衣裳は素晴らしい。その衣服、持ち物のひとつひとつに、たぶん歴史的、宗教的な意味がこめられているのでしょうな。ただ、留学中もそのお姿を通されるのですか？」

内田が言った。

「われわれは、お上から厳しく申し渡されております。万事、御国《おくに》ふうであるべしと。なにか不都合でもありますか？」

「不都合はありませんが」教授は、少しだけ不安げな表情を見せた。「物見高い市民の好奇の目にさらされます。落ち着いて勉学どころではなくなる懸念がありますな」

釜次郎は、ほらみろと言うつもりで内田を見た。内田も、困惑の目を釜次郎に向けてきた。

「ま、おいおい考えてゆけばよいでしょう」教授は言った。「公式行事などには、むしろそのいでたちを求められるかもしれません」

そのとき、内田がふと顔をあげて言った。

「お、あれは？」

内田の視線の先を追うと、テルナーテ号のメインマストにいま、するすると日章旗が掲げられてゆくところだった。幕府が先年、日本船の船籍識別の旗、つまり事実上の国旗と定めた旗である。それがいま、ロッテルダム入港を前にするテルナーテ号のマストにひるがえったのだ。

船長カルスの厚意だった。もはや、日本人留学生一行の到着は、オランダじゅうの話題になっているという。二百五十年も鎖国していた極東の神秘の国から、留学生がやってくるのだ。先年、欧州派遣の日本人使節一行がオランダにもきていたが、彼らはいわば短期間の旅行者、しかしこんどの留学生は、何年もオランダに住んでオランダの文化と生活と習慣にひたる者たちである。オランダ人の関心の程度がちがった。海軍関係者と政府にかぎって言えば、はっきりと歓迎していると言っていい。だからこその日章旗であった。

しばし釜次郎たちは、日章旗を見上げたまま、長かった航海に想いを馳《は》せた。

午後五時四十五分。ついにテルナーテ号は、ロッテルダムのド・ブームビェス岸壁に接舷した。釜次郎たち留学生一行十五人は、たがいに顔を見交わし、うなずきあい、肩をたたきあった。

岸壁には、数百と見える人数のひとだかりがある。内田の合図で釜次郎たちが背を伸ばして甲板上に横一列に整列すると、そのひとだかりの中から声があがった。

「イヤッパニース・ヒース・ヒース・フウラ！」

日本人万歳、の声である。

釜次郎はふと涙腺《るいせん》がゆるむのを感じ、あわてて唇をかんで、顔の筋肉を緊張させた。

オランダ留学の日々が、きょうからはじまるのだ。

第五章

1

釜次郎は、鏡の中の自分の姿を見つめた。

洋服姿である。羊毛地の上着に共布のベスト、いくらか厚手で明るい柄のズボン、革の短靴、スタンドカラーのシャツに蝶《ちよう》ネクタイだ。和服に較《くら》べ、全体に窮屈な感じがするが、そのぶんぱたぱたと風にあおられることもなさそうだ。

髪は航海中に月代《さかやき》がすっかり伸びて、総髪となっていた。ほんとうに洋式の身なりに整えるつもりなら、髷《まげ》も結えぬだけの短さに切るべきなのだろうが、とりあえず「御国《おくに》ふう」を守り、後頭部でまとめてある。髷というよりは、小馬の尻尾《しつぽ》のような髪型だった。

「どうかな」と釜次郎は、同じ鏡の中に映っている沢太郎左衛門に訊《き》いた。「着付けにまちがいはないか？」

沢は釜次郎を見ずに、自分の姿を鏡の中にたしかめながら言った。

「ああ。たぶんこんなものだったはずだ」

仕立屋が、釜次郎の前にまわって蝶ネクタイの位置をなおしてくれた。

「ご立派です」そのユダヤ人の仕立屋が言った。「お似合いですよ」

赤松大三郎が言った。

「ようし、では写真館に行くぞ」

全員が、仕立屋の入口へと向かった。

この場で全員と言うのは、釜次郎以下、沢太郎左衛門、医師の伊東玄伯、林研海、最年長の田口俊平、それに赤松大三郎の六人である。

というのも、オランダ到着後、留学生はふたてに分かれることになったのだ。ライデン組とハーグ組である。

ライデンには、人文・社会科学を学ぶ津田真一郎、西周助のふたりの士分の者と、古川庄八、山下岩吉、中島兼吉、大野弥三郎、上田寅吉、大川喜太郎の六人の職方が残った。ライデンには、名門のライデン大学があり、また職方たちを受け入れる職業学校、工房などが多かったのだ。

これに対して技術系士官の釜次郎や沢が学ぶには、ハーグのほうが都合がよかったのである。ハーグは、正しくはス・フラーフェンハーヘと呼ばれ、ライデンの南方十五キロメートルの位置にある南ホラント州の州都である。十六世紀にオランダ共和国が発足して以来、議会が置かれてきた街であり、主要な政府機関もここにあって、事実上の首都と言う呼びかたもできる。諸工業が発達している。

いまこの仕立屋にはきていないが、内田恒次郎も、ハーグ組のひとりである。しかし、彼は留学生団取締という立場上、なお和装を通すつもりでいる。洋服を着ることには同意しなかったのだ。

赤松が言った。

「どうせならば、内田殿も一緒に写真を撮るとよいのになあ」

沢が言った。

「ひとりだけ和装で写るのはいやなんだろう。わからないでもない」

釜次郎は言った。

「写真を撮る機会はいくらでもあるさ。それより、おれは内田さんがいつまであの和装を通せるか、それが楽しみだ」

「賭《か》けようか」と赤松。「あの格好では、あとひと月とこの街では暮らせない。いつまでも巡査に群衆を追っ払ってもらうわけにはゆかんからな。内田殿も、ひと月以内にこの仕立屋に飛びこむことになるだろう。誰《だれ》か、賭けを受けて立つ者は？」

誰もいなかった。内田が陥落する日が近いことを、誰も疑っていないのだ。

六人は仕立屋から表通りへと出た。高さの揃《そろ》った建物の並ぶ、ハーグ市街地の北側である。通りの名を、ウィレムストラートといった。ちょうどオランダ海軍省の裏手にあたる一角だ。仕立屋の並びにはプロンク写真館があって、なぜか商売敵の写真館がもう一軒、向かい側に店を出している。

六月の、夏至を過ぎたばかりの日の夕刻だった。ハーグの街は、北国特有の密度のない陽光に包まれている。午後の七時をまわっているというのに、まだ陽《ひ》は空のかなり高い位置にある。北海の方角から吹いて来る風は暑くもなく、涼しすぎることもない。通りを行き交う人々の歩みはゆったりとしていて、娘たち子供たちの頬《ほお》に陽光がバラ色に映えている。ひとり、歩道を歩く少女と目が合ったが、彼女はとくべつ奇異な目を向けてはこなかった。せいぜいが、おや東洋のひとね、といった表情。ホフマン教授やカッテンディケ海軍大臣の勧めに従ったのは正解だった。これまでであれば、オランダの一般の市民には、ほとんど珍奇な動物を見るような目を向けられたのだから。

釜次郎は、仕立屋の窓ガラスにいま一度自分の洋装姿を映して見てから、仲間たちと共に並びの写真館へと歩いた。

写真師が写真機のうしろの黒マントの中から顔を出して、けっこうです、と言った。釜次郎たちは緊張を解き、姿勢を崩した。オランダでは集合写真を撮ろう、とは、船旅のあいだから話し合われてきたことだった。これでまたひとつ、オランダにきてやるべきことを消化した。ささやかなことではあるが、節目を意識するには、写真を撮るというのはよい行事だと言えた。

「では」釜次郎は留学生仲間たちに呼びかけた。「このあとはプレインでドクトル・ポンペを待つことにしよう」

この日は、ハーグでの世話役で医師のポンペと会うことになっていたのである。ポンペは、長崎海軍伝習所があったころ、医師として出島に勤務していた男だ。日本の事情にもよく通じていた。

ウィレムストラートから海軍省の建物の南にまわり、議会議事堂のあるビネンホフという複合ビル群の中を抜けて、プレインと呼ばれている広場に出た。その広場の東と南の通りには、いくつものカフェやビールを呑《の》ませる店がテーブルと椅子を出しているのだ。世話役のポンペは、この週末の夕刻、留学生たちを慰労するために、この場での懇談を提案してくれたのだった。

約束の店に着いたが、ポンペはまだきていなかった。釜次郎たちは屋外テラスの空いているテーブルを希望した。テーブルに着いたところで、釜次郎たちは中年のウエイターに、ビールをジョッキで六つ注文した。

ウエイターは、愛想のない顔で言った。

「前金でいただきます」

またか。

釜次郎はこみあげてくる不愉快をかろうじて押しとどめた。ふつうの市民はともかく、ハーグの商人たちは日本人留学生一行に対してなぜか冷やかだ。いや、冷やかを通りこして、敬遠し差別していると言ってもよいくらいだ。まるで犯罪人かなにかのように扱う。それが、ハーグで生活をはじめて以来この三週間、ずっと続いている。

商店では、品を見せてくれと頼んでも、ぜったいに一回に一個ずつしか出してこない。べつのを見せてくれと頼むが三回目になると、ほんとうに買うのか、という態度を露骨に示してくる。レストランでも酒場でも、注文すると必ず前金を要求される。オランダ人には絶対にしていないことだった。

釜次郎は、かなり流暢《りゅうちょう》になったオランダ語で言った。

「われわれはこの通り六人だ。呑み逃げなどしない。オランダ人と同じように扱ってくれないか」

ウエイターは、強い調子で言った。

「だめです。先にお支払いください」

しかたなく釜次郎は、上着の隠しから財布を取り出し、六人分のビールに足るだけの金を支払った。

赤松が言った。

「まったく連中ときたら、日本人をまったく信用してないな。おれたちが、信用を失うような何かまずいことでもやったか？」

みな、心あたりはないと首を振った。しかし、いまのウエイターの態度にしても、なにかあのようにすべき確信あってのことと見えるが。

ジョッキを半分ほど空けたところに、内田とポンペが連れ立ってやってきた。どこかで落ち合っていたのだろう。内田は和装のままだが、さすがに大小は差していない。

医師のポンペは、小太りで赤ら顔の中年男だった。大きな丸い顔にはいつも笑みをたたえており、いかにも世話好きという印象を与える。釜次郎は長崎の伝習所で、彼から化学の基礎を習ったことがある。

ポンペは、先に着いていた留学生たちが全員洋装になっていることで、相好をくずした。

「それがいい。みなさん、よく似合ってる。ヨーロッパでは、その身なりがなによりです。座学にも実習にも便利なはずです。内田さんも、早くあきらめてくれたらいいのだが」

釜次郎はポンペに、いまのウエイターとのやりとりを伝えた。自分たちは、ハーグ到着以来、商店やレストランでずっとこれに似た不愉快な想《おも》いをしているのだが、と。

釜次郎は訊いた。

「わたしたちは、なにかまずいことをしているのでしょうか」

ポンペは釜次郎の訴えを聞くと、困ったような顔で言った。

「じつは昨年、日本人使節団一行が、この街にもやってきました」

いわゆる文久の遣欧使節のことである。竹内下野守一行は、文久元年の十二月にイギリス軍艦に乗ってヨーロッパへと旅立った。攘夷《じょうい》派の幕府攻撃をそらすために、江戸・大坂・兵庫の開市・開港の期日を先送りするための交渉使節団である。その使節団がオランダに入ったのは、文久二年の六月であった。ちょうど一年前のことになる。

　ポンペは言った。

「あの使節団の従者の中には、あまりその、立派ではない侍もいたのです。商品をこっそり持ち去ったり、わずかな金だけを置いて強引に品を持ってゆくような」

「物を盗んだ、と言われるのですか」

「その、ひらたく言えば、そのとおりです。ですから、ハーグの商店主などは、じつは日本人にはあまりよい思い出がない。それで、前払いを要求したり、品物は一点ずつしか見せないのです」

　内田が憤然とした口調で言った。

「とんでもないことだ。その盗《ぬす》っ人《と》の名はわかりますか」

　釜次郎は内田の顔を見た。名を訊いてどうするつもりだ？

　内田は釜次郎に視線を向けて言った。

「帰国したら、ただちにお上にご報告だ。日本人の面汚しは打ち首にしてやる」

　釜次郎は、ポンペに顔をもどして言った。

「その使節団のことは、同じ日本人としてまことに赤面の至りです。恥じ入って謝罪するしかないが、われわれは今後もこのような屈辱的な扱いを受けねばなりませんか？」

「いずれ、みなさんが先般の日本人とはちがうということがわかるはずですが」

また内田が言った。

「日本人が盗っ人扱いされてるとは、黙ってるわけにはゆかんことだぞ」

ポンペは言った。

「わたしも、その差別的な扱いは気になります。なんとかしましょう」

「うまい手がありますか」と釜次郎。

「わが国では、世論を動かすのに、新聞というものを使うのがふつうです。読んだことはありますね」

もちろん読んだ。日本の瓦版《かわらばん》に似た役割の印刷物だが、細かな活字を組んでいるので、一枚の紙に印刷された情報量は、木版の瓦版の比ではない。しかも載っている記事の中身は、市井の話題から国政の問題、海外情報まで多彩だった。もし日本にもこの程度の新聞があれば、黒船の来航にひとはあれほど驚かず、衝撃も受けなかったのではあるまいか。そんなふうに考えたくなるほど、新聞とは有用なものに思えた。

ポンペは、黒い医師用の鞄《かばん》の中から、その日の新聞を取り出して言った。

「わたしがこの新聞社を訪ね、日本人への偏見をあらためるよう記事を書いてもらえないか、頼んでみましょう」

釜次郎はポンペからその新聞を受け取ってテーブルの上でひろげた。内田や沢が両脇《りょうわき》からのぞきこんできた。

新聞は半紙四枚ほどの大きさの紙で、裏表にぎっしりと文字が印刷されている。

釜次郎はざっとその新聞に目を通してからポンペに言った。

「この新聞には、読者の意見という囲み欄がありますね。この国では、ひとはさまざまな問題について、この投稿という形で自分の意見を明らかにしているようですが」

「そのとおりです」とポンペ。「記事として取り上げてもらえないなら、投書してみてもいい」

この日の新聞に載っていたのは、ふたつの投稿だ。一本は、いまオランダでは国論を二分しているという死刑廃止の是非をめぐる投稿。その筆者は、死刑廃止に賛成だった。もう一本の投稿は、街の東にあるハーグの森と呼ばれる公園の管理についてだった。清掃が行き届いていないので、関係者の善処を求む、という主張だ。読者の意見の欄では、国政の問題であれ、身近な生活上の問題であれ、なんでも発言することが許されているようだ。

釜次郎は、その投稿欄を仲間たちに示して言った。

「この国では、誰でもが、このようにみずからの意見を開陳してよいのだ」

内田が訊いてきた。

「これがどうした？」

「おれも投稿しようかと思う。おれたちは盗っ人ではない。オランダ人同様に扱えとな」

「文章は、誰が書くのだ？」

「おれだ」

釜次郎はポンぺに、自分が投稿する、と告げた。もしそれでも効果がなかった場合、助力をお願いすると。

翌日、釜次郎は内田と共に、フラミンフストラートにあるポンぺの家を訪ねた。投稿の下書きを用意していた。

ポンペは釜次郎の下書きに目を通すと、冠詞を二カ所訂正して言った。

「完璧《かんぺき》です。これを編集部に直接持ってゆくといい。いや、それよりも」

ポンペは、釜次郎の書いた下書きをふたつ折りにして釜次郎に返してきた。

「この中身を、すっかり暗記してください。それからわたしと一緒に新聞社にまいりましょう」

「どうするのです」

「あなたは、編集部の机を借りて、この文章をもう一度書くのです。新聞記者や編集者たちが見ている前でです。彼らは、あなたが品のあるオランダ語をすらすらと書くことに驚くことでしょう。好意的になってくれるにちがいありません」

半信半疑だったが、釜次郎はポンペに従って官庁街に近い新聞社の社屋を訪ねた。ポンペが来訪の理由を告げると、編集長が部屋の空いたデスクを貸してくれた。

釜次郎はついでにペンも借りて、すでに用意してあった投稿文を、そっくり思い起こしながら書いた。

このような中身である。

「わたしたちは、遠く極東の日本という国から、世界最高の水準の学問を学ぶためにこの国にやってきた留学生団である。オランダ政府と市民による温かい歓迎を受け、わたしたちはいまハーグとライデンで勉学をはじめたところだが、ときおりまるで犯罪者のように扱われることがある。聞くと、昨年この地を訪れた日本人の中に心得の悪いものがいたのだとか。日本人として心より謝罪する。わたしたちはオランダの法と道徳を尊重し、オランダの市民が守る規範を守ってゆく。だからオランダ国民がその同胞を扱うときのように、われわれもそのように遇してほしいと強く願うものである。

在オランダ日本派遣隊

代表　内田恒次郎」

在オランダ日本派遣隊とは、オランダ到着後に内田恒次郎が定めた留学生団の正式名称である。文面は釜次郎が書いたが、取締役の内田の名を代表として記した。

編集長は、釜次郎がその場で書いて手渡した文面を一読、唖然《あぜん》としたように釜次郎を見あげてきた。

釜次郎は言った。

「文章の形式がわかっておりません。思いつくままに書いたのですが、直すべき点などございますか？」

相手は、いくらか堅苦しいオランダ語を使う釜次郎に対して、何度も大きくうなずいて言った。

「いや、これで完璧です。明日の紙面に載せましょう」

その投稿は、原文のままである、という添え書きをつけて掲載された。


投稿が紙面に出た翌日から、ハーグの市民が示す態度は一変した。留学生団は一年前のあの不届きな日本人たちとはちがう、との認識がたちまち広まったのだ。こんどの留学生たちは、立派なオランダ語を読み書き話す青年たちだ。紳士である。万引きするような男たちではない。彼らに失礼な態度をとることは、むしろオランダ人にとって恥ずかしいことである——。

釜次郎たちは、ポンペと会った一週間後に、またプレインのあのカフェに寄ってみた。釜次郎たちが入ってゆくと、あの日と同じウエイターが、愛想笑いを見せて近づいてきた。

釜次郎は言った。

「日陰のテーブルがあるかな。あれば案内してほしい。それにビールをジョッキで六つ。金は前払いか？」

ウエイターは首を振って言った。

「伝票をお持ちいたします。お店を出られるときに、ご精算ください」

店を出るときにも、彼は言った。

「またどうぞ。お待ち申し上げます」

留学生活は、ようやく最初の壁を越えた。釜次郎たちは、つかの間の旅人としてではなく、ここに生きて暮らす者たちとして、オランダ社会に受け入れられたのだ。

七人の留学生たちは、ハーグ市内の中心部に、それぞれ分かれて下宿した。家具とまかないつきの部屋に住んだのだ。分かれてはいたが、たがいにせいぜい十五分も歩けば訪問できる程度の範囲である。内田の借りた部屋がもっとも大きく、広い居間と大テーブルがあった。

一八六三年七月二日から、授業がはじまった。

授業といっても、学校に通うわけではなかった。課目ごとに教師を雇い、留学生たちの下宿を教室にして学ぶのである。教室となったのは、主にホーフストラートの内田恒次郎の下宿であった。ただし、実習などの場合は、ハーグとその周辺の海軍関連施設、大学などが利用される。医学生ふたりは、いずれハーグの北九十キロのところにある海軍病院で研修を受けることが決まっていた。

オランダ語と数学の講義は、内田の下宿で七人全員が受けることになった。あとは、専攻ごとに課目を選ぶ。たとえば医学生の林研海と伊東玄伯は、理学、化学、人身窮理学である。釜次郎は長崎時代から化学が好きであったので、医学生ふたりにまじって、化学の講座も取ることにした。ほかに釜次郎が受講する課目は、船具・砲術・運用、機械学、蒸気機関学、物理学である。

釜次郎の専攻である蒸気機関学の教授は、オランダ海軍の技術佐官、H・ホイヘンス大佐である。彼は釜次郎に、トレビシック型高圧蒸気機関とコルシェニック型ボイラーの最新技術を伝授することになっていた。蒸気機関の改良は日進月歩であり、五年前に釜次郎が長崎で学んだ蒸気機関学すら、いまや時代遅れのものになりつつあったのである。ホイヘンス大佐は、蒸気機関学の教授であると同時に、幕府発注の軍艦の建造について、オランダ海軍派遣の監査官でもあった。

講義がはじまって二日目の七月三日午前十時、内田の下宿に釜次郎たちが集まったところに、ポンペがやってきた。ポンペは物理学と化学を担当してくれる。

ポンペは、テーブルの上にその朝の新聞を広げて言った。

「ご存じですかな。日本では、薩摩の侍が英国人を斬《き》り殺した事件のことで、イギリス政府は、幕府に百万ドルの賠償を請求しましたよ」

釜次郎たちは顔を見合わせた。

ポンペが言及したのは、いわゆる生麦《なまむぎ》事件のことであった。

生麦事件は、文久二年の八月二十一日に、神奈川に近い生麦村で発生した。釜次郎たちが長崎を出航する少し前のことである。

薩摩藩島津久光の行列が生麦村にさしかかったときである。四人の英国人がこれと遭遇した。生麦村は、外国人の移動許可範囲内であり、英国人たちはこのとき、横浜から馬で遠乗りに出ていたのだった。

行列と遭遇したとき、英国人たちは薩摩藩の侍からまず道の脇に寄れと指示され、さらに久光の駕籠《かご》が近づいてくると、もどるように命じられた。英国人たちが馬の首をめぐらそうとしたときだ。行列の中から数名の侍が飛び出し、刀を抜いて斬りかかったのだ。

英国人のうちひとりが死亡、ふたりが重傷を負った。

島津久光はこの事件の前、京から江戸に向かった勅使・大原重徳を護衛して江戸に入っていたのだが、これはその帰路でのできごとであった。久光の行列はそのまま西上を続け、幕府にはこう届け出た。

「外国人が行列の中に馬で乗り入れたので、足軽の岡野新助《おかのしんすけ》と申す者が斬りつけた。岡野はその後行方不明である」

もとより岡野新助なる足軽は存在しない。幕府は岡野の逮捕を薩摩藩に命じたけれども、これが実行されるはずもなかった。

横浜に住む外国人居留民はパニックとなった。ただちに武力報復を、の声さえ出た。イギリスの代理公使ニールは、海軍の二隻《せき》の艦艇《かんてい》やほかの外国人に対しては自重を求めるいっぽう、幕府に対しては強硬に抗議した。英国人殺傷の報を受けて、極東にあったイギリスの艦隊は続々と横浜に集結、事件から半年後には、十二隻の艦艇が江戸湾を威圧した。ニールは、文久三年になってから、十万ポンドの賠償を幕府に要求した。

同時にニールは、薩摩藩に対しても、犯人の逮捕・処刑と賠償金二万五千ポンドを要求、もし薩摩藩がこれに応じない場合は艦隊司令官は適当な処置をとる、と通告した。

釜次郎たちが長崎を出航する直前というのは、攘夷派の侍たちが、外国人や外国人に使われる日本人に対してテロルを繰り返していたときである。京都でも、開国派や開明派と見られる学者や公卿《くぎょう》たちが、天誅《てんちゅう》の声のもとに、片っ端から暗殺されていた。釜次郎たちのような、地道な未来創造の営為が陰にかすむまでに、攘夷派のテロルは花盛りだった。生麦事件は、攘夷派の一連の社会騒乱と暗殺事件の果てに起こるべくして起こった。

イギリスが幕府に十万ポンドの賠償を請求した——。この報に対して、攘夷派はいよいよ激昂《げきこう》した。にわかに戦争かという機運が高まってきた。横浜では、奉行が市民に避難命令を出した。横浜港の沖合には、いまやイギリス軍艦十二隻を含む総計十七隻の外国軍艦と六隻の外国商船が、戦争勃発《ぼっぱつ》に備えている。

釜次郎たちがオランダに向かっているあいだに、日本の政治情勢はこんなふうに進んでいたのである。ポンペが持ってきた新聞には、その賠償請求とこれに対する日本側の反応が掲載されていた。

赤松大三郎が、新聞を仲間たちにまわしてから言った。

「たしか、今年五月十日は、幕府が朝廷に約した攘夷決行の日ではなかったか。開港の延期ということになるらしいが、それ以上のことが起きなければいいな」

沢太郎左衛門が言った。

「いまさら攘夷などできん。それは、誰もがわかっているはずだ。お上も、攘夷決行を約したのは、わからず屋どもをなだめ、その場をとりあえずしのぐため。その方便だったはずだぞ」

　赤松が言った。

「しかし、この記事を読むかぎり、薩摩は非を認めておらん。このままでは、戦争になるのではないか」

　釜次郎は言った。

「薩摩は、外国人を殺したことの報いを受けるべきだ。イギリス艦隊が薩摩湾に突入したとしても、それはみずから招いた災厄だ。高いものについたと、身にしみて思い知ったほうがいい」

　赤松が言った。

「ずいぶん冷たいもの言いだな。戦争は幕府まで巻きこんだものになるのかもしれんぞ」

　沢が暗い声で言った。

「そうなると、留学生も全員引き上げだ」

　一瞬、その場の空気が沈んだ。留学生たちはたがいに顔を見交わした。

　釜次郎は首を振って言った。

「お上は攘夷なんてことの馬鹿馬鹿しさは承知だ。戦争になるとすれば、幕府の敵は欧米列強ではない。攘夷に凝り固まる長州か、野心たっぷりの薩摩だろう」

「大胆な意見だな。長州薩摩が相手？」

「そうだ。だんだんはっきりしてきた。日の本に内憂があるとすれば、その元凶は朝廷と、薩摩と長州だ」

それまで黙って聞いていた内田が、割って入った。

「その議論はあとにしよう。化学の講義を受ける時間だ」

ポンペは黙って新聞を引き取ると、自分の鞄の中に収めた。

これが陽暦の七月三日のことである。釜次郎たちが日本の不穏な情勢に想いを馳《は》せていたその八日前の陽暦六月二十五日、和暦では五月十日、ヨーロッパまで報《しら》せは届いていなかったけれども、こんどは長州藩が事件を起こしていたのだった。

釜次郎は、留学二日目の授業を終えると、ひとりフラミンフストラートを渡って、街の南にある自分の下宿へと歩いた。

生麦事件のことは長崎出航前に少しだけ耳にしていたが、きょうポンペから新聞を見せられて、気分は落ちこんだ。

攘夷か。

釜次郎は唾《つば》でも吐きたい気分で、その言葉を胸のうちに思い浮かべた。開国を主張する者や外国人を殺すことで、なにやらうるわしい世の中が戻ってくると信じているらしい、攘夷派の愚か者たち。

釜次郎は思った。

どんな激動の中にあっても、社会はそれでも組織されてゆかねばならないし、明日のための技術的、知的訓練は続けられねばならない。釜次郎たちには、女のひざ枕《まくら》で憂国を語り、酒をくらいながら悲憤慷慨《ひふんこうがい》している暇はなかった。誰かを殺害する計画を練ったり、そのためにみずからの身を隠す努力をしているくらいなら、釜次郎たちはむしろひとつの単語、ひとつの知識を覚えることを選んだことだろう。

釜次郎とて、あの社会が満足すべき状態にないことは百も承知だった。しかし、いま一度蒸気機関も外洋船もない時代にもどることは論外だ。攘夷と鎖国を国是として、今後とも日本という国家が存続しうるとは思えない。

しかし、攘夷派の連中がもしいくらかましな明日の国家像を持っていて、たとえば公武合体による新国家構想が彼らの追求目標なのだとしたら――。

だとしても、釜次郎が思うに、彼らが望むような社会をもたらすために彼ら自身がなすべきことは、やみくもにひとを殺し、外国を挑発することではないはずだった。誰か要人や外国人を殺すことで、明日の訪れが早まるわけではない。熱情だけを武器に無謀な戦争にうって出たところで、夢の基礎が固まるわけでもないのだ。どんなものであれ、明日はいまこの瞬間に明日を準備する者たちの、地に足の着いた営みの中にしか生まれない。

釜次郎は、かつては苦々しく思っていただけの攘夷派の志士たちを、いまやはっきりと蔑《さげす》んでいた。

釜次郎は、いつか江戸前の調子で言ってやりたかった。

「馬鹿。失《う》せろ。おれにかまうな」

彼らがその浅はかさと愚かさゆえに自滅するのは勝手だ。だが、この自分まで巻きこんでくれるな。おれは忙しい。せっかくの留学を途中で切り上げるつもりもない。おれの目の前には学ぶべきことが山をなしているのだ。馬鹿者どもにつきあっている暇はない。これっぽっちもない。

歩道の先で子供たちが立ちどまり、釜次郎を見つめてきた。

「日本人だ」という声が聞こえた。

釜次郎はその男の子たちの顔を見た。表情に表われているのは、かすかな嘲笑《ちょうしょう》の色だった。

すれちがうとき、男の子たちは声を揃えて唱《うた》った。

「ふたりの日本人がゆく。ひとりはコントラバスを。もうひとりは弓を持つ」

これまでも何度か聞いた歌だ。遣欧使節団がオランダを訪れたころにできたものだという。歌の真の意味は、ひとりでは何もできない日本人、ということである。使節団がぞろぞろと従者を引き連れて歩いたことをからかっているのだ。

釜次郎は振り返りながら、同じメロディに即興の歌詞をつけて唱った。

「だけどもうひとりの日本人は、よく斬れる刀を持ってるぞ」

子供たちはぽかりと口を開け、つぎの瞬間、わっと叫んで歩道を駆け去っていった。

講義は毎日、だいたい午前九時からはじまり、講師を替えて午後の五時くらいまで続く。課目によっては、釜次郎は受講していないから、そのあいだは街に出る。カフェかプレインのベンチで本を読むのだ。ポンペは、そのうち王立図書館の入館証を手配すると言っている。そうなると、図書館のデスクと蔵書をかなり自由に利用できるようになる。

その日の講義が終わると、街を歩く。ハーグの森でときどき開かれている音楽会に行くこともある。北国のせいで、夜もかなり遅くまで明るかった。講義が終わってからも、一日はけっこう長かった。

ちょうどオランダはこの年、王政開始五十周年にあたっていた。

よく知られているように、オランダは十六世紀後半にスペインから独立したとき、共和国を作った。その共和制は、ヨーロッパをナポレオンが席巻するこの世紀の初頭まで続いたのである。共和制から王政への移行にあたっては、ナポレオン戦役後の複雑なヨーロッパの情勢が背後にあるが、オランダが王政を必要とした理由のひとつには、南北の地域対立を解消するという意味があった。国民統合の象徴として、王を立てるというものである。だから王政となっても共和国時代の民主的なありようは変わらなかったし、オラニエ王も国民から広く敬慕されていた。オランダ人は、心から王政五十周年を祝っていたのである。だからこの夏は毎週なにかしらの祝賀行事があって、釜次郎たちが退屈することはなかった。

あるとき、ハーグの森での混声合唱のコンサートを聴いたあと、釜次郎たちはプレインまで歩いて、なじみになったカフェの屋外テラスでコーヒーを飲んだ。隣りのカフェでは、何かの集まりの帰りらしい男たちが、陽気に歌を唱っていた。肩を揺らして唄うにふさわしい、リズムのはっきりした朗らかな曲だった。

彼らの唄っている様子を眺めながら、沢太郎左衛門が言った。

「ヨーロッパのひとびとは、ことあるごとに歌を唱うのだな。仲間たちと、声を揃えて」

釜次郎は言った。

「よい風習だな。おれたちには、吟じる、という御国ふうがあるが、共に唱うというのは悪くない」

「気持ちを高揚させる。もしかすると、同僚だという気分を強くさせてくれるのかもしれぬ」

赤松大三郎が言った。

「留学生の中にひとり、楽士もいればよかった。手風琴《てふうきん》を習わせて、おれたちの唱える歌を作ってもらいたいものだ」

釜次郎は笑いながら同意した。

「いつか、おれたちの歌もできるさ。歌にしたい想いがたまったときには」

隣りの男たちは、最後の一節を高らかに唱い上げてから、ジョッキを持ち上げて乾杯しなおした。たぶん何かの職人組合の集まりだったのだろう。

はじめのうち、留学生たちはオランダ人の子供にからかわれているとおり、七人全員揃って歩くことが多かった。しかし暮らしに慣れるにつれて、さすがに全員でということは少なくなった。

釜次郎は、造船学専攻の赤松大三郎か、砲術専攻の沢太郎左衛門と連れ立って街に出る機会が増えていった。彼らとは、受講している課目が似ているせいもあるが、なによりうまが合った。赤松は釜次郎や沢よりも五、六歳も年下ではあるが、もともと積極的な性分で、鼻っ柱が強く、アメリカからの帰国後はその性格がきわだってきていた。すでに釜次郎や沢とは、対等に口をきく間柄である。沢のほうは、温厚だが筋の通らぬことが嫌いな秀才だった。

取締の内田恒次郎は、海軍諸術が専攻だが、地理学にも目覚めたようだ。熱心に地理学の本を買いあさるようになった。けちだ、と留学生仲間は評しているが、取締という立場上やむをえまい。ただし、釜次郎にとっても、内田とはどうも胸襟《きょうきん》を開いてつきあえぬ相手、という印象はあった。

最年長の田口俊平は、オランダにきてからもあまり楽しそうではない。なにか悩みごとでもあるかのような様子が、釜次郎にも気がかりだった。彼はテルナーテ号の長い航海のあいだにも、さほどオランダ語に習熟しなかった。四十四歳という年齢のせいもあるのか、記憶力も集中力も、ほかの二十代の留学生たちに較べて欠けているように見える。本人もそれを承知して気に病んでいるのかもしれない。

医学生の林研海は、快活で明朗、世話好きな好青年だった。これに対して伊東玄伯は、きわめて地味でおだやかな性格。林とは対照的である。勤勉さでは伊東が留学生中で一番であろうと誰もが認める。

七月の末に近いある日、仲間と共に鉄工場を見学したあと、釜次郎は下宿近くで売り子から新聞を買った。

新聞には、日本関係の記事が何本も載っていた。イギリス政府と幕府との交渉は未解決である。長崎・横浜の外国人居留地周辺では、婦女子がみな内陸へと避難した。長崎では、オランダ人の技術者たちが飽ノ浦で造船所建設に従事しているが、攘夷派志士による襲撃を避けるため、湾内の船の中で寝泊まりしているという。

記事の発信はこの四月末だ。すでに攘夷期限も過ぎているし、つぎのニュースが待ち遠しかった。攘夷が幕府によって実行されたはずはないが、どこかの藩がはねあがるということはありうる。イギリスとの賠償問題を抱えた薩摩か、攘夷思想の水戸藩か、あるいはやはり攘夷が藩是同様になっているという長州藩か。いつかヨーロッパと日本とが、電信で結ばれぬものか。そうであれば、ふた月も前に日本で何が起こり、あるいは何が起こらなかったかなど、やきもきすることはなくなるのだ。日本のできごとは一日のうちにヨーロッパに届き、逆にオランダでのできごとも、ごくごく容易に日本に届くことだろうに。もっとも、それが実現するのもさほど遠い将来のことでもない、という気もするが。

留学生たちのために、ポンペは座学のほかにもさまざまな行事を用意してくれた。留学生団の知的好奇心に応《こた》える、小遠足のようなものである。鉄工場や造船所などの工場見学が多かったけれども、軍の試射場での実射の実験とか、練兵場での軍の訓練の見学などもまじった。ハーグの名士によるパーティにも釜次郎たちを誘ってくれた。名士たちが留学生団に関心を持っていたからであり、釜次郎たちにとっても見聞を広めるよい機会だった。

しかし、留学生活はけっして優雅なものではなかった。たしかに彼らは国費留学生ではあり、幕府も彼らのために潤沢な留学資金を用意してくれたと見えた。ところが途中の遭難もあり、物入りは多かった。

ハーグについてみれば、その物価の高さに釜次郎たちは驚くことになった。日本の人件費が国際水準から見ていかに低いものであったか、それを思い知らされたのだ。たとえば洗濯代は、日本の感覚ではほとんどあらたにあつらえるに等しいほどの額だった。内田が最初に留学生たちに当座の生活費としてわたした金は、たちまち残り少なくなった。

いっぽう、幕府が発注する軍艦の件については、オランダ商事会社と、ドルドレヒトのヒップス・エン・ゾーネン造船所とのあいだで、五月十八日に発注契約が締結されていた。この契約については、留学生団は関与していない。契約交渉そのものは、幕府と長崎のオランダ商事会社駐在員とのあいだで進められてきたのである。

釜次郎たちに知らされたところによれば、幕府が発注したのは「三百五十馬力級のスクリュー推進船で、砲二十六門ほか、オランダ海軍が標準と定める装備一式を備えた木造艦」というものであった。オランダ海軍は、蒸気船監査官のホイヘンス大佐をオランダ商事会社に派遣し、建造の監督に当たらせることとなった。

ホイヘンス大佐は最初、日本がわざわざ木造艦を発注してきたことに疑問を抱いた。この当時、ヨーロッパの新造軍艦はそろそろ鉄造艦に切り換わりつつあったからである。建造の日数や耐久性の点で、鉄造艦のほうに利点があるのははっきりしており、以降急速に木造軍艦がすたれてゆくのは目に見えていた。ホイヘンスは、鉄造艦にすべきではないか、とオランダ商事会社に進言したが、幕府は木造艦のまま発注した。日本では軍艦奉行たちがこの件を検討したふしはなく、おそらく進言はオランダ商事会社の内部で握りつぶされている。契約交渉のほとんどはちょうど釜次郎たちの航海の途中でおこなわれており、釜次郎たちがオランダに着いたときには、すでに艦の設計も終わっていたのだった。

到着後、釜次郎たちも、幕府があえて木造艦と指定して発注したことを疑問に思ったが、留学生という立場では、この契約に途中から疑義を唱えることはできなかった。あとは、契約どおりの艦ができるかどうか、見守るだけである。

八月二日、ドルドレヒトのヒップス・エン・ゾーネン造船所で、幕府発注軍艦の起工式がおこなわれた。内田恒次郎以下十一名の留学生が、起工式に参列した。このときまだこの艦には、名前はついていない。

起工式からひと月もたたぬある日のことだ。ハーグにいる留学生たちを集めて、内田恒次郎が言った。

「支度金が残り少なくなってきた。すでに日の本に書状を送ったが、送金がいつになるかわからぬ。めいめい、金の使いかたは引き締めてくれ。なくなっても、出せぬかもしれぬからな」

たがいに顔を見合わせてから、全員がうなずいた。


九月の二十八日、大きなニュースがもたらされた。下関で、オランダの軍艦メデューサ号が長州藩に攻撃されたというのだ。オランダ人乗組員四人が死んだという。事件の発生は五月二十二日である。新聞が大きくこれを報じた。

釜次郎は、内田の部屋で仲間と一緒に新聞を読んで、自分の顔から血の気が引くのを感じた。

オランダと戦争になるのか？

釜次郎たちに戦争を心配させたこの事件は、五月十日からはじまった一連の事件の締めくくりと言えるものであった。五月十日、長州藩はまず下関海峡に投錨中《とうびょうちゅう》であった米国商船ペムブローグ号を襲撃したのだ。ペムブローグ号はなにがなにやらわからぬままに、高速で豊後水道《ぶんごすいどう》に脱出した。五月十日は、攘夷決行、と幕府が朝廷に約束したその期限である。

そうして十三日後の五月二十三日、こんどはフランス軍艦キンシャン号が下関海峡で長州藩の軍艦から砲撃を受けた。キンシャン号は全速で下関海峡を脱出、すれちがおうとしたオランダ軍艦メデューサ号に、長州藩からの砲撃の事実を報告した。

メデューサ号は長崎から横浜に向かう途上であった。

キンシャン号から連絡を受けたけれども、メデューサ号の艦長は、自分たちが日本から砲撃を受ける理由が思い当たらなかった。オランダと日本は、二百五十年の友好関係を持つ国同士なのだ。日本海軍の創設のために、全面的な支援も惜しんではこなかった。メデューサ号はかまわず下関海峡へと向かった。しかし、オランダ国旗も役には立たなかった。たちまち長州藩砲台から砲撃を受けたのだ。被弾三十発。死者四人、重傷者五名を出す大被害であった。メデューサ号の艦長は、信じがたい想いで下関海峡を離脱した。

去りゆくメデューサ号を見て、長州藩の武士、藩兵たちは刀を抜いて振りまわし、何度も凱歌《がいか》を挙げた。

「万歳！　万歳！　神国日本万歳！」

長州藩の攘夷決行は、得意気な口上によって朝廷に報告された。朝廷は、長州藩の攘夷決行をほめたたえた。

「天皇はひじょうに満足に思われておる。いよいよもって大いに努力し、皇国の武威を海外に輝かすように」

　そして諸藩に対しても長州藩を応援するよう命を出した。

　留学生たちは、誰もが暗い声で言った。

「戦争か？」

「オランダと戦争になるのか？」

　九月二十八日の夕刻である。新聞記事は、メデューサ号事件の概要しか伝えていないとはいえ、釜次郎たちにはすぐに事態が把握できた。攘夷が、長州藩によって実行されたのだ。

　赤松が言った。

「よりによって、オランダ船を攻撃するとは」

　沢も言った。

「アメリカもフランスも黙ってはいまい。欧米諸国はまとまるぞ」

　内田が言った。

「日本人への風あたりが強まるな。振る舞いは自重してくれ。いや、しばらく外を出歩くべきではないかもしれん。講義も休みにしてもらうか」

「だめだ」釜次郎は内田に反対した。「なにがあろうと、勉学のほうは続けるべきだ。石くらい飛んでくるかもしれん。物を売らぬと言われるかもしれん。だが、続けられるかぎり、受講は続けるべきだ。おれは、一日も休みたくはない」

沢たちが同意した。それでも念のため、無用の外出は控えることが申し合わされた。

案の定、釜次郎がその日内田の下宿を出ると、若い男たちの一団からすれちがいざまに言われた。

「帰れ、日本人」

釜次郎は振り返らずに、まっすぐ下宿へと向かった。

翌日、九月二十九日の朝、内田の下宿に留学生たちが集まったところに、ポンペがやってきた。この日は、ポンペの授業はない。とつぜんの訪問であった。ポンペはいつになく謹厳な表情だ。釜次郎たちは、ポンペの顔を見て身を固くした。

ポンペは留学生たちを見渡してから言った。

「内務大臣から、直接のお言葉があったので伝えます。なんともやりきれない事件が起こりましたが、オランダ政府は、これはあくまでもオランダと長州藩との問題ととらえております。案ずることなく、みなさまはそのまま学課に励んでほしいとのことです」

釜次郎たちはふっと緊張を解いた。

長州藩がメデューサ号を見送って万歳をあげたのは、文久三年の五月二十六日であった。それから一週間もたたぬうちに、長州藩は手痛い報復を受けることになった。

六月一日、アメリカ軍艦ワイオミング号が下関沖に現われ、長州藩の二隻の軍艦を沈め、一隻を大破させた。さらに亀山《かめやま》砲台を砲撃してこれを完全に沈黙させた。六月五日には、フランス軍艦セミラミス号、タンクレード号の二隻が下関海峡に入り、長州藩の諸砲台を攻撃、破壊した。さらに二百五十名の陸戦隊が上陸して、前田《まえ》田《だ》や壇《だん》ノ浦《うら》の砲台を占領、これを破壊して長州藩に戦国時代から伝わってきた甲冑《かっちゅう》、刀、火縄銃を奪った。わずか三隻の軍艦に、戦闘準備をととのえていた長州藩の軍勢は完敗したのである。しかし長州藩の攘夷派は頑固であった。攘夷の藩是をあらためるまでには進まなかった。

いっぽう薩摩とイギリスとのあいだの緊張も、戦争にまで発展していた。薩英《さつえい》戦争である。

幕府は生麦事件の賠償金に、東禅寺事件の賠償金も加えて、十一万ポンドの金をイギリス政府に支払っている。この支払いが、五月九日。攘夷期限の前日であった。しかし直接の当事者たる薩摩藩は、二万五千ポンドの賠償金の支払いも犯人の逮捕も拒み、ついにイギリス艦隊の攻撃を受けたのである。

薩摩は戦争を覚悟していた。臨戦態勢をととのえて、イギリス艦隊の襲来を待っていた。とはいえ、戦力の差は最初から明らかであった。イギリス艦隊の大砲の射程距離は約四キロ、これに対し薩摩の砲台の大砲の射程距離は約一キロである。薩摩も善戦したとはいえ、砲台も大部分破壊され、集成館も崩れ落ちた。鹿児島の市内も火箭《かせん》を打ちこまれて、市街地の一割が燃えた。結果は、薩摩の惨敗だった。

薩摩とイギリス艦隊との交戦は、文久三年（一八六三年）七月二日から三日にかけてのことである。この報せを、オランダの釜次郎たちが聞くのは、それからおよそ六カ月後のことであった。

薩英戦争の顚末《てんまつ》を新聞で知った釜次郎たちは、また内田の下宿で語り合った。

この後はどうなるのだろう、という赤松や沢の疑問に、内田が言った。

「イギリス艦隊が鹿児島湾から消えた瞬間に、薩摩は攘夷思想を捨てただろう。集成館まで作って、それなりに欧米の科学技術の水準を認めていた藩だ。一気に薩摩藩はイギリスになびき、イギリスを後見人にしていくのではないか？」

　赤松が訊いた。

「後見人にして、何をする？」

「久光公のここまでの振る舞いを見れば、ひとつの答しかない」

　倒幕か、と誰もが思ったけれども、それを声にした者はなかった。

2

　年が明けて一八六四年となった。留学生たちのオランダ生活もはや半年である。その冬二月のある朝、釜次郎は、あまりの寒さに毛布をかぶったまま、ベッドからおりた。時計を見ると、午前八時をまわっている。しかし、外はまだ真っ暗である。釜次郎は窓に近寄って、ガラスに手を触れた。ガラスには霜がついている。夜間、部屋の温度は零度以下にさがったようだ。

　釜次郎は、暖炉の前にかがみこみ、暖炉の中に古新聞を丸めて入れ、木っ端《こっぱ》で井桁《いげた》を組んで、新聞紙に火をつけた。火が入らないことには、洗顔も着替えもできないほどの寒さだった。

釜次郎はかじかむ手に息を吹きかけ、その場で足踏みしながらひとりごちた。

「なんたって、北緯五十二度だからな。冬の寒さは蝦夷地よりも厳しい」

いきなりドアがノックされた。

この時間に？

釜次郎が毛布をかぶったままドアを開けると、知り合いのオランダ海軍士官だ。クーフールデン中尉である。釜次郎は、彼とは将校クラブで知り合っていた。海軍の事情や国際情勢について、いつも豊富な知識を披露してくれる男だ。さっぱりとした性格で、伝習所のカッテンディケと似たところのある男である。

釜次郎は訊いた。

「どうしました、中尉？」

クーフールデンは言った。

「とうとう戦争です」

思わず釜次郎は訊き返した。

「日本と？」

「ちがいます」釜次郎の反応が意外だったのか、クーフールデンは苦笑して言った。

「プロシア・オーストリアの連合軍が、デンマークに侵攻したのです。戦争がはじまりました」

そっちの件だったか。

釜次郎も、昨年の暮れあたりから、デンマークとプロシアとのあいだが険悪になっていることは知っていた。オランダ軍人の集まる場では、むしろ日本の情勢よりもこちらのほうがひんぱんに話題になっていたほどだ。戦争が近い、と噂《うわさ》されていたが、とうとうか。

クーフールデンは言った。

「わたしは観戦武官としてきょうの午後には前線に出発します。あなたも、もし戦争が起こった場合、観戦したいと言っていましたから、よければ同行しないかという誘いです」

「行きます。行きます」

釜次郎は毛布をかなぐり捨てた。

この戦争は、ユトランド半島のシュレスビヒとホルシュタインというふたつの公国の領有権をめぐる争いである。北側のシュレスビヒは、デンマーク人とドイツ人が半々の混住地域であり、ホルシュタインのほうは、ドイツ人が八十五パーセントを占めているという土地柄だった。両公国とも、帰属をめぐって紛争が絶えなかった。

前年の春に、デンマーク王がホルシュタインを対象にした特別憲法を制定したところ、プロシアでは猛烈な反デンマークの声があがった。プロシアの指導者はビスマルクである。ビスマルクは極端な軍国主義政策をとりつつドイツ統一を目指していたが、これを機会に一気に両公国の領有問題に決着をはかろうとした。夏以降、プロシアは戦争準備に突き進んでいた。だからハーグでも、男たちが集まると、戦端はいつ開かれるかと話題になっていたのである。

釜次郎は、そんな場で日ごろから口にしていた。もし戦争がはじまったならば、自分は仮の徳川海軍の武官として、戦場に駆けつける意思があると。沢太郎左衛門も赤松大三郎も、そのときは一緒に行くと約束していた。

釜次郎は、クーフールデンに訊いた。

「前線とは、どこになります？」

クーフールデンは答えた。

「ハンブルクの西のアルトナです」

「まっすぐ向かうのですか」

「ブリュッセル経由です。関係国の紹介状が必要ですが、オーストリア公使はハーグにはいないものですから」

「わたしはなにをしたらいいんです」

クーフールデンは、釜次郎の寝巻姿にちらりと目をやってから言った。

「日本の海軍士官の制服を着てください」

「制服ですか」やはりここが問題になるか。日本の海軍はまだ設立されておらず、当然制服も定められてはいない。「日本の海軍には、まだ制服はないのですが」

クーフールデンは困ったように頭をかいてから言った。

「戦場に立つには、観戦武官といえども軍服が必要です」

「約束ごとですか？」

「そうです。国際法です。海には国際海洋法があるように、戦争には戦時国際法がある。軍服の着用は義務です」

国際法という言葉が意味を持つ場面に、釜次郎ははじめて遭遇したような気がした。

もちろん、学んだことのある言葉だったが。

クーフールデンは言った。

「では、日本の軍人らしく見える格好はできますね。日本式の外套《がいとう》を着こみ、軍刀をさげてください。階級章のようなものはお持ちですか」

「まだ制定されていません」

「軍帽は？」

「帽子ならあります」

韮山頭巾《ずきん》に似た帽子を持参してきていた。韮山頭巾は砲術方がよく使っているもので、江川太郎左衛門が考案した。講武所頭巾とも呼ばれている。それを咸臨丸でアメリカに渡った連中が改良した。黒ビロードのかわりに、黒羅紗《ラシャ》を使うのだ。つばのない丸帽で、後頭部から耳にかけてをおおう垂れがついている。この垂れをあごの下でとめると、海風にも飛ばされない。あれを、日本海軍の制帽だと言えばいい。

クーフールデンは、すぐにデンマークとプロシアの公使館に行って紹介状を手に入れるようにと助言してくれた。

釜次郎は言った。

「ブリュッセルに行く前に、ドルドレヒトで、もうひとり仲間を誘いたいのですが」

赤松大三郎を誘うつもりだった。彼はいまハーグからドルドレヒトに移っている。

上田たち職方と共に、ヒップス・エン・ゾーネン造船所に通っているのだ。造船所では、軍艦の建造工事が着々と進行している。赤松たちは、この工事に参画しながら造船術の実際を身につけようとしていた。

赤松たちがいるドルドレヒトは、ブリュッセルにゆく鉄道の途中である。

クーフールデンは言った。

「いいでしょう。ブリュッセルには、明日の昼までに着けばいいのですから」

クーフールデンが帰ると、釜次郎はすぐに着替えて沢太郎左衛門の下宿へ向かった。

沢は風邪で寝込んでいた。

「行ってみたいのはやまやまだが」沢はベッドの中で言った。「このとおりだ。熱が引くまで、あと二日ばかりかかりそうだ。おれはあきらめる」

「しかたがないな」

釜次郎は沢の下宿を辞すと、つぎに内田恒次郎の下宿へと向かった。観戦に出かけることの了解を取らねばならない。旅行費用も内田から受け取ってゆく必要があった。

内田は、釜次郎の観戦旅行に反対しなかった。

「ただし」と内田は言った。「暇は八日間だ。それ以上は学業を休むな」

「承知しました」

釜次郎は旅費として渡された八百フルデンを受け取ると、デンマーク公使館、プロシア公使館とまわった。日本海軍の士官の観戦は相手にも興味深いことだったのか、紹介状はすぐに発行された。

駆けるように下宿に帰って旅装を身につけた。羅紗の帽子、ぶっさき羽織に裁着《たっつけ》袴《ばかま》、長靴をはき、腰に大刀をさしたのである。肩からは革の胴乱をさげ、胴乱の中には洗面道具やら帳面、鉛筆、財布やらをおさめた。和洋折衷の、かなり珍妙な旅支度となった。

下宿を出て駅に向かいながら、釜次郎は思った。ひょっとしたら、自分はヨーロッパの陸上戦を最初に目撃する日本人ということになるのだろうか。


二日後である。

釜次郎たちは氷結したエルベ川を馬車でわたり、アルトナの南に上陸した。アルトナはハンブルクの西に隣接する地域であり、戦端はまずここで開かれたのだ。プロシア・オーストリア連合軍は、このアルトナに司令部を置いているという。

二頭立ての馬車の乗客は四人だ。釜次郎と、クーフールデン。クーフールデンの友人のホッツ中尉。それにドルドレヒトで合流した赤松大三郎である。四人はブリュッセルでオーストリア公使の紹介状を手に入れ、汽車でまずハンブルクをめざしたのだ。

ブリュッセルとハンブルクとのあいだは、直線で約五百キロ。汽車では丸一日の距離である。あわただしく出発してきたので、防寒の準備が完全ではなかった。重ね着しようにも、下着の着替えも少ない。風邪など引かねばいいがと心配しながらの移動だった。

アルトナへの道では、馬車は何度もぬかるみにはまった。そのたびに、釜次郎たちは馬車をおりて、馬車を押さねばならなかった。その脇を、プロシア軍か、オーストリア軍の四頭立ての輸送馬車が、強引に突っ走ってゆく。積み荷の箱には、スナイドルと記されているものが多かった。中身は銃砲ということだ。弾薬を運ぶ車両も続いている。道の途中では、負傷兵を乗せた馬車とも数多くすれちがった。

小さな集落に入る手前で、釜次郎たちの乗る馬車はプロシア軍の兵士に停《と》められた。御者が、観戦武官を乗せている、司令部へ、と告げると、兵士は馬車の中をのぞきこんできた。

クーフールデンが兵士にドイツ語で言った。

「日本とオランダの海軍の士官だ。司令部へ案内してもらえるか？」

兵士は釜次郎と赤松の顔を認めて目を丸くした。

「おはよう」と、赤松がドイツ語で言った。

兵士は言った。

「デンマーク軍は総退却したぞ。観戦なら、連中を追っかけてゆかなきゃ」

兵士は、ちょっと待てとでも言うように手で合図して、集落のほうへもどっていった。

すぐに将校がやってきた。

釜次郎たちが公使の紹介状を見せると、将校は言った。

「デンマーク軍は、ホルシュタインとシュレスビヒの国境まで退却して陣地を築いた。司令部も、ずっと北に移動しています。ここから先はこの馬車は通せないので、輸送馬車を手配します。それに乗り換えなさい」

釜次郎たちの一行は、大量の食糧を積んだ馬車に乗せられた。無蓋車《むがいしゃ》である。釜次郎には寒さがこたえた。途中、農家の納屋で仮泊した。あまりの寒さに、藁《わら》にくるまって寝た。食事は、夜もつぎの日の朝も、プロシア軍の輸送部隊から提供された。パンのほかに肉の缶詰がついたので、釜次郎たちは驚いた。ヨーロッパでは、どうやら戦争とは、冷えた握り飯をぼろぼろ食いながらするものではないようだ。

シュレスビヒに着いたのは、翌日の夕刻である。着いたときには、デンマーク軍はまたも退却したあとだった。前線は、さらに北へと移動していたのだった。

司令部で、プロシア軍の参謀《さんぼう》が説明してくれた。

「昨日の砲撃で、デンマーク軍の防禦《ぼうぎょ》陣地はあっさりと崩壊しました。デンマーク軍は退却しています。デュッペルの要塞《ようさい》を目指している模様です」

将校は地図を示してくれた。それによると、デュッペルの要塞はこの国境からさらに七十キロ北にある。プロシア・オーストリア連合軍二個師団は、すでに昨日のうちにデンマーク軍を追って進撃している。いまこの陣地にあるのは、司令部とカール親王の幕僚本部だけだった。

将校は、ひととおり状況を説明したあと、釜次郎たちに訊いてきた。

「はるばる日本から、この戦争を観戦するためにやってきたのですか？」

釜次郎は、かたことのドイツ語で答えた。

「いいえ。ちょうどオランダに留学中でした。戦争勃発《ぼっぱつ》の報せを聞きましたので、あわててここまでたどり着いた次第です」

「今夜は、幕僚たちのテントをひとつ用意します。そこでおやすみください」

夕食まで、釜次郎たちは連合軍の陣地の跡を丹念に見てまわった。釜次郎はとくに陣地の構築のしかた、部隊と兵器の配備のしかたに関心があった。プロシア軍幕僚に質問しながら、釜次郎は克明にスケッチを描《か》き、メモをとった。

陣地に残されたものを見るかぎり、装備はプロシア軍のものが断然優秀と見えた。小銃はすべて元込めのスナイドル銃だ。砲はクルップ社製のものである。

釜次郎は、赤松にプロシア軍の三斤砲を示して言った。

「見ろ。話に聞いた鋳鋼のようだぞ。ただの鋳鉄じゃない」

赤松が、砲身をのぞきこんで言った。

「しかも、旋条が切ってある」

「ベッセマー製鋼法だな」

赤松が、鋼鉄の砲身をなでながら言った。

「クルップ社というのは、ずいぶんいい鉄を作るところのようだな」

釜次郎もうなずいて言った。

「この観戦のあとに、訪ねてみようか」

赤松は、本気かとでも言うように釜次郎を見つめてきた。釜次郎はうなずいた。

鹵《ろ》獲《かく》されたデンマーク軍の銃も見た。先込め銃を間に合わせで元込めに改造したものと見える。プロシア軍との火力の差は歴然としていた。

オーストリア軍の将校に訊いてみたが、彼らの武器もデンマーク軍のものと大差はなかった。プロシア軍は、宰相《さいしょう》ビスマルクのもとで、本気で軍備の充実と拡充に取り組んでいるようだ。このぶんでは、プロシアがドイツを統一するのもさして遠い将来のことではないかもしれなかった。


翌々日の夕刻、デュッペル要塞に着いたときには、デンマーク軍はまたも退却していた。デュッペル要塞の攻防戦はわずか半日で終わり、三万八千のデンマーク軍はデンマーク本土の東にあるアルゼン島にこもったというのだ。アルゼン島と、デンマーク本土のあるユトランド半島のあいだには、海峡がある。さすがにプロシア・オーストリア連合軍も、この海峡を一気に渡ることは不可能だろう。

二個師団の連合軍は、放棄されたデュッペル要塞の中に陣を置いている。デュッペルまで、司令部から野戦電信の線が延びていた。その電信で伝えられたところによると、イギリスが和平調停に乗り出したとか。戦争は小休止となる気配とのことだった。

釜次郎はすぐクーフールデンに提案した。

「戦闘が小休止となると、ここで時間をつぶしていてもしかたがない。デンマークに行こうと思いますが、いかがです」

クーフールデンも同意した。

赤松は、連日の移動で少々くたびれた様子だった。

「おぬしは、こういうことになると張り切るな。いきいきとしてくるようだぞ。ガスパル海峡の遭難のときにも感じたが」

釜次郎は言った。

「おれは蒸気機関のようなものだ。いったん走り出せば、燃える」

釜次郎たちは、後方へ帰る馬車に便乗してひとまずアルトナをめざした。アルトナからバルト海のリューベックへ出て、コペンハーゲン経由でアルゼン島に入るつもりだった。

釜次郎たちがコペンハーゲンに着いたのは、それから三日後である。内田に約束した八日間の休暇期限はとうに切れていた。

デンマークでは、参謀本部のアブラハムソン大佐が、四人の案内役としてアルゼン島まで同行してくれた。釜次郎たちは、アブラハムソン大佐に案内されて、アルゼン海峡東側の塹壕《ざんごう》陣地を視察した。大砲を使う陸戦では、塹壕というものが必要になると、あらためて認識した。釜次郎はここでも、塹壕の築きかたや構造、塹壕陣地なるものの設けかたについて、詳細なメモを取った。

前線で釜次郎たちに親切に説明してくれたのは、E・ミリウス・ダルガスという工兵大尉だった。

彼は説明の途中で、一瞬悲しげな表情を見せたことがあった。

「こういうことも」とダルガス大尉は言った。「戦争に負けてしまえばむなしい。どんな立派な塹壕も、国を守る手だてにはならなかったのですから」

赤松が言った。

「いずれまた、領地奪還の戦争に打って出たらよいでしょう」

「いいえ。そんな余力は、もうデンマークにはないでしょう。わたしたちは、外で失ったものを、内で取り返すしかありません」

アルゼン島の陣地を見たあとは、コペンハーゲンからまた往路と同じ経路をたどってハンブルクにもどった。ハンブルクからは直接オランダにはもどらず、いったんエッセンへ出た。クルップ製鉄所を見学するためである。クルップ社で釜次郎たちの一行は歓迎を受け、会社所有の豪華なゲストハウスに泊まることができた。

オランダへの帰路、列車の中で赤松が言った。

「この観戦で、なにか得るものはあったか？」

釜次郎は胴乱を軽くたたいた。中には、メモを記した帳面が入っている。

「たっぷりいいものを見た。デンマーク軍のあっけない敗退、退却にも驚かされたな。教訓的だ」

「おれは、プロシアという国家の力というか、勢いというか、それが、強く頭に残った」

釜次郎も同意した。

「そのうちプロシアは列強の仲間入りだな。ヨーロッパの小国と聞いていたが、あなどれん。日本にいたころは、北方の貧しい農業国、と覚えたものだがな」

「英明なる君主、指導力のある宰相、勤勉で勇敢な国民。ドイツを統一してやるという大きな野心。薩摩あたりが手本にしそうだな」

「薩摩が」

なるほど、薩摩がモデルとするには、プロシアは手ごろでかっこうの対象かもしれない。

第六章

1

釜次郎たちが観戦から帰ってきたおよそ三月後の五月一日である。内田恒次郎のもとに、パリから書簡が届いた。パリ滞在中の、第三回遣欧使節団からのものである。

たまたまこの時期、幕府は開港の一時延期、とくに横浜の一時鎖港を交渉すべく、交渉団をヨーロッパに派遣していたのだ。孝明天皇による攘夷《じょうい》の勅旨と、攘夷派諸侯の突き上げを受け、幕府は格好だけでも攘夷の姿勢を見せねばならなかったのだ。国内で沸騰する攘夷論の熱をさまし、とにかく多少の時間を稼ごうとしたのである。これがいわゆる横浜鎖港使節である。団長は、外国奉行の池田《いけだ》筑後守《ちくごのかみ》長発《ながおき》であった。

使節団からの書簡は、団員の中に病気となる者が出たので、オランダ留学生中の医師、林研海をパリに至急派遣してほしいとのことだった。内田にしてみれば、日本人使節団がパリにきているのであれば、ぜひとも会いにゆきたいところだった。

なにより留学費用の問題がある。軍艦奉行に対して留学費用追加送金の願いは出したが、返事も金もまだ届いていない。内田はやむなく諸経費をオランダ政府にたて替えてもらっているのだ。窮状を訴えるには、またとない機会だった。

内田は、留学生仲間に伝えた。

「呼び出されたのは林殿だけだが、金の向きの用件もある。わたしも、しばらくハーグを留守にする」

内田はただちに、林研海と共にハーグを出発し、パリで池田筑後守一行と合流した。

池田筑後守一行のフランス政府との横浜鎖港の交渉は、難航していた。何度も交渉がもたれ、一度などは池田が求めてフランス側外相と書記官だけを相手に秘密交渉をおこなっている。しかし、彼我《ひが》の主張のへだたりは大きかった。

池田筑後守は、次第にあせりを感じ、横浜鎖港は無理と判断するようになっていった。彼は諸国を歴訪して同じ内容の交渉をする予定であったが、これ以上のヨーロッパ滞在は無益であると考えはじめたのである。池田筑後守は、幕府の訓示を待たず、独断で帰国を決めるにいたった。

内田がいったんパリからハーグにもどってきたところに、またその使節団から呼び出しがきた。電報である。

内田と士分ひとりがパリに出向くべし、とのことだった。

こんどは釜次郎がすぐ名乗りをあげた。

「おれが行きたいが、どうです」

内田はうなずいた。

釜次郎は、翌日内田と共に、ハーグからパリ行きの列車に乗った。


使節団一行は、パリのキャプシーヌ街にあるオテル・グランに宿泊していた。ホテル二階のバルコンには日章旗が掲げられている。ホテルに入るとすぐ使節団の随員たちが迎えてくれたのだが、彼らは釜次郎たちを見ると、はっきりと困惑を見せた。

内田がすぐに気づいて、徒目付《かちめつけ》の斎藤次郎太郎《さいとうじろうたろう》という者に言った。

「この洋装のこと、ご不審のことと存じます。万事御国《おくに》ふうを誓ってまいりましたが、和装では当地市民の物見の目がうるさくて、勉学になり申しませぬ。オランダ海軍大臣カッテンディケ殿よりも強い勧告があり、留学中は洋装にてさしつかえぬ旨、小生が取締の名をもって許可しております」

斎藤は不快そうに言った。

「ならばしかたあるまい。ついてこい。筑後守さまがお待ちかねだ」

内田の話では、先日も別の随員に洋装のことをとがめられたという。

釜次郎は肩をすぼめてから斎藤のあとに従った。

部屋に入った釜次郎たちは、池田筑後守とのあいさつもそこそこに、数枚の軍艦の図面を見せられた。フランスの歓心を買う意味もあって、幕府がフランスから購入しようとしている軍艦のものだという。

池田筑後守は、向こうっ気の強そうな顔を釜次郎に向けて訊《き》いた。

「どうだ。これは使えそうか？」

釜次郎は子細に図面と数字を調べてから答えた。

「喫水《きっすい》が深すぎます。外洋で使うなら使えますが、江戸湾の防備が頭にあるなら、買わないほうがいいでしょう」

「新造艦で、売れるのはこれだけらしいが」

「買うくらいなら、むしろ新たに造らせてはいかがです。こちらが必要な仕様を出して、そのとおりのものを」

「そのほうがいいか？」

「洋服と同じなのですが、古着屋で吊《つ》るしを探すよりも、あつらえるほうが、使い勝手はずっといい。日にちはかかりますが」

　池田筑後守はあごをなでてから言った。

「もしわが国に必要な軍船について、腹案があるなら整理してくれ。帰国したら造ることを提案してみる」

「はっ」

　整理してみるまでもなかった。釜次郎は、今後もし日本が軍艦を建造するなら、どのような規模、どのような仕様、どのような装備のものがよいか、赤松たちと何度も話し合ってきた。いくらでも語ることができるが、即座に書面にまとめることも可能だった。

　内田が言った。

「明日、新造艦の仕様について、書面をお目にかけます」

　釜次郎と内田は池田筑後守の前から引き下がった。

釜次郎が提案しようとする幕府新造軍艦は、つぎのような仕様のものだった。
長さ　およそ八十メートル
大砲　二十六ないし三十門（三十ポンド砲）
船首大砲　六十ポンド旋条砲
喫水　できるだけ浅いもの
蒸気機関　六百馬力
推進機　マンニン式スクリュー、上下可動型
石炭貯蔵量　十二昼夜分
速度　毎時十里
主要部分の装甲は一インチ半、それ以外は一インチの鉄板
これは、いまヒップス・エン・ゾーネン造船所で建造中の軍艦よりも大きく高性能ということである。蒸気機関は二百馬力も強力であり、鉄の装甲もある。理想を言うならこの程度は欲しいというのが、この提案であった。
翌日、池田筑後守に、軍艦の仕様書を手渡した。
池田は訊いた。
「これを見せれば、フランスはそのとおりの船を造ってくれるのか？」

「さようにございます」釜次郎は言った。「その場合は、わたしと赤松大三郎が、オランダからフランスの造船所に駆けつけ、監督いたします」

ついでに釜次郎は、内田との連名で、御用金の融通方の願いを出した。

池田は即決した。帰国となれば、支度金には余裕ができる。そのうち十二万五千フランを留学生団に貸し与えてくれたのだ。さらに池田筑後守は部下に命じ、オランダ商事会社に対して、留学生団から借用申しこみがあった場合は即座に貸すよう依頼状を出すという。その金については、幕府が長崎にあるオランダ商事会社の支店で返済するということであった。

すでに交渉の打ち切りを決めた使節団の一行は、連日外交行事やら名所の見物で日を過ごしている。

釜次郎も、はじめてのパリで、できるだけ彼らと共にパリを歩いてみようと思った。

池田筑後守に軍艦の仕様書を手渡したその日の午後、オテル・グランのロビーで釜次郎が使節団の一行を待っていると、やがて徒士《かち》たちを露払いに、使節団がおりてきた。

正使の池田や副使の河津伊豆守祐邦《かわづいずのかみすけくに》、目付の河田相模守熙《かわださがみのかみひろむ》らと続いた。そのうしろが、草履取《ぞうりと》りたちであった。

内田が、小さく声をあげた。

「これは」

草履取りたちは、日本の礼法そのまま、尻《しり》丸出しの姿である。ふんどしを締めているとはいえ、これはヨーロッパでは絶対に見ることのできぬ光景だった。釜次郎も思わず下を向いていた。

ヨーロッパ滞在わずか一年で、おれは日本の風俗慣習が恥ずかしいと思うまでに洋化されてしまったのだろうか。オランダ正月を祝う蘭学者《らんがくしゃ》以上に、おれの頭の中はヨーロッパになじんでしまったのだろうか。

下を向いたまま、釜次郎は思った。思い直した。釜次郎、お前だって同じ日本人、ヨーロッパで学んだからといって、自分がなにかべつの者になったわけではないのだ。血も顔だちも身体《からだ》つきも、日本人以外のものではない。むしろ昨日、釜次郎たちの洋装を見て斎藤次郎太郎が見せた困惑のほうが、正しい美意識と言えるのかもしれないのだ。

そう思いつつも、パリで白昼堂々、それも一流ホテルのロビーで見る尻っぱしょり姿は、釜次郎を赤面させたのだった。もしいま誰《だれ》かが、あなたも日本人かと問うたなら、自分は否定しかねないとさえ感じた。

一行は、ロビーの客たちの複雑な表情を文字どおり尻目にして、表のキャプシーヌ街へと出ていった。

内田が言った。

「榎本さん。わたしは、パリをひとりで歩いてみたくなった。今夜また、部屋で」

釜次郎は、かまいませんよ、と言う意味をこめて、玄関口へと視線を流した。もしかしたら、この頑迷で保守的な男も、いまの自分と同じことを考えたのかもしれなかった。

釜次郎は、一行がキャプシーヌ街から消えるまで、その場で待つことにした。


パリはハーグと較《くら》べてずっと大きな街だった。通りがどこまでも尽きない。しかも大通りの両側は、見事に高さの揃《そろ》った石造りの建築である。ハーグやアムステルダムがレンガの街であるならば、パリは石の街だと言えた。

セーヌ県知事のオースマンという人物が、大胆な都市改造をおこなった結果なのだという。彼はナポレオン三世が十三年前クーデターによって帝位に就いた後、知事に就任、何度も革命や暴動の舞台となったこの街の大改造に着手した。

オースマンはまず道を広げて大通りを造り、五階六階建ての同じ規格の建物が並ぶよう、条例を定めた。さらに彼は街の各所に、噴水や大理石の彫像を置いた広場を設けた。セーヌ川にはいくつも新しい橋をわたし、ふんだんに予算をつぎこんでオペラ座を建てた。リボリ街やシャンゼリゼ通りは、最初から美観を最優先に造られた街路だ。ナポレオン三世の治下で、パリは生まれ変わった。この大改造に反対の意見もあるが、賛同する声のほうが圧倒的だという。

通りを行き交う馬車の数も多く、石畳の上で車輪の立てる音が一瞬たりともやむことはない。ひとびとの服装も、ハーグよりずっと華やかで垢抜《あかぬ》けているように見えた。オランダ人の知り合いが、パリはハーグとちがって、国際的な都市なのだ、という意味のことを言っていた。もう少し目が慣れたら、この街に住むひとびとの出身と国籍がいちいち区別がつくようになるのかもしれない。

釜次郎は街角の売店で、市内地図を買おうとした。最初、オランダ語で注文し通じなかったので、英語で言ってみたがだめだった。

しかたなく目で地図を探した。すぐに見つかった。釜次郎は小銭を何枚か差し出し、相手に価格ぶんだけ受け取らせた。ここは国際都市だとしても、と釜次郎は思った。こと言葉に関しては、日本なみの鎖国状態のようだ。

フランス語も習ってみようかとふいに思い浮かんだ。クーフールデンから聞いた国際法という言葉。彼はあの観戦旅行中に釜次郎に言ったのだ。

外交上の公用語は、フランス語だ。オランダ語でも英語でもない。外交交渉はフランス語でおこなわれ、二国間条約も本文はフランス語で記される。ましてや国際法は。だからあなたが御国の海軍創設のために役に立ちたいと願うなら、フランス語も習ったほうがいい――。

あとで真剣に考えてみよう。釜次郎は地図を広げながら、売店を離れた。


パリの中心部を三時間ばかり歩いて、この街の名所だという大建築を片っ端から見て歩いた。コンコルド広場から東のセーヌ右岸地区を歩いただけだが、さすがに疲れた。釜次郎は、その日の見学の最後を、パリ中央市場とすることにした。鉄張りの屋根を持つ大建築だという。オペラ座のような社交場や宮殿が、目をみはるほどの壮麗な建築であることはさほどふしぎではない。最先端の技術だって、金に糸目をつけずにそそぎこむことができるだろう。しかし、市場となると、市民の生活に直結する施設だ。そのような建物に使われている技術こそ、ヨーロッパ文明の基本にある工業技術だと見ることができるはずである。

パリからハーグへ帰る前の日のことだ。朝、早い時刻に目をさました釜次郎は、ホテルを出て早朝の市街へと散歩に出た。セーヌ河畔《かはん》へとおりて、川岸の遊歩道をゆっくりと歩いた。朝日が横から街を染めており、建物の壁には複雑な陰影がついて、日中とはちがった表情を見せている。遊歩道にはぽつりぽつりと人の影があり、セーヌの川面《かわも》を、小型の川船が下っていった。

前から、若者三人が歩いてくる。女ひとりをあいだに、両側に男。どことなく夜通し語り合ったか呑《の》み明かしたといった様子だった。小声で歌を唱《うた》っていた。

その三人とすれちがうとき、釜次郎はその歌が、先日もあの御者が唱っていた歌であることに気づいた。

釜次郎は脚をとめ、振り返ってその三人を呼びとめた。

「失礼だが」

三人も脚をとめ、振り返ってきた。なぜ呼びとめられたのか、怪訝《けげん》そうな顔だった。

釜次郎はオランダ語で訊いた。

「その歌はなんという名です？」

三人が首をかしげたので、釜次郎は同じことを英語で繰り返した。

黒い髪の娘が答えた。

「ラ・マルセイエーズ」

「ラ・マルセイ――」

「ラ・マルセイエーズ。共和主義の歌よ」

「ああ」

納得した。フランス革命のときに、革命軍が好んで唱ったという歌。やがて革命を象徴する曲となって、全国に広まったとか。

釜次郎は礼を言った。

「ありがとう」

三人はまた小声で同じ曲の続きを唱いながら、セーヌ河畔の遊歩道を去っていった。

ふたたび歩きだしてから、釜次郎は奇妙なことに思い至った。

彼女は、なぜこの歌を、フランス国歌とは言わなかったのだろう。

振り返ってみた。三人の姿は、その先の橋のたもとに消えようとしていた。

2

一八六四年の九月、釜次郎はイギリスにいた。イギリスの工業事情を視察するためだった。あとから、内田恒次郎と赤松大三郎がやってくることになっている。

釜次郎はまずひとりでロンドンにわたり、ロンドンのイーストエンドにある造船所や蒸気機関の製造工場、専門学校を見学していたのである。

なんといっても蒸気機関を発明したのはイギリス人であり、その後の改良も大部分イギリス人がなしてきた。オランダは、造船術でこそイギリスに勝っているが、最新の蒸気機関技術はやはりイギリス、という風潮がある。釜次郎としては、実際的な理由からもぜひともイギリスには行っておかねばならなかった。

内田恒次郎が、まず釜次郎ひとりのロンドン行きを認めた。釜次郎がひと足先にロンドンへきたのは、釜次郎が英語を話すからであった。最初はさっぱり通じなかった釜次郎の英語だけれども、ハーグでイギリス人と多少話す機会をもつうちに、耳も慣れ、舌も動くようになっていたのだ。内田にしてみれば、言葉のできる者を先に派遣して、多少は事情に明るくさせておきたい、ということだったのだろう。

おかげで釜次郎は、視察と研修三昧《ざんまい》のロンドン滞在を楽しんでいる。ロンドン郊外のウーリッチまで足を延ばし、王立兵器工場や王立軍需倉庫、大砲博物館なども見学していた。さらに十月からは、工業都市のシェフィールドやマンチェスター、リバプールを視察することになっている。こちらの諸都市やその近郊の炭鉱などで、蒸気機関が大量に使用されているというのだ。ぜひとも見ておかねばならぬところだった。

その日、釜次郎は大英図書館の閲覧室にいた。最新の蒸気学理論の文献を読んでいたのだ。少し離れた席には、体格がよくて顔じゅうに立派なひげをたくわえた中年の男が、さきほどからひたすら鉛筆を走らせている。男の身体からは精気が、それも知的な精気ともいうべきものが発散されているように感じられた。なんらかの学問の研究者のようだった。

やがて男は折り畳んだ原稿と筆記用具を鞄《かばん》におさめ、立ち上がった。一瞬、釜次郎と視線が合った。相手は一瞬、おやという表情を見せた。東洋人がいたことに驚いたのかもしれない。男はちらりと釜次郎のデスクの上の本の表紙に目をやってから、通路を通りすぎていった。

釜次郎はその日、夕刻まで大英図書館で本を読み続けた。たっぷりとノートを取り、その図書館を出てから、乗合馬車でシティ方面へと向かった。宿舎はオランダ公使の好意で領事館の中にとることができたのだが、この日はシティのほうを見てみたかったのだ。

セントポール寺院の前の広場で馬車をおりると、釜次郎は歌を唄いながら歩いてくる一団にでくわした。職工ふうの身なりをした男たちで、イギリス人ではないようだった。

またあのメロディを聞いた。

御者が唱い、若者たちが唱っていた歌。「ラ・マルセイエーズ」

釜次郎は立ちどまって、その一団が目の前を通りすぎてゆくのを見守った。その十数人の一団は、ひとりがフランスの三色旗を、ひとりが赤い旗を手にしていた。旗はさほど大きなものではない。

歩道の釜次郎の横には、べつの職工ふうの身なりの男たちがいた。旗を持つ男たちが通りすぎてゆくとき、職工たちは男たちに拳《こぶし》を上げてなにか声をかけた。男たちのほうからも、あいさつらしい言葉が返った。

旗を持った一団が通りすぎてから、釜次郎はその男たちに訊いた。

「なにがあるんです？　いまのひとたちは何なんですか？」

ひとりが、釜次郎の風体をじろりと一瞥《いちべつ》してから言った。

「ヨーロッパじゅうから、工員たちが集まってるのさ。国際的な労働者の組織を作ろうってな」

それがどんなものか知らなかった。しかし、それに参加する職工たちが「ラ・マルセイエーズ」を唱っているのだ。察するに、共和制か革命になにかしら関係する組織ということになるのだろう。

一八六四年の九月二十七日である。


翌月十月の十七日、赤松大三郎がロンドンにやってきた。

赤松は、領事館の一室で旅装を解かぬうちに言った。

「ヒップス造船所で建造中の船に、名前をつけることが決まった。命名式は十一月十八日だ」

釜次郎は言った。

「そのときは、おれはちょうどマンチェスター方面に旅行中だぞ」

「単なる儀式だ。おぬし抜きでも、ことは運ぶさ」

出席できないことについては少し寂しくも感じたが、もともと釜次郎は儀式めいたことがきらいなたちだ。内田恒次郎とはちがう。自分は工業地帯の見学を優先させるべきだろう。

釜次郎は気になって訊いた。

「それで、日本名は決まったのか？」

「決まった。軍艦奉行から、こう命名しろと通知があった」

「なんという名前だ？」

「開陽。開陽丸だ」

思わず笑みがこぼれた。伊沢謹吾だ。彼の案だ。彼はいま軍艦奉行並のはずである。以前、伊沢謹吾には、将来建造されるべき幕府海軍の旗艦《きかん》の名として、「開陽」と提案したことがあるのだ。

開陽は、その字義をストレートに訳せば、朝ぼらけということになる。オランダ語では、フォールリヒテル、ということになるか。

中国では、この開陽という名は、北斗七星の柄杓《ひしやく》の柄《え》の、二番目の星につけられた名でもある。かつては、北極星であった。地球の自転軸は二万五千年の周期でゆっくりと移動しているから、北極星にあたる星は不動というわけではない。中国に天文学が生まれたころは、この星が北極を指し示していたのである。天はこの星を中心に回るように見えるから、光を闇《やみ》の中に引っ張り出す力を持った星とも考えられた。開陽、とはそこからつけられた名だ。釜次郎は子供のころ、父親の円兵衛からそう教えられた。開陽が北極星であったのは、およそ六千年ほどむかしのことであったとも。

いっぽう、北斗七星の柄杓の柄の一番目、先端の星を、中国では破軍星という。この星に向かって軍を進めるなら、必ず敗れるという言い伝えがある。つまり破軍星は将軍の星だ、ということもできるのだ。

開陽はだから、その将軍のすぐそばに従う星ということになる。幕府艦隊の旗艦にはうってつけの名ではないか。

それを釜次郎は何度か伊沢謹吾と話したことがあったのだ。築地の操練所でのことだ。やがて自分たちが手に入れる幕府海軍の旗艦には、どんな名がよいかと。

「破軍の星に従う星が開陽か」伊沢謹吾は釜次郎の知識に感嘆を見せて言ったものだ。「しかも、かつては北極星であったと？　極北を指し示す星の名が、開陽というのだと？」

伊沢謹吾は、そのときのことをよく覚えていて、いまこの名を採用すると伝えてきたわけだ。

「開陽」と、釜次郎は口に出してみた。「いい響きだな」

「文字面もいい」と赤松。「船首に、墨書きした銘板を打ちつけるつもりだ」

釜次郎はもう一度言ってみた。

「開陽。日の光をもたらす星。将軍につき従う星。極北を示す星。フォールリヒテル。夜明け。じつにいい名前だ」

赤松は、伊沢謹吾からの命令と一緒に、また新しい日本の情報もいろいろ教えてくれた。いまや布施《ふせ》鉉吉郎《げんきちろう》や肥田《ひだ》浜五郎《はまごろう》など、留学生の二陣、三陣が、第一回留学生組に加わっている。このため、新聞や書状や使節団の公式的な発言ではうかがい知ることのできなかった日本の事情が、かなり詳しく伝わってきたのである。

釜次郎は、薩英戦争のその後や、長州による外国船攻撃の話を聞いた。報復として、英仏米蘭の四カ国は連合艦隊をくみ、長州を攻撃する計画だという。つい三月ほど前には、孝明天皇は公武合体派の雄藩を味方につけ、強硬策に打って出て、京から長州藩や攘夷過激派の公卿《くぎょう》たちを一掃した。いずれもはじめて耳にすることであった。また、築地の操練所が、この年の三月に焼けたとのことだった。

「三月に焼けた？」驚いて釜次郎は訊いた。「どうなるのだ？」

赤松は言った。

「そのことだがな。操練所は神戸《こうべ》に移るかもしれぬ。勝さんが、直接管轄するらしい」

「勝さんが」

赤松によれば、勝麟太郎は完全に復権を果たしたというのだ。この年元治《げんじ》元年の五月からは、軍艦奉行となって、二千石を取り、安房守《あわのかみ》を名乗っている。勝安房守義邦《よしくに》というのが、いまの彼の名である。

老中水野忠精《ただきよ》の引きによるものであるが、将軍家茂の意向が働いたこともまちがいないという。その経緯を振り返ってみると、こういうことであった。

二年前の文久二年（一八六二年）八月、ということは、ちょうど釜次郎たちオランダ留学生が長崎を出航するころであるが、勝は軍艦奉行並に抜擢《ばってき》された。海軍建軍問題で、一橋慶喜に感銘を与えたことが直接の契機となっている。しかし再抜擢されたとはいえ、勝ももはや幕府海軍（軍艦組）内部では自分に人望がないことは承知していた。とくにかつて咸臨丸に共に乗り組んだ面々には。

そこで勝も自分から咸臨丸組とは縁を切った。順動丸《じゅんどうまる》という小型軍艦を買い入れ、これを自分の乗艦としたのだ。幕府海軍の内部に自分の居場所をつくり出したわけだ。事実上、自分の城を手にした、ということである。乗組員も咸臨丸組以外から選んだ。

順動丸を手に入れて、勝はつぎに取り入る相手を将軍とさだめる。文久三年四月、将軍家茂が上洛《じょうらく》していた際、勝は家茂を順動丸に乗せ、大坂湾の警備状況を視察させた。

海の上、艦の上では、将軍よりも艦長のほうが絶対的な権威者である。乗客は自分でも意識せずに、艦の指揮官に依存的になる。そこで艦長が乗客の敬意と賛嘆を勝ち取るのは、ごくごく容易なことであった。家茂は小さな艦の上で、勝の存在を強く印象づけられた。じかに声を交わして、家茂はすっかり勝が気に入った。

将軍の覚えがよろしくなった。勝は職階では「並」(次官)という扱いではあるが、木村やもうひとりの軍艦奉行・内田正徳《うちだまさのり》と対等、あるいはその上に立つ存在として振る舞うようになった。

しかし勝の能力については、伝習所の卒業生や咸臨丸の乗組員はよく承知していた。彼らの目には、勝はいよいよ「口だけ達者な」政治屋として、自分たちの上に君臨してきたと映った。軍艦組の頭取たちは、この年八月、まとまって辞表を提出、病気を理由にしていわば同盟罷業《ひぎょう》に入っている。

軍艦組から総すかんをくったわけだが、勝は老中たちばかりかすでに将軍まで味方にしている。頭取たちの反抗など、いまやどうということはなかった。

私怨《しえん》で辞表を出したのならさっさと辞めろ、と返答している。

頭取の小野友五郎などは、そのとおりにした。海軍を辞めて勘定方に移ったのだ。

小野は伝習所第一期生で、洋算と天測術の天才だ。咸臨丸の乗組員の中で、ブルック海尉がほめたふたりのうちのひとりである。しかし咸臨丸が太平洋上にあったときとはちがって、こんどは小野友五郎は、勝のもとから去ることができた。小野は先に出した辞表を撤回せず、勝が支配する海軍をきっぱり捨てたのだった。受けた教育と、その専門能力の高さを惜しまれながら。

前年の四月の話にもどると、順動丸の艦上で家茂に取り入ることに成功した勝は、自分があたためていた神戸海軍操練所の建設構想を家茂に話したのだった——。

赤松は言った。

「上さまは、船の上で勝さんに神戸海軍操練所開設の許可を与えた。いま築地が焼けたとなれば、こんどできる神戸の操練所が、幕府海軍唯一の海軍学校となる」

釜次郎は首をかしげた。

「なんでまた神戸に？」

「京に近いから。いや、お江戸から遠いからか。勝さんは将軍さまを丸めこみ、私塾を開くことも許されたそうだぞ」

「操練所を作って、ほかに私塾まで必要なのか」

「操練所は幕臣の子弟しか入れるわけにはゆくまいが、私塾であれば、勝さんの目にかなう人物ならば、誰でも入れることができる」

「幕府に有用な人材なら、私塾に入れることはないだろう」

「子飼いを作る気なのだろう。いま勝さんのもとには、諸藩や脱藩のいかがわしい輩《やから》どもが集まっている。いや、集めていると言っていいか。勝さんはその門弟たちを食わせるために、諸侯に金を出すよう求めて歩いているそうだ」

「徳川家のではなく、直接の自分の配下を育てようという腹か」

「そういうことだろうな。江戸から離れた神戸に操練所ができて、軍艦奉行の自分がそこを監督するとなれば、勝さんはつまるところ幕府海軍を自分の意のままに操ることができる」

「見限ったな」

「なに？」と赤松が訊いた。「誰が、なにを見限った？」

「勝さんよ」釜次郎は言った。「勝さんは、徳川家を見限った」

「まさか」

「いいや。まちがいあるまい」

釜次郎は、伝習所時代の鹿児島への実習航海のときのことを思い起こしていた。あのとき勝は島津斉彬と長いこと密談、妙に意気投合したようだったのだ。あの前後から、薩摩藩は公武合体運動の推進者として、政治の表舞台で積極的な役割を演じるようになっている。いっぽう同じころから勝も、公然と公武合体論を唱えるようになったと聞いている。そして、いまや将軍じきじきの許可を得て、神戸に操練所を開く。

釜次郎の直観で言えば、それは勝が操練所と徳川海軍をわがものにして、自分の構想する政権のもとに走ろうとしている。彼が唱える公武合体のその「武」とは、すでに徳川家を意味してはいまい——。

釜次郎はそれを口にはしなかったけれども、赤松は釜次郎の胸のうちをなんとなく察したようだった。

赤松は、めずらしく暗い調子で言った。

「故国は揺れ動いているな。おれたちが帰国するまで、幕府は安泰だろうか」

釜次郎は言った。

「安泰ではない。だが、ありがたいことだ」

「ん、どうして？」

「おれたちと開陽丸には、たぶん帰ったその日から働き場所があるんだぞ」

根拠があって言ったわけではなかったが、あたらずともそう遠からずの予測だろう。ふいに身震いがした。赤松に気づかれぬように、釜次郎は大きく伸びをしてごまかした。

赤松が言った。

「さあて、釜次郎さんも、だいぶロンドンに慣れたろう。遊び場に案内してくれんかのう」

釜次郎は苦笑した。オランダでも、赤松の遊廓《ゆうかく》通いは有名なのだ。懇意にしている女が何人もいるという。釜次郎も登楼《とうろう》の経験はあることはあるが、通いつめたりはしていない。好きではないと言うよりは、やはり自分は飯代も倹約しなければならぬ留学生である、という意識がある。国費を使って遊女を買うことには、抵抗があった。

「案内してくれ」と赤松がなおも言う。

釜次郎は言った。

「ひとりで行け。おぬしの鼻なら、どこにあるかすぐに見つけ出すさ」

「そうするか」

赤松はコートのボタンをとめながら椅子《いす》から立ち上がった。


内田恒次郎もロンドンにやってきたので、釜次郎は先に見聞していたイギリスとロンドンの諸事情を要約して報告した。その中には、釜次郎が目撃した国際労働者協会なる組織の結成のこともあった。釜次郎は、内田がくる日までに国際労働者協会のことも多少調べていたので、その団体がどのような性格で何を目的としているか、その団体の結成がヨーロッパでどのような意味を持つのか、ということについても解説できた。

ひととおり話を聞くと、内田は苦々しげに言った。

「そいつはまるで、公然と一揆《いっき》を相談するようなものではないか」

釜次郎は、苦笑して思った。このひとは、なかなか幕府の高級官吏候補生という視点以外の目を持ちえないようだ。

釜次郎は言った。

「公然と語られることであれば、なにかしら道理があるということでしょう。わたしはむしろ、陰の謀《はかりごと》こそ心配すべきだと考えるようになりましたが」

3

年があらたまって、一八六五年となった。この年一月一日は、和暦では元治元年十二月四日であるが、留学生たちがオランダの元旦を無視することもできなかった。

釜次郎は礼服を着て、ハーグ組の沢や内田のもとへ年賀のあいさつにまわった。

内田の下宿で、釜次郎は彼に今年の抱負を口にした。

「今年は、フランス語も習おうと思います。教師をひとり雇うつもりです」

内田は言った。

「そのぶんのかかりを、出してくれと言うのだな」

「はい。わたしの手当てを増額してくれませんか」

「台所はかつかつだ。なんとかやりくりできんのか」

内田は真顔だった。駆け引きしている表情ではない。釜次郎はすぐ引き下がった。

「わかりました。なんとかします」

正月が明けるとすぐ、釜次郎は礼服を売り払った。どうせ年に何回も着ないのだ。最初からこんな物をあつらえることが無意味だった。釜次郎は礼服の代金を受け取って、それが個人教授十二回分程度にはなると計算した。週に一回講義を受けるとして、三カ月学ぶことができる。中身の濃い講義にしてもらわねばならなかった。

四月、釜次郎は内田から、御軍艦組の改革があったことを知らされた。新しい軍艦奉行は、小栗上野介《おぐりこうずけのすけ》忠順《ただまさ》と石野《いしの》民部《みんぶ》である。

内田は言った。

「勝さんは、お役御免となったそうだ」

釜次郎は驚かなかった。

「そうですか。理由は？」

「そこまでは知らされていない。たぶん」

「たぶん？」

「幕府はもうしめえだ、と言い過ぎたのじゃないのか」

内田の口調には、はっきりと嫌悪が表われている。内田は、勝のような者を低い身分からいきなり取りたてる風潮が、そもそも気に入らないのだ。

内田は、苦いものでも口に入れたような顔で続けた。

「勝さんは、小身の出でありながら口が過ぎた」

釜次郎は、勝を弁護する気はなかったけれども、内田に言った。

「誰もが信じるところを自由に口にしていい。そいつを、わたしはハーグの議会を傍聴して感じましたが」

釜次郎はこの二年のあいだに、何度もオランダの国民議会を傍聴して、この国の共和制時代からの伝統である自由闊達《かったつ》な議論というものに触れてきた。大いに触発されてきたと言ってもいい。

釜次郎は続けた。

「勝さんの困ったことは、低い身分から出て好きなことを言ってるところにあるんじゃありませんよ」

「じゃあ、なんだと言うんだ？」

「あのひとの言葉は、なんというか、薄っぺらに感じられるというところです。何を言うにしても」

「いずれにせよ、お役御免だ」内田は鼻で笑いながら言った。「帰国が、またいくらか楽しみになってきた」

それにしても、と釜次郎は思った。歯に衣着《きぬ》せずの幕府非難を繰り返していたようだから、勝のお役御免は当然だとは思う。でも、そうなると家茂や水野忠精からの引きは、いったいどこにいってしまったことになるのだろう。勝は、ふたりの寵《ちょう》愛《あい》をも失ったということなのか。

勝はともかく、と釜次郎は思った。軍艦奉行並だった伊沢謹吾はどうなったのだろう。いまは何の役についているのだろう。彼はもともと有能な官吏の資質を持っている。政治的な発言がすぎて上の不興を買ったりはしていないはずだが。


開陽丸の進水式が、一八六五年の十月十七日にとりおこなわれることになった。命名式からおよそ一年後である。開陽丸の龍骨《りゅうこつ》が据えられてから数えると、約二年の月日がたっていた。

その日、ドルドレヒトのヒップス・エン・ゾーネン造船所周辺には、ドルドレヒトやロッテルダムの市民が数千人も集まっていた。開陽丸の進水は、それだけのニュースだったのである。というのも、開陽丸の大きさは二千六百トン。ヒップス造船所では、これまで建造したことのない大きさの船であり、しかもヒップスのような民間造船所が軍艦を建造したということも、近年のオランダでは例のないことだったからである。

そのうえ、これは日本の注文によって造られた船であった。ハーグやドルドレヒトでは、もう日本人留学生たちは市民の中に溶けこんでいるが、到着当時の騒ぎはまだひとびとの記憶に新しい。その日本人たちのオランダ留学の目的のひとつが、オランダから最新式の軍艦を購入して帰ることであった。つまり、日本人がオランダに滞在していた意味が、いまかたちをとって現われるのである。物見高い市民にとっては、これは見ものであった。当日、造船所の周囲には、着飾った市民が昼過ぎから集まりはじめた。

造船所内の足場の上に、式典の会場が設置された。この会場には、オランダ政府を代表して海軍大臣のカッテンディケがやってきたほか、大勢の海軍関係者、あるいは留学生たちを教える教授たちも招待された。

釜次郎は、パリから駆けつけた。この時期ちょうど釜次郎は、パリで沢太郎左衛門と共に火薬製造工場を視察し、相手かたからの火薬製造設備一式の売りこみを受けていたのだった。初めてのパリ旅行から一年、語学にもともと天分のある釜次郎は、もう不自由ないまでにフランス語を身につけていた。

釜次郎はこの進水式のあと、開陽丸の蒸気機関の取り付け作業に立ち会うことになっている。しばらくは、その工事がおこなわれるヘレフートスライスで暮らすことになるだろう。

この日は、オランダ各地に散っていた留学生たちのうち、海軍関係のほとんどの者が集まった。内田恒次郎、榎本釜次郎、沢太郎左衛門、赤松大三郎、田口俊平などである。職方の上田寅吉、山下岩吉などは、このドルドレヒトで、開陽丸の建造にも直接たずさわっていた。もちろん彼らも出席している。

内田は黒紋付きの礼装に大小を差している。あとはみな洋装の礼服姿だ。釜次郎は礼服をすでに売り飛ばしていたので、借り着である。

職方のひとり中島兼吉はオランダ人女性と結婚して娘をもうけており、夫人子供連れでこの式典に参加した。

内田は中島を見て苦々しげな顔をした。

「まったくあいつは」と内田は釜次郎に小声で言った。「嫁をもらってしまったことはしかたがないが、こういう席にはひとりでやってくりゃあいいのに」

釜次郎は、仲むつまじい中島夫妻の様子を見ながら言った。

「この地では、夫婦同伴がふつうですからね。オランダのおなごと夫婦になった以上、そうもゆかんでしょう」

「あいつも、万事御国ふうを誓った身だぞ。はっきり聞いてはいないが、たぶん婚儀は耶蘇《ヤソ》教の流儀でやったにちがいない。帰国したら、厳しく取り調べがあるぞ」

「要は、中島が洋式鋳造技術を習得したかどうかです。あとのことはどうでもよいのでは？」

内田は不快そうに釜次郎を見つめてきた。

「中島の肩を持つな。ひょっとしておぬしは、中島がうらやましいのではないか？」

釜次郎は否定しなかった。

「やつは、日本のさまざまなしがらみから自由です。少々、まぶしく見えますよ」

「おぬしまで、オランダ人の嫁をもらうなどと言いだすなよ。わたしの監督不行き届きということになる」

赤松大三郎がやってきて、釜次郎の隣りの椅子に腰をおろした。

赤松は、中島夫妻を見て屈託なく言った。

「あいつもやるのう。おれも、ひとりひいてやってもいいと思う女がいるんだが」

内田はいっそう苦々しげな顔になった。

「たいがいにしておけよ。おぬしの遊里通いは、度が過ぎてる」

赤松は笑って言った。

「女のことで頭に血が昇っていては、勉学などやってられるものじゃありません。

我慢は身体の毒、頭の働きを鈍くさせます。すっきりさせるために、やむなくやってることですよ」

「もういい。ここではそういう話をするな」

式典会場が静まった。釜次郎たちが居ずまいをただすと、会場の壇上に、ひとりの中年男が立った。オランダ商事会社の役員らしい。オランダ商事会社は、開陽丸建造の代理人である。日本政府はオランダ商事会社を通じて、建造の注文を出したのだ。

男は話しはじめた。

「紳士淑女のみなさま。海軍関係のみなさま、それになにより日本海軍のみなさま。本日は開陽丸、オランダ名フォールリヒテルの記念すべき進水式でございます。この開陽丸は、日本政府がわが社に発注したもので、ごらんのとおり、二千六百トン、全長七十二メートルの巨体を持ち、蒸気フリゲート艦であります。四百馬力の蒸気機関は、本日の進水式の後、ヘレフートスライスで本艦に搭載される予定となっております――」

男はそのあと、開陽丸の完成はあと一年後であること、オランダ海軍と日本人留学生一行がこの艦に乗りこみ、日本まで回航することになっている旨を話した。

「ご承知のように」と、男は締めくくった。「わが国と日本とは二百五十年の長きにわたって友誼《ゆうぎ》を保ち続けてまいりました。ならばこの開陽丸は、両国民の友情のあかし、友愛の成果であり、深い相互理解の象徴にほかなりません。開陽丸が、将来にわたって両国の平和と友好を守る船となることを祈って、進水を祝いましょう」

拍手があって、海軍大臣のカッテンディケが前に進み出た。カッテンディケは、内田を手招きすると、一本の瓶を内田に手渡した。発泡性の葡萄酒《ぶどうしゅ》の瓶のようだった。カッテンディケと内田は一本ずつ瓶を持って、船首に向けて作られている階段を昇った。

カッテンディケは、階段の最上段で参列者をみまわし、それから瓶の中身を開陽丸の船首に注いだ。内田が同じように続いた。発泡性の酒がすべて船首にそそがれたところで、盛大な拍手が起こった。内田は階段の上で深々とお辞儀をした。

船の進水台を留めていたトリガーが、巨大なハンマーによってはじき飛ばされた。盤木は、昨日までにすべてはずされている。開陽丸の船体がゆっくりと動き出した。開陽丸は、式典出席者の前からあとじさりするかのように、架台の上を移動してゆく。架台はわずかに傾斜しており、船体はドックの外、アウデマース川へと出て行くのだ。

開陽丸の後退の速度が速くなった。自分の重さを持て余した巨象のように、勢いをつけて滑ってゆく。見物客の中からどよめきが上がった。大きな水音がして、開陽丸はついにその尾部を水の上に乗せた。大量の水が押しのけられた。その水はアウデマース川の岸壁に津波となってぶつかり飛散した。見物客のあいだからは、悲鳴があがった。

「あっ」と叫びながら、船大工の上田寅吉が立ち上がった。

釜次郎も思わず立ち上がっていた。

この巨艦の建造に立ち会ってきた赤松も続いた。あとはみな一斉に、椅子から腰を浮かしていた。

赤松が、狼狽《ろうばい》した声で言った。

「まずい。対岸に乗り上げちまう」

アウデマース川の川幅は、三百五十メートルあるかないかだ。水深もさほどあるわけではない。この勢いでは、たしかに乗り上げてしまいかねない。しかし、もうなるようになるしかなかった。釜次郎は目をみひらいたまま、川へと突き進んでゆく開陽丸を見送った。

開陽丸は慣性のままに川を突っ切り、対岸側の浅瀬に乗り上げた。砂をかむ、ずずずっという音が聞こえてきた。岸壁にぶつかるか、と心配したが、さいわい岸壁には達しなかった。開陽丸は浅瀬の上で慣性を失い、静止した。

釜次郎たちは顔を見合わせた。

ひとり、オランダ商事会社の役員が、おろおろして言っている。

「なんたって、うちで造った一番大きな船なものですから。このところ、一隻《せき》造るごとに船は大きくなってしまって」

赤松が釜次郎に顔を向けて言った。

「心配ない。船体には損傷はないと思う。満潮になって曳《ひ》き船を使えば、引っ張り出せる。ヘレフートスライスに送ってやるから、蒸気機関の据えつけを頼んだぞ」

釜次郎はうなずいたが、二千六百トンの船の質量にはあらためて驚く思いだった。幕府はいま海軍造船所の予定地をあれこれ検討中だが、こうなると、この事態を参考にしなければならないだろう。ドックの向かい側に十分な広さと深さの海がなければならない。内海は安全で作業もしやすいが、船を出せなければ意味がない。

釜次郎は、オランダにきて英語教材のひとつのつもりで読んだロビンソン・クルーソーという人物の物語を思い起こしていた。たしか彼は森の中で素晴らしい木を見つけて丸木舟を造ったのだが、どうやって海に浮かべるかということまで考えていなかったのだ。その丸木舟の建造は無駄になった。

開陽丸は、どうにかロビンソンの丸木舟にはならずにすんだようだが。

その夜、ドルドレヒト市のハルモニー・クラブで、日本側主催の晩餐会《ばんさんかい》が開かれた。内田が派遣団長の名で、造船所関係者や海軍関係者を大勢招待したのである。造船所の関係者の中には、造船所のさまざまな職種の職工たちが入っていた。代表たち二十人ばかりである。階級を抜きにしての招待だった。

乾杯のあと、この職工たちが会場の楽団の前に出てきて並んだ。特別に作った歌を披露したいという。釜次郎たちは、グラスを持ったまま、その職工たちの前に立った。

彼らは、唱い出した。

　きたれ、友よ、胸をひらきて
　いましも宴《うたげ》ははじまりぬ。
われらはいまここ、ハルモニー・クラブ

飾りたてられたホールにあり。われらは造船工、
胸を張って名乗らん、われらは造船工、
ヒップス造船所の腕自慢。
われらは造った、日本のために。
その名も「夜明けの船」という軍艦を。
かくもがっしりとたくましく、
しかも優美このうえない船を。
われらはこの歌を、日本政府に捧げよう。
かくも愉快なひとときを、永遠に胸にとどめよう。
きたれ、われらは心をひとつに、
精一杯にほがらかに
かの紳士たちに祝杯を捧げん。
日本よりきたりし、かの紳士たちに……。
歌は山場にかかったようだ。
歌声は、ひときわ大きいものとなった。

唱え、造船工たち、船を愛する者たちよ。
大声で、高らかに唱え。
われらが造船所の繁栄を。
われらが造船業の明日を。
そしてすべての船の幸運を。

合唱が終わるやいなや、ホールは爆発するような盛大な拍手に満たされた。釜次郎はグラスを近くのテーブルの上に置くと、思い切り大きな音を立てて拍手した。留学生たちはみな頰《ほお》を赤くして拍手している。沢太郎左衛門などは、目をうるませていた。拍手は続き、なかなかやまなかった。

手をたたきながら、釜次郎は思った。

自分たち留学生がいずれ何か唱う機会を与えられたら、そのときの歌はこの曲であってもよいのではないか。あとで歌詞を聞きなおし、記録しておこう。

合唱が終わり、釜次郎がワイングラスを手に内田と話していると、顔見知りになった造船工が釜次郎の前に立った。ハンカラーシルクという、工作職工長である。

ハンカラーシルクは釜次郎に言った。

「おもしろい仕事をやらせてもらいました。釜次郎さん、わたしもこれでヒップス造船所との契約が切れます」

釜次郎は訊いた。

「親方《ミースターネヒト》は、造船所の従業員ではなかったのですか？」

「ちがいます。大きな船なので人手が足りず、造船所はわたしたちを期限つきの契約で雇ったのです。船が完成したので、わたしは部下と一緒にまたどこかに移ります」

そういえば長崎の伝習所の教官たちも、オランダ海軍以外の者はみな契約制で日本にやってきたのだった。彼らは、自分の専門能力を売る。できるだけ高く買ってくれる相手に売る。そしてその契約が結ばれているかぎりは、自分の仕事に全身全霊を打ち込む。しかし契約相手に滅私奉公するのとはちがう。契約相手とは対等であり、契約が切れたら、あるいは契約が履行されなければ、そこで雇い人と雇われ人との結びつきも解かれる。ヨーロッパでは、この主従のありよう、この雇用のありようがふつうなのだ。職工たちの場合だけではない。中世の領主と騎士とのつながりもそうだったという。俸禄《ほうろく》を保証するかわりに、領主は騎士たちを戦争に動員することができる。ただし、たいがいの場合、動員は一年に四十日以内という契約だったとか。主君といえど、配下の者の人生をまるごと手に入れるわけではないし、生殺与奪の権利を握るわけでもないのだ。釜次郎はいまなら、この契約という概念もかなり理解できるようになっている。

釜次郎は訊いた。

「こんどは、どちらへ行かれるのです？」

ハンカラーシルクは言った。

「ロッテルダムに、メースセンという造船所があります」

「ヒップスの商売敵ですね」

「あちらが、来月からやはり大型船の建造にかかるとか。大型船についてはわたしたちも腕を上げましたので、あちらに売りこんでみようと思っています。それとも」ハンカラーシルクは、微笑しながら言った。「日本で造船職人の一党が必要でしょうか？」

「必要としているはずですが、残念ながらその交渉をする権限はわたしにはないな。でも、帰国してそんな話が出たときには、あなたのことを思い出しますよ」

「いい船を造って差し上げますよ」

釜次郎はハンカラーシルクをねぎらって握手した。

そこにカッテンディケ海軍大臣がやってきた。彼はこのところ体調がすぐれないのか、あまりいい顔色をしていない。

カッテンディケは、進水の祝辞を簡単に口にしてから言った。

「フランスに、造船所一式を買うための使節団がきておりますな」

内田が答えた。

「いいえ。造船所を買う使節団ではありません。各種の兵器や機械類を、イギリス・フランス両国で視察する、という使節だと聞いています」

「いいや」カッテンディケは、いくらか悲しげに首を振った。「わたしのもとに入ってきている情報では、御国の政府は、海軍の造船所を横須賀《よこすか》に作ると決め、設備一式をフランスから買うと決めた。ちがいますか？　わが国でもいくらでもお役に立てるというのに、オランダを無視するかたちで、です」

それは、柴田日向守剛中《しばたひゅうがのかみたけなか》を団長とする遣仏使節団のことであった。ちょうどパリ滞在中である。

柴田日向守は、製鉄所（造船所）建設に関《かか》わるいっさいのことをフランスに協力を求めるために派遣されたのだった。また陸軍教官の派遣についても、柴田がフランスと交渉することになっていた。協力を依頼する相手がオランダではなくフランスとなったのは、駐日フランス公使ロッシュの強い運動によるものである。これに対してイギリスは不快を表明しており、幕府は使節団の訪仏目的を正確には諸外国に発表しなかった。イギリスにも、兵器類や機械類の視察にゆく、ということにしてある。しかし、フランスは日本から造船所の受注があったと大々的に発表している。これには釜次郎たちも困惑したのだった。

内田は、あくまでも公式に伝えられていることですまそうとした。

「閣下、あの使節団はけっしてフランス政府が言っているようなものではありません。少なくとも、わたしはそうは聞いておりません」

カッテンディケは釜次郎に顔を向けた。

「あなたもそうお考えかな、榎本さん」

釜次郎はもちろん、ほんとうのところを知っている。第二次留学生の肥田浜五郎は、そのために先日パリにおもむき、柴田と打ち合わせてきているのだ。幕府は、今後は海軍のみならず陸軍の改革、強化についても、全面的にフランスに頼るつもりでいる。

たぶん幕府は、文久の遣欧使節や池田筑後守一行の報告を聞いて、フランスの国力はいまやオランダをはるかにしのぐと判断したのだろう。首都のパリの壮麗さが、伝えられたのかもしれない。だから幕府は、模範とすべき相手を切り換えたのだ。これからはフランスだと。

釜次郎は、言葉を選びながら言った。

「幕府は、われわれが帰るのを待ちきれなかったようです。焦って、てっとり早くすませようとしているのだと思います」

「焦っているからといって、なぜフランスなのです？　フランスの技術のほうが優秀だと言うのでしょうか」

「幕府がそう決めた根拠はわかりません。江戸では、なにかフランス政府に借りでもできたのではないでしょうか。薩摩の起こした生麦事件のような」

「そんな話は存じませんな」

「ともあれ、幕府はオランダ政府との関係を絶つつもりではない、とわたしは思います。ただ、選択の幅を広げたのはたしかのようです。もしかすると、財政窮乏の幕府にはありがたい申し出があったのかもしれません」

「お忘れなく」とカッテンディケは言った。「わが国と御国との二百五十年の友誼の歴史を。御国が海軍伝習所を設ける際、われわれは、損得勘定は抜きで援助し、協力し、ひとを送り、惜しみなくすべてのことを伝授したのだ。少なくとも、このカッテンディケはそうであった」

内田が言った。

「承知しております、閣下。わたしたちもオランダにいて、幕府の意向がつかめていません。早急にこの榎本をパリにやって、事情をたしかめさせるつもりでおります。ですから、きょうのこのめでたい席では、ひとつどうか穏便に」

カッテンディケは釜次郎を見つめて言った。

「では使節団には、お伝えください。海軍のことなら、船のことなら、オランダがあると。フランスがどんな条件を提示したのかは知らない。しかし、オランダ国民と御国との長い友誼は、船の値が多少ちがうからといって無下にされるものではありますまいと」

釜次郎はたしかめた。

「無下にされたとお感じなのですね」

「言葉はきつすぎるかもしれません。だがこのカッテンディケ、この話を少しく悲しい想《おも》いで聞いたことは事実です」

「パリで、使節に閣下のお言葉をたしかに伝えます」

釜次郎がパリにおもむいたのは、それから九日後の十月二十六日のことである。柴田日向守一行は、コンコルド広場に近い屋敷を借り上げ、ここを宿舎としていた。食事は毎回、近所のレストランから運ばせるのである。文久の遣欧使節団の不行跡のことが反省されていたのか、この使節団は万事ひかえめで、団員ひとりひとりへの管理も厳しいものだった。彼らは夜はほとんど外出することもなく、身分ごとに屋敷の部屋に集まって、茶でときを過ごすのである。

釜次郎は使節団の外国奉行支配組頭・水品楽太郎《みずしならくたろう》に先に会い、オランダ海軍省からの非公式のメッセージとして、カッテンディケの言葉を伝えた。ついで釜次郎自身の意見をつけ加えた。

オランダの造船技術はフランスに遜色なく、蒸気機関の製造技術についても、けっしてイギリスに劣るものではない。いまオランダが多くの留学生を受け入れてくれているこの時期に、幕府がわざわざ造船所の建設をフランスにまかせるというのは非礼であり、技術の効率的な継承という視点から見ても、まずい判断ではないかと。

水品は、日向守に伝えると言って釜次郎の泊まったオテル・ミラボーを去っていった。

翌日、迎えに案内されて、釜次郎はジャン・グージョン街の屋敷へと出向いた。

前日の釜次郎の言葉は、使節にまちがいなく伝わっているとのことだった。

日向守の部屋に通されて、釜次郎は一礼した。顔を上げると、椅子に腰をおろした日向守は、見るからに不愉快そうだった。

またこの洋装が問題なのか。

釜次郎は言った。

「日本人欧州派遣団、榎本釜次郎にございます。オランダ海軍省からの伝言をいいつかってまいりました」

「聞いた」と、謹厳な顔だちの日向守は言った。「さがってよい」

「は？」

「さがってよいと言うに」

呆気に取られたまま、釜次郎は日向守を見つめた。日向守は、眉《まゆ》をひそめ、不快な臭《にお》いでもかいだかのような表情で横を向いた。

水品が、釜次郎の前に進み出てきて、小声で言った。

「聞こえたろう。さあ、さがれ」

手で押してくる。釜次郎はしかたなく、ろくに言葉も発しないうちに退室するしかなかった。

控室に出たところで、水品は言った。

「日向守殿は、洋風がおきらいだ。オランダ留学生がそのような風体で現われたので、つむじを曲げられてしまったのよ」

池田筑後守のときと同様の反応がきたということだ。釜次郎は水品には聞こえぬように小さく溜《た》め息《いき》をついてから思った。

おれの風体が気に入るか気に入らぬかの問題ではないはずだ。オランダとの友好関係が保てるかどうか、という案件で、おれはいまここにいるのだが。

もうひとつ思った。

帰国したら、自分は日本が住みにくいと感じるのではないだろうか。柴田日向守は、日本社会で特別奇妙な存在ではない。むしろ、あのほうがふつうなのだ。彼のありように代表される身分制と形式主義、非合理と前例踏襲主義は、日本社会の特徴なのだ。その日本社会で、自分は息苦しさを感じずに生きることができるだろうか。この社会よりもむしろオランダのほうが住みやすいと感じるようになるのではないか。

パリからもどると、釜次郎はすぐ内田と共にカッテンディケの屋敷を訪ねた。カッテンディケは病気で臥《ふ》せっているとのことであり、夫人は釜次郎たちに、用件はごく手短にすませてほしいと懇願してきた。

寝室に通されると、カッテンディケは寝台の上で上体を起こして、釜次郎たちを迎えた。起き上がるだけでもつらそうに見えた。

釜次郎は寝台のそばに近づいたが、カッテンディケの顔色は黒ずんでいる。想像していた以上に重態と見えた。

釜次郎は、言おうと思っていた言葉のかわりに、ちがう言葉を口にした。

「閣下、パリで柴田日向守に会ってきました。やはり幕府は、フランスに海軍全般の指導をまかせるつもりではありませんでした。こんどの使節の任務も、ごく一部の武器の買い付けというだけです」

内田がちらりと釜次郎に目を向けた。釜次郎は内田を無視して続けた。

「幕府は、われわれをご指導いただいたオランダに、今後とも海軍の教育や兵制整備はもちろん、造船所建設にも、すべてについて助言をお願いする予定とのことです。ご安心ください」

カッテンディケは、釜次郎に弱々しい笑みを向けてきた。しかし、言葉は出ない。口を開くことも大儀という印象だった。

ほんの三分ほどで、夫人が部屋に入ってきた。夫人はていねいに釜次郎たちに辞去を求めてくる。釜次郎たちは素直に従った。

カッテンディケの屋敷を出てから、内田が釜次郎に言った。

「なんであんなでまかせを。おれは責任取れんぞ」

釜次郎は答えた。

「あの顔色だ。ほんとうのことを言って悲しませることはない」

「死期が迫っているというのか？」

「遠くはないはずだ」

それから三月後の一八六六年二月六日である。オランダ海軍大臣W・J・C・リイデル・ハイセン・フォン・カッテンディケは没した。享年五十ちょうどであった。

葬儀には、内田恒次郎以下、オランダ派遣留学生全員が参列した。

4

一八六六年の春、釜次郎の留学生活もいよいよ終盤に入った。開陽丸への蒸気機関の搭載も終わり、いま開陽丸は最後の艤《ぎ》装《そう》工事に入ったところだ。今年秋までには第一回の試験航海に出ることができるだろう。試験航海で不備が出なかった場合は、釜次郎たちもいよいよ帰国ということになる。開陽丸に乗り組み、オランダ海軍の乗組員と共に、この船を日本まで回航するのだ。

四月のある朝、この日も開陽丸の艤装工事がおこなわれているヘレフートスライスへ行くべく釜次郎がハーグ中央駅にゆくと、赤松大三郎が待合室で待っていた。彼も艤装工事の要所要所に立ち会うことになっているのだ。

赤松は釜次郎の顔を見るなり言った。

「じつは昨日、内田殿と話をして、了解をもらった」

釜次郎は訊いた。

「何の？」

赤松は、うれしそうに言った。

「留学延長だ。このままでは修学が不十分なので、もう一年滞在させてほしいと内田殿に嘆願した。内田殿は、了解してくれた。奉行に、その旨の願いを出してくれるという」

釜次郎は、内心の衝撃を隠して言った。

「それはいいことだ。そうか、内田さまも了解したのか」

「造船学については、釜次郎さん、あんたが帰国するし、上田寅吉もいる。日本で船造りを始めるにも、人材は十分だ。むしろ最新の造船技術を学ぶために、おれひとり、帰国を延ばして学ぶのもいいだろうと」

すでに伊東玄伯と林研海は、留学の一年延長を認められている。西洋医学を修めるには、まだまだ不十分と主任教授たちが言い、内田も承認したのだ。しかし、赤松大三郎まで残るのか。それも、おれが帰国するから日本のことは大丈夫だろうということで。

釜次郎は赤松から顔をそむけて、気づかれぬように溜め息をついた。

おれも残りたいと思っているとは、赤松、お前は考えつかなかったのか？

釜次郎は、修学の中心を、理化学と蒸気機関学から、海洋法、国際法の学習へと移した。ポンペの提案によるものだ。もちろん故カッテンディケやポンペたちは、幕府海軍の技術将校、技術下士官たちを養成するつもりで留学生団を受け入れたのだった。しかし日本からの使節団が何度かヨーロッパにきてからは、カッテンディケたち親日家も、ひとつ考えをあらためた。すなわちいま幕府に必要なのは、海軍力というよりは、むしろ外交感覚なのではないかということだ。

ポンペ教授は言ったのだ。

「榎本さん。あなたは理化学や蒸気機関学については、もう必要十分なだけ学んだ。あと残り少ない留学期間は、海洋法、国際法の勉学に力を入れなさい。あなたは留学生の中でいちばん語学に強いとお見受けする。海洋法と国際法を学んで帰国するべきだ。これらは、近代国家の盾にも矛にもなりうる資産なのだから。いま日本がほんとうに必要としている人材は、その知識のある指導者ではありますまいか」

それは、釜次郎も以前からぼんやり考えていたことだった。あのプロシア＝デンマーク戦争のときにも感じた。幕府海軍には、海洋法と国際法を駆使できる人材がいてもよいのではないか。さいわいここは、国際法の父グロティウスを出した国である。国際法を学ぶうえで、これ以上の環境はなかった。

かつては釜次郎は自分の将来を、父の榎本円兵衛のように技術をもって徳川家に仕え、世のために働くのだ、と考えていた。じっさい自分は技術屋向きの資質を持っているとも思う。しかし、たしかに時代は、オランダで何年も学んだ男がひたすら蒸気機関に向かい合っていることを許してくれそうもない気配なのだ。蒸気機関の理論は言葉で伝えることができる。でも、ヨーロッパ社会で生きた自分の見聞と体験は誰にも伝えようがない。自分の留学体験はいまの幕府の中にあっては特権的なものであり、このあいだにつちかわれた幅の広い見識と判断力は、もっと使い道があるとも思えるのだ。自分たちは、いまや世界全体を見渡しながら、ものごとを考えることができるようになった。はからずもこの三年のあいだに、地球規模の思考方法が自然に身についていたのだ。これは、使いでのある資質のはずだった。ましてやこれに、海洋法と国際法についての知識が加わるなら。

これらの知識は幕府にとって、開陽丸一隻など問題にならないくらいに有効な武器にもなりうるものだった。自分は、これらについても通暁しておいて悪くはない。たぶん幕府海軍は早晩、海洋法、国際法を盾にしてどこかの海軍なり政府とわたりあうべきときがくる。

釜次郎は、ポンペの忠告に素直に従ったのだった。

春以降は、フレデリックスという法学者を個人教授に、海洋法を学ぶようになった。テキストは、フランス人法学者オルトランの著した『万国海律全書』の第三版である。フレデリックスの屋敷で釜次郎はこのフランス語の法典と解説を読み、フレデリックスがさらにオランダ語で詳しい事例を挙げて説明するという方法であった。さいわい釜次郎は、外交公用語であるフランス語については、辞書を使いこなせる程度に習熟していた。学習は、さほど困難なものではなかった。

その年も九月となったころ、開陽丸の艤装工事も最後の段階に入った。十一月初旬には、試験航海が可能だろうという。いよいよ留学期間も終わりに近づいたということである。

釜次郎が法学者のフレデリックスにこれを伝えると、フレデリックスは刊行されたばかりの『万国海律全書講義録』を釜次郎に贈ってくれた。上下二巻の筆写本である。

釜次郎はありがたくこのプレゼントを受け取って言った。

「まだ帰国までは数カ月の間があります。ぎりぎりまで講義を受けることでよろしゅうございますか」

フレデリックスはうれしそうにうなずいて言った。

「もちろんです。その本を、書き込みで真っ黒にするまで、学んでいってください」

いっぽう開陽丸を日本に回航するための乗組員の選定もはじまっていた。

釜次郎と内田恒次郎は、オランダ海軍省に対して要請した。

「乗組員は、日本到着後はそのまま教官となってもらうという含みで、人選をお願いできますか」

軍艦奉行の許可を得た話ではなかった。しかし、オランダ海軍は引き続き幕府との友好・協力関係の維持を望んでいる。釜次郎たちにとっても、そのことのほうがずっと自然であった。もし幕府が構想しているように、いま海軍教育を全面的にフランスに頼るということになったら、長崎の伝習所以来の教育の多くは無駄になるのだ。船内での号令の言葉すら、あらためねばならない。大きな混乱が起こることは必至だった。

幕府が、造船所建設をフランスにゆだねるのはしかたがない。兵制をフランスにならうこともいいだろう。しかし、軍艦操船に関しての教育と訓練は、引き続きオランダ式でやるべきだった。それにもしオランダが幕府海軍の手本たりえないと判断したというなら、留学生には即刻帰国命令を出すべきである。留学生にとっても、帰っても使い道のない教育を受ける意味はないし、だいたいオランダに対して失礼であろう。

だから釜次郎はオランダ海軍に対して、教官となるという含みで人選を、と依頼したのだった。だが、ただし、とつけ加えた。教官の件は、まだ幕府担当部局の承諾を得てはいない。幕府の方針とはちがっていないはずであるが、日本到着後にこの件が御破算になる可能性はある。それはあらかじめ承知しておいてほしいと。

オランダ海軍省は了解し、数日後、釜次郎らに一等海軍大尉J・A・E・ディノー以下十二名の士官、下士官の名を伝えてきた。幕府が望むなら、日本到着後そのまま海軍教官団となる面々である。ほかに開陽丸には、オランダ人やイギリス人、インド人水夫、火夫《かふ》ら約百人が乗り組むことになる。彼らは回航後は教官団とわかれ、ヨーロッパに向かう商船でオランダにもどるのだ。

十一月六日、試験航海を六日後に控えた日のことである。ハーグの中心部にあるオテル・ド・ルーロープで、留学生団が主催するパーティが開かれた。いわば、オランダへの感謝とさよならの宴席である。この席には、オランダ在住の日本人留学生がすべて集まった。林研海、伊東玄伯のふたりの医学生も、ライデンから駆けつけた。ただし第一次留学生のうち、津田真一郎、西周助のふたりの姿はない。彼らはすでに必要な学問を修め、一年前に帰国しているのだ。

オランダ側の出席者は、オランダ商事会社の社長モンセイ、オランダ海軍フレメーリほか造船所と海軍関係で、留学生団と因縁のあった人物たちである。

さよならのパーティではあるが、留学生のうち全部が開陽丸で帰国するわけではなかった。赤松大三郎は、留学延長の許可をすでに軍艦奉行から得ている。林研海、伊東玄伯のふたりも、なお修学は続く。肥田浜五郎ら第二次留学組も、なお引き続きオランダに滞在することになっていた。

帰国する者も、残る者も想いは複雑である。帰国の決まった者はうれしさと口惜《くや》しさが半分であり、残留組も喜びと望郷の想いとに引き裂かれていたのだった。

内田のもとに届いている軍艦組からの手紙では、勝麟太郎がこの五月からまた軍艦奉行を命じられているという。幕府は第二次征長戦に出たのだが、薩摩はこれに反対、参戦していない。それで薩摩を説得し、征長戦にひっぱりこむために再登用されたとのことだった。釜次郎は、長州再討が決まった事実を初めて知った。前後の事情がよくわからなかったが、要するに外国船砲撃の懲罰なのだろう。いずれにせよ、開国か攘夷かをめぐるごたごたは、相変わらず続いているというわけだ。わずかな情報から判断すれば、そういうことなのだろう。

パーティの最中、林研海が釜次郎のそばに近づいてきて言った。

「榎本さん、失礼ですが、いまおいくつになるんですか」

釜次郎は答えた。

「こちらふうに数えるなら、三十だ」

林は釜次郎よりも八歳若い。長崎を出たとき十八歳だったのだ。留学生の中で最年少である。

その林も、この四年のあいだに顔から幼さをすっかり消していた。白皙《はくせき》の美青年である。

林は言った。

「そのお歳《とし》では、帰国したらそろそろ身を固めろと言われるでしょうね」

「たぶんな」

「オランダに、誰かいい女子でもできましたか？」

「お前とはちがう」

釜次郎たちの耳に入っているところでは、林はオランダの医学者の娘といい仲になっているとか。なかなか隅におけぬ、と内田が嘆いていた。ただし、中島兼吉のように結婚してしまったわけではない。釜次郎にも正直のところ、その噂《うわさ》がどの程度に真実なのかはわからなかった。

林は少し声をひそめて訊いた。

「許嫁《いいなずけ》などはおりますか？」

「おらん」

「わたしには、妹がふたりおります。上のは、わたしとはふたつちがい。いま二十一です。国に帰られたら、見合いをしてみるつもりはおありでしょうか」

「お前の妹と？」

「わたしの妹では、いやですか？」

「そんなことはないが、なんでまたおれに妹の縁談などを持ってくる？」

「気になります。榎本さんほどのひとがいつまでもひとり身では、男子としてなすべき大事もできやしない。わたしの妹たつは、兄のわたしが言うのもなんですが、しとやかで情もこまやかな女です。わたしの目からは、器量もまあ十人並みと見えます。もし榎本さんにその気がおありなら」

「あいにくと」釜次郎は笑った。「おれはそっちのことでも、ヨーロッパの流儀が身についたぞ。一度も見たことも話したこともない相手を、嫁に取ることはできん。それなりになにか感じるところを感じたうえで、嫁をめとりたいからな」

「わかっています。わたしはただ、妹をその候補のひとりにどうかなと」

ふたりのやりとりが耳に入ったのか、赤松大三郎が割りこんできて言った。

「林、おれにはそういういい話をどうして持ってこない？」

林は苦笑して言った。

「わたしには、妹がふたりおります。赤松さまにも、ぜひ下の妹を引き合わせたい」

「帰ったら、いの一番でおぬしのうちに行く」

「赤松さまにはお願いがあります」

「なんだ？」

「わたしの妹と見合いするつもりがあるなら、どうか帰国のときまで、この地でこぶなどつけぬよう、お気をつけください」

身をつつしんでくれ、と言っているわけだ。釜次郎が赤松に顔を向けると、赤松は咳払《せきばら》いして頭をかいた。

「これでもおれは、ヨーロッパの女子には籠絡《ろうらく》されぬよう、ずいぶん気をつかっているんだ」

会場内で拍手があった。

釜次郎たちは会話をやめて、正面を見た。内田恒次郎がきょう二度目の乾杯のあいさつに立ったところだった。

とうとう開陽丸の出航の日が目前に迫った。それは釜次郎にとって、帰国の日が近づいてきた、ということである。

開陽丸の出航予定は、一八六六年十二月一日である。和暦では慶応《けいおう》二年十月二十五日にあたる。

釜次郎たちがロッテルダムに到着したのが、一八六三年の六月四日であるから、釜次郎たちのオランダ留学の期間は、丸三年と六カ月ということになる。旅そのものが学校であったとするなら、長崎を出てから四年と一カ月、釜次郎たちは学び続けてきたことになる。

留学の成果については、はかりしれないものがあったと言っていいだろう。その波及効果は、幕府海軍の内だけにとどまらない。留学生たちが得た知識と技術は、まちがいなく新しい社会を築くための基礎となるだけのものであった。しかし、留学生の側の犠牲も、けっして少なくはなかった。

職方鍛冶職の大川喜太郎はアムステルダムで客死している。士官留学生の田口俊平も身体をこわし、ようやく開陽丸に乗ることができるという状態だ。彼はおそらく帰国しても回復することはあるまい。三年六カ月の留学生活は、留学生十五人のうちひとりの生命を奪い、ひとりを衰弱させたのだ。

また、留学生がこの地で送った生活のかたちも一様ではない。赤松大三郎のようにこの地によくなじみ、わりあいやすやすと専門の学問をおさめてきた者もいれば、内田恒次郎のように取締役としてあらゆる意味で節度をもち、みずからを律しつつ暮らしてきた者もいる。釜次郎は留学生の中ではいちばん熱心にヨーロッパじゅうを旅行した。観戦武官としてヨーロッパの戦争さえ見た。あるいは沢太郎左衛門のように、支給される金のほとんどすべてを個人教授料と本代につぎこみ、何度も身体をこわしかけた者もいる。

いちばん輪郭のくっきりとした、当地に根づいた生活のかたちは、オランダ人女性と結婚した中島兼吉のものだろうか。つい最近、中島のうちではふたり目の娘が生まれたばかりだ。

彼は最初、妻子を日本に連れ帰ろうとしたのだが、取締の内田恒次郎がこれに強硬に反対した。釜次郎は中島の味方をして、同伴帰国を認めるように内田に進言した。生身の身体を引き裂くようなことはすべきではないと。しかし内田は頑として聞き入れなかった。万事御国ふうの誓詞は生きている、というのである。誓いが生きている以上、中島の帰国は単身でなければならなかった。もし外国人妻子を連れて帰国した場合、中島へのおとがめは厳しいものになる。帰っても、中島は当地と同様の家庭をいとなめるわけではないのだ。

さよならの宴の十日ほどあとだ。釜次郎はライデンからハーグにやってきた中島に誘われて、一緒に酒を呑んだことがある。

「今夜、一緒に呑んでくれませんか」と、中島は思い詰めたような顔で言ったのだ。「ライデンに帰る前に、思い切り呑みたいんです」

釜次郎はすぐ承諾した。

酒場に行くと、中島は自分の胸の苦衷を率直に語りながら、ひたすらに酒を呑んだ。自分の身が内側から四散すればよいとでも言っているかのような、すさんだ呑み方だった。釜次郎は中島の酒につきあいながら、彼に勧めた。

「お前はここに残れ。連れて帰ることがかなわぬなら、お前が残るしかないんだ」

中島は、苦しげに首を振った。

「あたしは、自分の腕でお上のお役に立ちたいんです。せっかく習い覚えた洋式鋳物の技術だ。こいつを生かしたい。その気持ちにも、嘘偽《うそ》りはないんです」

「いつか、役に立てるときがくる。いま、無理をすることはない」

「いつか、女房子供を連れて、帰国できますか。外国の女と夫婦になっても、おとがめのないようなときがきますか。世の中は、そこまで変わるでしょうか」

「世の中は、この十年で驚くほどに変わった。いまに、こんな悩みさえばかばかしく思えるようになる。それも、そんなに先のことじゃあるまい。だからお前は、この地にとどまれ。留学生仲間のだれも、お前をそれで非難したりはしない」

「あたしは、お上の金で派遣されてきたんです。お上に後ろ足で泥をひっかけるようなことは――。もちろん、あっさり女に惚《ほ》れたりしてしまったおれが悪いんですが」

「ご公儀には、いつか埋め合わせはできる。だが、妻子にはそうはゆかん。女房子供を可愛《かわい》がり、いつくしむことが、ひとの道だぞ」

「だけど、帰国を拒むわけには」

「留学を延長する、という名目だってつく」

「だけど」

中島の気持ちは乱れており、釜次郎の説得も役には立たなかった。彼はけっきょく結論を出さないままに泥酔してしまった。

くそう、と釜次郎は思った。ここに家庭がある、という理由があるなら、おれなら断じて残るぞ。なんならおれが代わってやってもいいのだ、中島。おれにはおぬしの悩みが理解できぬ。

中島は、釜次郎の羨望《せんぼう》などまったく想いも及ばなかったことだろう。テーブルに突っ伏したまま眠ってしまった。叩《たた》いても揺すっても目覚めない。釜次郎はしかたなく、酔いつぶれた中島を背負ってホテルまで送っていった。

しかし中島は翌日の午後、内田の下宿を訪れ、帰国の打ち合わせをしていったという。妻子のことはなにひとつ話さないままにだ。

とうとう出航の前日となった。

その三日前から、釜次郎は開陽丸が係留されているオランダ南部の港町フリシンゲンにきている。食糧、燃料、機械工具や武器弾薬、それに土産物などを搬入するためだった。ハイネケン社のビールも二十ケース、船倉に収めていた。

十一月三十日、いよいよ明日は出航という日である。釜次郎は一緒に帰る面々と、フリシンゲンのイギリス波止場に近い旅籠《はたご》のレストランでオランダでの最後の晩餐《ばんさん》を共にした。

ここで内田が、将軍崩御のことをみなに伝えた。十四代将軍家茂は、和暦七月二十日に大坂城内で死亡したという。この死の事実は、ひと月あとまで隠されていた。家茂のあとは、おそらく一橋慶喜が継ぐだろうということだった。

食事のあとには隣り合う酒場に移って酒宴となった。宴の途中、結核の疑いのある田口ははやばやと船に帰ってしまった。中島も暗い顔のまま消えた。残ったのは、釜次郎のほかには内田、沢、大野弥三郎、上田寅吉、古川庄八、山下岩吉の七人。これに、見送りにきた残留組の赤松大三郎が加わっている。

明日は午前八時に錨《いかり》をあげ、フリシンゲンの港を出る。ヨーロッパに別れを告げるのだ。いったん離れたら、たぶん全員、二度とこの地を踏むことはないだろう。いまだ世の中は、日本人が気軽に海外渡航できる情勢にはない。幕府がもう一度釜次郎たちに留学の機会を与えてくれるということも考えにくかった。つまり、ヨーロッパはこの夜が見納めなのだ。誰もが少したかぶった。思い出を語りだせばきりがなかった。次第に言葉が熱をおび、口調はふるえがちになった。

釜次郎の酒もめずらしく進んだ。明日は、午前四時には機関に火を入れねばならない。あまり夜更かしはできないし、深酒も慎まねばならないところだった。しかし、たかぶりを抑えきれるものではなかった。釜次郎は赤葡萄酒をゆうに一本ぶんは呑み干し、さらにスコッチ・ウイスキーをたて続けに呑んだ。いつぞやの中島のような呑みっぷりとなった。

何時ころだったろうか、上田寅吉が、あの歌を唱いましょうと提案した。あの歌とは、開陽丸の進水式のときに造船所の工員たちが披露してくれた歌である。いまは、上田をはじめ職方たちはことあるごとにこの歌を唱う。釜次郎も好きになっていたから、歌詞も旋律もすっかり頭に入っていた。というよりは、いつしかこの歌は、留学生団の歌そのものになっていた。

釜次郎たちは肩を組んで、唱いはじめた。

きたれ、友よ、胸をひらきて
いましも宴ははじまりぬ。
われらはいまここ、ハルモニー・クラブ
飾りたてられたホールにあり。
胸を張って名乗らん、われらは造船工、
ヒップス造船所の腕自慢。
われらは造った、日本のために。

その名も「夜明けの船」という軍艦を。
かくもがっしりとたくましく、
しかも優美このうえない船を。
……
唱え、造船工たち、船を愛する者たちよ。
大声で、高らかに唱え。
われらが造船所の繁栄を。
われらが造船業の明日を。
そしてすべての船の幸運を。

目を覚ましたのは、開陽丸の士官室だった。一瞬、自分がどこにいるのか、混乱した。船に帰らねば、と焦ったのだ。しかし、寝台で跳ね起きてみると、そこは開陽丸の中だった。

懐中時計をたしかめてみると、午前三時二十分だった。三時四十五分には、機関担当の士官と火夫たちは機関室に集合することになっている。釜次郎は手早く身支度を整えた。

前夜のことを思い起こそうとした。宴のあと、自分がどうやって開陽丸までもどってきたのか、まったく記憶がなかった。酔いすぎたな、と釜次郎は反省した。へたをすると自分は、開陽丸の出航に間に合わず、ひとりヨーロッパに取り残されることになったかもしれなかった。

機関室へ下りてみると、オランダ人一等機関士のハルデスがすでに罐《かま》の前の椅子に腰をかけて、コーヒーをすすっていた。ハルデスがコーヒーを勧めてくれたので、釜次郎もカップにコーヒーを満たした。

「いよいよですな」とハルデスが言った。「試験航海でも、機関は絶好調。快適で楽な航海になりますよ」

「そうだとうれしい」釜次郎も言った。「くるときは、少々長旅になってしまったから」

「こんども長旅ですよ。リオデジャネイロにも寄港するのですから」

こんどの航海は、いったん大西洋をつっきってリオデジャネイロに寄港してから、喜望峰へと向かう航路を取るのだ。これは想像するほど遠まわりのルートではない。むしろリオデジャネイロを補給地とすることで、航海がより安全で快適なものになるという利点のある航路だった。釜次郎たちにとっても、新大陸をどこか一カ所見ておくのは悪くない体験だった。

ハルデスが言った。

「記念すべき機関始動の第一声は、ミニエ榎本。あなたにやってもらいましょう」

「いや、あなたがたにまかせる航海だ。ハルデスさん、あなたがやってください。この航海のあいだは、わたしはただの訓練生にすぎません」

そこにまたふたりの航海士がやってきた。

釜次郎が起きたのは、じつにいいタイミングだったわけだ。きょうこの朝、釜次郎が機関室に最後に登場したのでは、話にならなかった。

やがて十六人の火夫たちも揃《そろ》い、直動式四百馬力の蒸気機関の火力があげられた。船全体に、鈍い震動音が満ちていった。時計を見ると、午前四時ちょうどだった。

午前六時過ぎ、全員が起床してから、釜次郎は食堂へと上がった。沢や内田がすでにテーブルに着いている。

午前八時過ぎ、開陽丸はついに錨をあげた。機関室で船が動き出したことを知った釜次郎は、すぐに甲板に駆けあがった。帰国する留学生たちが全員、舷側《げんそく》の手すりに寄りかかっていた。十二月のオランダの空はまだ暗く、あたりには朝霧がただよっている。岸壁の向こうの家並みの窓には、黄色い明かりがともっていた。

フリシンゲンの岸壁の上には、二、三十人の見送り人の姿があった。赤松が手を振っている。

開陽丸はゆっくりと岸壁を離れてゆく。岸壁が遠くなってゆく。それは、ヨーロッパが遠くなってゆく、ということであった。自分はいま、ヨーロッパを離れつつあるのだ。西洋から遠ざかりつつあるのだ。釜次郎はそれを強く意識した。

一八六六年十二月一日（慶応二年十月二十五日）、朝の八時二十分であった。

5

一八六七年の三月二十九日（慶応三年二月二十四日）、開陽丸はオランダ領東インドの島嶼《とうしょ》のうちのひとつ、アンボイナ島（アンボン島）に入港した。フリシンゲンを出てから百十九日目のことである。

アンボイナの港は深い入り江の奥にあって、たたずまいがどことなく長崎に似ている。釜次郎は開陽丸が錨《いかり》をおろしてから甲板に出てきたのだが、周囲の風景に一瞬、息がつまる想《おも》いだった。長崎にもう着いたのか、とさえ思えたのだ。

そう思った瞬間に、これまで抑えつけてきた望郷の念が胸の表面に躍り出た。

「ああ」と、釜次郎は深く溜《た》め息《いき》をついた。自分がこれほどまでに、故国に焦がれ、故国を愛し、故国に帰りたいと念じていたとは、自分でも気がつかなかった。母親、姉、妹、兄。自分の家族。ひとりひとりの顔が繰り返し繰り返し脳裏に浮かんでくる。そのひとりひとりに、釜次郎は胸のうちで呼びかけた。帰ってきました。釜次郎は帰ってきましたと。

釜次郎の横にすっと立った者がいた。目をやると、沢太郎左衛門だった。沢は手すりに両肱《りょうひじ》をのせると、あたりを見やりながら言った。

「長崎みたいなところだな」

釜次郎は言った。

「お前にも、そう見えるか。おれの里心が、ここをそう見せているのかと思ったが」

「たしかに里心もあるだろう。あと何日くらいだ？」

「横浜まで、四十日前後だろうか」

「すぐだ。近い。里心も出る」

うしろから内田恒次郎の声がした。

「まるで長崎だな」

振り返ると、内田もどこか感情のたかぶりを見せながら周囲の風景に目をやっている。

「こういう景色を見ると、忘れていたことをいろいろ思い出す」

「たとえば?」と沢が訊《き》いた。

内田は釜次郎たちの頭に手を触れて言った。

「万事御国《おくに》ふうを守るという誓いだ。そろそろ諸君、髷《まげ》を結い、月代《さかやき》をそることを心がけていたほうがいいぞ」

釜次郎は思わず髪に手をやった。出航以来伸ばしっぱなしとはいえ、まだ髷が結えるほどの長さではない。すっかりなじんだ斬髪《ざんぱつ》だが、これをもう一度丁髷《ちょんまげ》にもどすというのは、いまやかなり抵抗のあることである。鏡を見るたびに、自分を笑うことになるのではないか。

沢が言った。

「いまだ異人排斥《はいせき》が続いてるようなら、髷を結ったほうが安全だろうけど」

釜次郎は言った。

「案外、おれたちが想像している以上に、西洋癖は広まっているかもしれんぞ。おれたちがいなかったこの五年という月日は、けっして短いものではないからな」

「いま浦島《うらしま》にならなければいいな」

「おれは、変わりようを見るのが楽しみだ。日の本はどの程度に変わっているかな」

内田が言った。

「御国は、そうそう滅多なことでは変わりはせぬ。日の本の島影が見える日までには、髷と月代の件、すませておくようにな」

甲板上を歩いてゆく内田を見送りながら、釜次郎と沢は顔を見合わせた。なんとなく微笑が出た。

日本に着くまで、あと四十日はある。それまでは髷を結わずともだいじょうぶだし、四十日後には髪もまた多少伸びていることだろう。

6

釜次郎は、開陽丸の甲板上で、思わず口にしていた。

「コロニアルだ。コロニアルそのままだ」

沢太郎左衛門が、横で言った。

「ヨーロッパに似ているが、ヨーロッパではないな。たしかにコロニアルの眺めだ」

慶応三年三月二十五日（一八六七年四月二十九日）である。

目の前に、横浜開港場の外国人居留地がある。その居留地の前面、水際が波止場《はとば》だ。二本の桟橋が突き出している。右手が東波止場。別名イギリス波止場で、左手は西波止場。別名フランス波止場である。

このあたりまでは、五年前、釜次郎たちが一路長崎を目指して出航していったときの面影がある。しかし、波止場の背後の居留地の様子はずいぶん変わった。

あのときは、外国人居留地でさえ、洋風建築と言えばほんの四、五軒しかなかったものだ。洋風建築を建てることのできる大工が、そもそも横浜にはろくにいなかったせいだ。ところがいま横浜に建ち並んでいるのは、見事に洋風建築ばかりだ。切妻屋根あり、寄棟あり、屋根のかたちこそ微妙にちがってはいるが、ほとんどの建物が建物の外側にベランダをめぐらしている。コロニアル様式と呼ばれる、アジアの植民都市でヨーロッパ人が好んで建てた建物の型式である。建物の外壁は洋風だが、屋根だけは寺院風の瓦《かわら》屋根という建物もある。建物の中には、なまこ壁も混じっていた。これらは建主の好みというよりは、やはり技術的な制約のせいだろう。しかしそれにしても、横浜はバタビアやアンボイナなど、アジアの植民都市の雰囲気とまったく同一である。この五年のあいだに、故国では習俗も異国ふうに大きく変わったのかもしれない。それとも、これは横浜開港場だけのことか。

釜次郎は言った。

「横浜を見るかぎり、存外な変わりようだな。ここまで、とは思わなんだ」

沢太郎左衛門が同意して言った。

「これなら、おれたちは髷を結わなくともよいかもしれぬ」

留学生全員、いま頭は、総髪を後頭部でまとめただけだ。月代は剃《そ》ってはいない。内田恒次郎さえ、総髪だった。上陸後、もしおとがめがあったら剃るつもりでいるが、とりあえずは様子見である。日の本で総髪であることは、ヨーロッパで髷を結っていることほど珍妙なものではないはずである。釜次郎はさらに、口髭《くちひげ》までたくわえていた。

開陽丸から錨がおろされた。

いよいよ、上陸である。釜次郎たち江戸からの留学生たちは、文久二年の六月十八日に品川から咸臨丸に乗っていた。長崎に向かうためである。咸臨丸はその日のうちにいったん横浜に寄港したから、釜次郎たちは丸四年と九カ月ぶりに横浜の町並みを見ることになるのだ。

沢太郎左衛門が、居留地の先を指さして言った。

「あれを見ろ。軍隊だ」

フランス陸軍の青い軍服姿の一団が、列を作って通りを行進しているのが見えた。外国人居留地の警備と治安維持に当たっているようだ。ということは、イギリス軍も横浜には駐屯しているのだろう。

釜次郎と沢太郎左衛門は、なんとなく無言で顔を見合わせた。ここに外国軍隊が駐屯しているとなると、いましがたの言葉が悔やまれた。コロニアルだ、という感想。町並みのことばかりではなく、横浜はほんとうにヨーロッパ人の植民都市ということになるのではないか。軽々に口にしてはならない言葉だったかもしれぬ。

内田恒次郎が、甲板の先のほうで叫んだ。

「上陸じゃ。用意はいいか」

釜次郎は、身の回りの品を詰めた革鞄《かわかばん》を持ち上げた。

この日、上陸したらすぐ、釜次郎は内田恒次郎と共に横浜詰め外国奉行に開陽丸回航を報告しなければならなかった。それがすめば、いったん解放される。留学生たちはそれぞれの生家へ急ぐ。釜次郎も、一切寄り道などせずに、江戸へ向かうつもりだった。

この日、四谷見附《よつやみつけ》まできて、意外なものを見た。見附の衛兵の交替時刻、筒袖《つつそで》の制服を着た衛兵たちが、太鼓の音に合わせて行進していたのだ。士官が引率している。これまでの幕府の、いや日本の軍にはなかった様式である。

軍の改革は進んでいるようだ、と釜次郎は思った。遅れていた陸軍さえもだ。

また、きょう外国奉行から聞かされた話では、幕府は外国留学を願い出た者は基本的にすべて許可を与える方針だとのこと。渡航御法度は事実上なくなったという。たしかにこれは、なかなか存外な開放かもしれなかった。

生家では、母も姉も驚くやら喜ぶやらで、興奮がなかなか鎮まらなかった。

「まあ、立派になられて」と母のことが言う。

姉のらくは、頬《ほお》を赤らめて喜んでいる。

「釜次郎、ほんとに男らしくなって。そんな服が似合うようになって」

姉のらくは一度嫁いだが、寡婦となってまた実家に戻っていたのだった。

兄の勇之助は、伝習隊の歩兵指図役並勤め方として、いまは大手町《おおてまち》の大隊本営に詰めているという。この五年のあいだに、兄も陸軍で重用されるようになったということだ。

母は、いつか蝦夷地巡察から帰ったときのように、すぐに風呂《ふろ》をたててくれた。土産話《みやげばなし》もそこそこに、釜次郎はゆっくりと風呂に入り、旅の垢《あか》を落としてから浴衣《ゆかた》に着替えた。そうして膳《ぜん》を前にしながら、母や姉・妹に尽きぬ思い出話を夜遅くまで語ったのだった。

帰国二日目であるその翌日、午後に根津勢吉《ねづせいきち》が訪ねてきた。長崎海軍伝習所の三期生だ。彼はいま、築地に再建された軍艦操練所で、運用の教授方を務めている。

根津は言った。

「勝さまが、また軍艦奉行に任じられております。ご存じですか」

「聞いている」釜次郎は答えた。

「伊沢さまのことは？」

「謹吾？　軍艦奉行並になったあと、いまはどうしているのかな。手紙もしばらく読んでないが」

「軍艦組を辞められました」

釜次郎は言葉を失った。伊沢謹吾が海軍を辞めた？

釜次郎とは昌平坂学問所以来の親友で、英龍塾、長崎海軍伝習所でも一緒だった。留学はしなかったが、海軍局で力を認められて、先年は軍艦奉行並まで務めた男ではないか。その伊沢謹吾が辞めた？

根津は続けた。

「軍艦奉行並であった当時、上役であった勝さまとどうにも折り合いが悪く、悩んでおられた。昨年、いったん罷免《ひめん》されていた勝さまが軍艦奉行再勤となったときは、とうとう海軍を辞めると辞表を出されたのです。身体《からだ》を壊されたというのが表向きの理由」

「いまはどうしている？」

「三河台《みかわだい》のお屋敷に。もう一度学問をやり直したいと言っておられた」

根津はさらに続けた。

伝習所の一期生、小野友五郎も、勝を忌避して海軍を辞めた。いまは勘定方にいる。中島三郎助も、勝の軍艦奉行再勤を機に軍艦組を離れた。いまは浦賀奉行所に戻っている。さらにもうひとり、海軍を離れた者がいる。築地軍艦操練所一期生の荒井《あらい》郁之《いくの》助《すけ》である。釜次郎と同い年で、同期の中で早くから指導力を見込まれていた男である。勝が買い入れた軍艦・順動丸の船将に抜擢されて勝の直接の部下となったのだが、一年と少し後、これ以上勝のもとでは働くことはできぬと、これまたせっかくの役職を捨てたのである。順動丸は勝の船であると同時に、将軍御座船でもあったから、この地位を放棄することは、荒井の勝に対する嫌悪と憤懣《ふんまん》がいかに激しいものであったかということである。

つまり伊沢謹吾、小野友五郎、中島三郎助、荒井郁之助ら、海軍教育を受けた中でもさらに最優秀の面々が、つぎつぎと勝の支配する海軍に見切りをつけたことになる。それは幕府人事に対する公然たる反抗ということであったが、幕閣上層部は、これに対して断固たる処分を取ることはできなかった。言い分には理がある、と認めざるをえなかったのである。

釜次郎は訊いた。

「海軍を辞めて、荒井はいま何をしている?」

根津は答えた。

「あれほどの男です。陸軍が引っ張りました。講武《こうぶ》所《しょ》奉行支配取締役に任じられ、いまは歩兵指図役頭取です」

「小野も荒井も、海軍軍人になるべく教育を受けてきたのに」

根津は、釜次郎が日本を留守にしていたあいだの海軍と幕府をめぐる事情を、克明に教えてくれた。釜次郎たちは、オランダにいるあいだはごく断片的にしか日本の事情を伝えられていなかったから、根津の話は興味深いものだった。ついつい引き止めて、話は夜半に及んでしまった。

将軍家茂の死と、これに続く孝明《こうめい》天皇のご崩御の話を、ひそやかに伝えられる話まで含めて聞いたとき、釜次郎は思わず口にしていた。

「Something is rotten in the state of Denmark.（デンマークではなにかが腐っている）」

留学中に覚えた英語の一節。有名な芝居《しばい》の台詞《せりふ》だという。

根津は、首をかしげた。

「なんと言った？」

釜次郎は首を振った。

「いや、べつに。意味のあることではない」

釜次郎たちが留学のために江戸をたってからほぼ五年、このあいだに日本はいよいよ激しさを増した流れの中にあった。根津が詳しく語ってくれた。

元治元年（一八六四年）七月には、文久の政変でいったん京を追われていた長州藩兵がふたたび京都に進軍、尊皇攘夷《そんのうじょうい》派の浪士たちを糾合し、会津・桑名《くわな》・薩摩の藩兵隊と衝突した。いわゆる蛤御門《はまぐりごもん》の変、または禁門《きんもん》の変である。戦いは長州側の完敗であった。単純素朴な排外主義としての攘夷運動は、この時点で事実上終わりだった。

長州に対して英仏米蘭の四国連合艦隊が出撃したのは、禁門の変の直後、元治元年八月のことであった。連合軍は、イギリス軍艦九、フランス軍艦三、アメリカ仮装艦一、オランダ軍艦四の合計十七隻《せき》、砲の合計はおよそ三百門という一大戦力であった。

長州藩は禁門の変でも大打撃をこうむったばかり、藩内は恐慌のさなかにあった。この土壇場にきてあわてて講和交渉に出るが、すでに戦争への動きを止められるものではなかった。八月五日、長州藩の砲台は四国連合艦隊によって砲撃され、長州藩の守備隊はたちまち海岸から遁走《とんそう》する。そこに連合軍の陸戦隊や海兵隊など二千の連合軍兵士が上陸、すべての砲台を破壊した。戦闘は四日間続いたが、連合軍の前に長州の軍勢は敵ではなかった。連合軍の一方的な勝利であった。これがいわゆる馬関《ばかん》戦争である。

長州藩は休戦を請い、高杉晋作《たかすぎしんさく》、伊藤俊輔《いとうしゅんすけ》（博文《ひろぶみ》）、井上聞多《いのうえもんた》（馨《かおる》）らを講和交渉の前面に立てた。ちなみに、高杉晋作は文久二年に上海《シャンハイ》にわたっており、伊藤、井上らはイギリス密航帰りである。

講和交渉の結果、総額三百万ドルの賠償金を幕府が支払うことになった。長州藩の外国船砲撃は、朝廷と幕府の命を受けておこなわれたものであるから、というのがその根拠である。

馬関戦争の結果、敗れて手痛い打撃をこうむった長州は、このあと一転してイギリスに接近することで、藩の力をたくわえはじめる。密貿易が藩の富の源泉となった。同時に藩政の改革を一気に推し進めた。薩摩同様の富国強兵策をとりだしたのである。

長州と薩摩の両藩が揃《そろ》って富国強兵策をとったとはいえ、その目指すところは微妙に異なっていた。長州の目標はいまや倒幕一本であり、倒幕後の体制としては、諸藩の割拠、大割拠が狙《ねら》いであった。薩摩は公武合体論の牙城《がじょう》であり、幕府と雄藩の連合による国家統治を主張していた。しかしここにきて倒幕と割拠へ目標を移しつつあった。

薩摩で倒幕への舵《かじ》きりを主導したのは西郷吉之助であるが、西郷を焚《た》きつけたのは幕臣の勝義邦（麟太郎）である。勝は長州処分をめぐって西郷と出会い、意気投合したのだ。勝は西郷に、幕府は諸藩と同列での雄藩連合には絶対に賛同しないとさとした。幕府を見切るしかないと。

勝は、神戸操練所の建物が焼けて構想が頓挫《とんざ》したとき、門下の坂本龍馬《さかもとりょうま》を西郷に紹介した。坂本はこのとき以降、薩摩藩のメッセンジャーボーイとして、薩摩と長州のあいだを行き来するようになる。

薩摩長州がイギリスと組んで藩の力の増強をはかっているとき、幕府はフランスへの傾斜を強めていった。勘定奉行の小栗忠順、目付の栗本鋤雲《くりもとじょうん》らがその勢力の中心である。

小栗はまた、薩長の雄藩連合構想に対して、幕府による中央集権統治を構想する。諸侯の権威を認めず、統治の基礎に郡県制を布《し》こうというものである。

新フランス公使レオン・ロッシュは、請われて幕府の財政や貿易政策について助言をおこなっている。とくに生糸貿易を幕府が独占するよう提案したが、これは日本に自由貿易を受け入れさせようとするイギリスとは真っ向から対立する計画であった。

幕府の内部でロッシュへの信頼が高まり、親仏的空気が強くなっていった。薩長に肩入れするイギリスと、幕府を支援するフランスという構図が明瞭《めいりよう》になってきた。

イギリスとフランスの極東政策の対立がはっきりしてくるにつれて、幕府もイギリスと長州との接近ぶりに懸念を抱くようになる。長州が薩摩と組み、イギリスから武器の大量密輸入をはかっている事実をつかむのである。いまや長州は、攘夷の旗こそおろしたものの、むしろ倒幕の機をうかがっている。幕府はふたたび長州征討に出る。

慶応元年（一八六五年）五月、幕府は幕臣、諸藩主、諸藩兵からなる第二次の征長軍を長州に向けて出発させた。長州に容易ならざる企てあり、との理由である。

この征長には、もうひとつの秘められた目的があった。長州を降伏させた後は、その勢いで薩摩に攻め入り、このふたつの外様《とざま》雄藩をつぶしたうえで、郡県制導入の地ならしをしようというものである。

将軍家茂の江戸出発は五月十六日。五月二十五日には、家茂は大坂城に入り、ここを大本営とした。

ここにきて薩摩は、幕府を含めた雄藩連合構想を完全に棄てる。倒幕一本でまとまるのである。となれば、つい先日まで干戈《かんか》をまじえた相手である長州は、むしろ同盟の相手である。両藩は急速に接近、慶応二年（一八六六年）一月には、ついに薩長密約（攻守同盟）が成立した。

根津勢吉が言った。

「薩長が倒幕で同盟を結んだというのは、あくまでも噂《うわさ》だ。ただ、幕閣の一部には、間違いないという観測がある。おれも、確かなのだろうと思う」

「どうしてだ？」と釜次郎は訊いた。

「勝さんが、また呼び戻された。いま幕閣が勝さんを必要とするのは、薩摩との交渉のため以外にはない」

「軍艦奉行を免じられていたのだろう？」

「一年半前に、上方から江戸に召還されていた。なのに、軍艦奉行再勤だ。また大坂に行くよう命じられた。勝さんは西郷という男と面識がある」

勝が大坂についたのは、六月二十二日である。すでにこの月七日から、征長戦は始まっていた。

勝は対長州戦に薩摩を巻き込むつもりなど毛頭なかった。薩摩は出兵しない。幕府側に圧倒的に不利であった。戦争は、長州藩の優位のままに推移した。

幕府側のこの苦戦のさなか、大坂城に大本営を置く将軍家茂が、城内で死亡した。七月二十日のことである。二十歳であった。

突然の死のため、継嗣も決まっていない。幕府は八月二十日まで、家茂の死を発表しなかった。発表した直後から毒殺説が広がり、ひそやかに語られている。

家茂の死により、新将軍として浮上したのが、徳川慶喜であった。慶喜は、政治改革を自分の意のままに実施する、との条件を老中らに認めさせたうえで、徳川本家を相続する。彼はすぐ八カ条の施政方針を示したのち、長州再征に出陣しようとする。

慶喜は、長州を断固として武力で屈伏させる、と言い切り、みずからの出陣を「大討ち込み」と称した。

彼は出陣にあたり、旗本一同を集めて激越な調子でこう宣言している。

「毛利大膳《たいぜん》父子は君父の仇《かたき》である。このたび自分が出陣する以上は、たとえ千騎が一騎となっても山口城《やまぐちじょう》まで攻め入り、勝敗を決する覚悟である。みなの者も、この自分と同じ決心であるなら随従するように。もしその覚悟でないならばついてくるには及ばぬ」

いよいよ出陣の段になって、また戦局が動いた。小倉口《こくらぐち》の戦いで長州の軍勢が海を渡って征長軍を撃破、小倉城が陥落したのである。指揮をとっていた老中の小笠原《おがさわら》長行《ながみち》は長崎に逃れた。

慶喜は尻込《しりご》みし、ひるんだ。出陣はとりやめである。慶喜は朝廷から、将軍の死を理由とした休戦命令を出させて、出陣の命令を撤回した。朝廷の命令であれば、出陣取り消しはやむをえないのだという言い訳である。

慶喜は出陣を断念すると、軍艦奉行の勝義邦を呼んで広島《ひろしま》に行くように命じた。長州との休戦交渉にあたらせるためである。勝はすぐ大坂を出発した。

長州は、西郷吉之助や坂本龍馬を通じて、勝がすでに幕府を見限っていることを承知していた。勝が申し入れる休戦なら受け入れてよかった。裏も表も十分吟味できるのだから。九月、休戦は成立し、征長軍側の軍勢は撤退した。

この戦争のいっぽうで、大坂をはじめとして、各地で打ち壊しや一揆《いっき》がたて続けに発生した。征長軍の西下にともない、米の値が五割以上もあがったことが直接の理由である。秩父《ちちぶ》や川越《かわごえ》でも大規模な一揆が起こり、江戸の市中でさえも、略奪が頻発した。打ち壊しや一揆の数は、江戸時代のどの年よりも多い。もはや徳川幕府の治世は末期的と言っていい様相を示しはじめた。その末期的様相の中で、徳川慶喜は第十五代将軍となるのだった。

「前将軍に続いて、先帝も崩御された」と根津は言った。「王政復古派の公家《くげ》たちを処分した直後だ。突然亡くなられたのだという」

前年、十二月二十五日午後十時である。

「先帝は、攘夷は唱えたが、公武合体を強く支持されていたとも聞いている。過激な王政復古派の公家たちには、さぞかし目障りであったのだろう」

「将軍と帝《みかど》がたて続けにか」

「これが」と根津は締めくくった。「お前たちが帰国した日の本だ」

「お主の話だと、日の本は内戦の最中か？」

「征長戦も、まだ中断されたままだからな。もっと大きな内戦となることを、いま疑っている者は、幕府の中にはおらんだろう。開陽丸もすぐに出動を命じられる。榎本さんは、たいへんなときに帰ってこられた」

「間に合ってよかった」

「忙しゅうなるぞ」

望むところだった。

（中巻へつづく）

時代小説文庫
さ 9-14

愛蔵版 武揚伝《ぶようでん》 上 青雲《せいうん》

著者 佐々木 譲《ささき じょう》
2025年 3月18日第一刷発行

発行者 角川春樹

発行所 株式会社 角川春樹事務所
〒102-0074 東京都千代田区九段南2-1-30 イタリア文化会館

電話 03(3263)5247[編集] 03(3263)5881[営業]

印刷・製本 中央精版印刷株式会社

フォーマット・デザイン＆シンボルマーク 芦澤泰偉

ISBN978-4-7584-4698-3 C0193 ©2025 Sasaki Joh Printed in Japan
http://www.kadokawaharuki.co.jp/[営業]
fanmail@kadokawaharuki.co.jp[編集] ご意見・ご感想をお寄せください。